Tredden in Scath

(Heb Gwil Mencyon a'n Ky)

Moy a lyvrow Kernowek dhyworth Evertype

Gooth ha Gowvreus (Jane Austen, tr. Nicholas Williams 2014)

Tredden in Scath (Jerome K. Jerome, tr. Nicholas Williams 2014)

An Gwyns i'n Helyk (Kenneth Graham, tr. Nicholas Williams 2013)

Gwerryans an Planettys (H. G. Wells, tr. Nicholas Williams 2013)

Ky Teylu Baskerville (Arthur Conan Doyle, tr. Nicholas Williams 2012)

Flehes an Hens Horn (Edith Nesbit, tr. Nicholas Williams 2012)

Desky Kernowek: A Complete Guide to Cornish (Nicholas Williams 2012)

An Beybel Sans: The Holy Bible in Cornish (tr. Nicholas Williams 2011)

Whedhlow ha Drollys a Gernow Goth (Nigel Roberts, tr. Nicholas Williams 2011)

The Beast of Bodmin Moor: Best Goon Brèn (Alan Kent, tr. Neil Kennedy 2011)

Enys Tresour (Robert Louis Stevenson, tr. Nicholas Williams 2010)

Whedhlow Kernowek: Stories in Cornish (A.S.D. Smith, ed. Nicholas Williams 2010)

The Cult of Relics: Devocyon dhe Greryow (Alan Kent, tr. Nicholas Williams, 2010)

Jowal Lethesow (Craig Weatherhill, tr. Nicholas Williams, 2009)

Kensa Lyver Redya (H. Treadwell & M. Free, tr. Eddie Foirbeis Climo, 2009)

Adro dhe'n Bÿs in Peswar Ugans Dëdh (Jules Verne, abridged and tr. K. Hocking, 2009)

Alys in Pow an Anethow (Lewis Carroll, tr. Nicholas Williams, 2009)

Tredden in Scath
(Heb Gwil Mencyon a'n Ky)

Gans
Jerome K. Jerome

Delînyansow gans
A. Frederics

Trailys dhe Gernowek gans
Nicholas Williams

evertype
2014

Dyllys gans/*Published by* Evertype, Cnoc Sceichín, Leac an Anfa, Cathair na Mart, Co. Mhaigh Eo, Éire / Wordhen. *www.evertype.com*.

Mamditel/*Original title*: Three Men in a Boat *(To Say Nothing of the Dog)*. Bristol: J. W. Arrowsmith; London: Simpkin, Marshall, Hamilon, Kent, & Co., 1889.

An dyllans-ma/*This edition* © 2014 Michael Everson.

Versyon Kernowek/*Cornish version* © 2014 Nicholas Williams.

Penscrefor cùssulek/*Advisory editor*: Map Essa.

Kensa dyllans March 2014.
First edition mis Merth 2014.

Y kefyr covath rolyans rag an lyver-ma dhyworth an Lyverva Vretennek.
A catalogue record for this book is available from the British Library.

ISBN-10 1-78201-055-6
ISBN-13 978-1-78201-055-5

Olsettys in/*Typeset in* Fournier ha **Franklin Gothic Demi** gans/*by* Michael Everson.

Delînyansow/*Illustrations*: A. Frederics, 1889.

Cudhlen/*Cover*: Michael Everson.

Pryntys gans/*Printed by*: LightningSource.

Rol an Lyver

Raglavar

Nyns eus chîf-tecter an lyver-ma i'n vaner a'y screfa avell ober a lien, nag i'n myns nag i'n prow a'n skentoleth a gefyr ino. Vertu an lyver-ma yw gwrioneth an taclow usy ev ow terivas. Yma recordys in y folednow taclow a wharva in gwir. Ny veu tra vëth gwrës gansans marnas aga holorya nebes; ha rag hedna nyns yw demondys prîs uhella. Nyns yw Jory ha Harrys ha Montmorency desmygyansow delvrÿsek neb prydyth. Y yw creaturs a gig hag a woos—spessly Jory—rag ev yw adro dhe dhewdhek ston poos. Y hyll lyvrow erel passya an lyver-ma in downder aga frederow hag in aga furneth ow tùchya natur mab den; y hyll ken lyvrow whath y bassya in aga myns hag in nowetter an mater a screfyr inhans; saw ow tùchya gwrioneth dyweres ha dywetyans ny yll tra vëth aswonys bys i'n jëdh hedhyw passya an lyver-ma. Hebma, moy ès oll y dhynyansow erel, ny a grës, a vydn gwil an lyver-ma precyùs in lagas an redyor dywysyk; hag a vydn ry moy a boster dhe'n lesson a yll bos deskys dhyworth y folednow.

Loundres,
mis Est 1889.

Chaptra I

Tredden clâv

Tredden clâv.—Sùffransow Jory ha Harrys.—Vyctym a seyth cleves mortal ha cans.—Eliow vas.—Remedy rag cleves avy an flehes.— Acordys on agan bos lavurys ha fatell res dhyn cafos powes.—Seythen wàr dodnow an mor?—Yma Jory ow comendya an Ryver.— Montmorency ow naha hedna.—An môvyans gwredhek agries try wàrbydn onen.

Ny o peswar—Jory, Wella Samùel Harrys, me ow honen ha Montmorency. Yth esen ny esedhys i'm chambour, ow megy hag ow debâtya pana dhrog en ny—pana dhrog dhia savboynt an yêhes, yth esof ow mênya, heb mar.

Yth esen ny agan try owth omglôwes nebes gwadn, ha meur o agan fienasow adro dhodho. Harrys a leverys fatell vedha shôrys coynt pednscav ow tos warnodho traweythyow, na wodhya scant pandra vedha ev ow qwil. Yn medh Jory y'n jevedha shôrys pendscav kefrës, na wodhya ev pandr'esa ow qwil naneyl. Me ow honen, ow avy vy o dysêsys. Me a wodhya fatell o ow avy clâv, dre rêson me dhe redya avîsyans agensow rag remedy avy patentys, hag in hedna yth esa rôl a bùb udn tôkyn may hylly den aswon dredhans y avy dhe vos clâv. Me a'm bo pùb onen anodhans.

Yth ywa coynt, saw ny allama nefra redya avîsyans rag remedy patentys heb constrîna ow honen dhe gresy me dhe wodhaf an very cleves-na in y lacka form. Yth hevel dhybm bos tôknys an dysês ow cortheby yn ewn dhe oll an taclow a wrug avy bythqweth aswon inof ow honen.

1

Yma cov dhybm a entra unweyth i'n Gwithjy Bret-ednek rag dyscudha adro dhe'n sawment rag neb udn grêvons scav a'm bo—cleves strewy, me a grës. Me a gemeras an lyver dhe'n dor dhywar an estyllen ha redya pùptra ino en vy porposys dhe redya; hag ena heb ombredery me a drailyas an folednow yn syger, ha dallath studhya clevejow dre vrâs. Ankevys yw genef pana dhysês a wrug vy desky adro dhodho kyns oll—neb udn plag mortal ha scruthus, dell esoma ow remembra—ha kyns ès me dhe redya moy ès hanter y dôknys gwarnyans, sur veuma me dhe sùffra heb dowt vëth oll gans an keth cleves-na.

Me a remainyas esedhys pols gans euth i'm colon; hag ena yn syger rag ewn dyspêr, me a dhalathas arta trailya an folednow. Me a dheuth dhe'n fevyr tîfoyd—me a redyas adro dhe oll an tôknys—ha dyscudha me dhe vos clâv anodho, me a rêsa sùffra ganso nans o mîsyow heb y aswon. Me a wovydnas orthyf ow honen pana glevejow erel a'm bo. Me a gafas Dauns Sen Vîtùs i'n lyver—ha dyscudha me dhe sùffra gans hedna inwedh. Ow hâss vy a dhalathas bos a les dhybm, ha ervirys en dhe whythra an mater yn town. Rag hedna dallath a wrug vy studhya an clevejow in ordyr an abecedary. Me a redyas adro dhe'n "Ague" ha desky yth esa hedna ow tos, y fedha an stap lybm ow tallath kyns pedn dyw seythen. Sewajys veuma pàn wrug avy redya nag esa genef ma's form glor a gleves Bright, ha rag hedna me a ylly martesen bewa lies bledhen whath. Colera a'm bo in y versyon completh; hag yth hevelly dhybm me dhe vos genys in udn sùffra gans dyfthêrya. Me a gerdhas yn tywysyk der oll whegh warn ugans lytheren an abecedary, hag a dhetermyas me dhe sùffra gans kenyver cleves saw unsel onen: whedhyans glin.

Wostallath me a omglôwas nebes offendys dre hedna. Yth hevelly bos neb sort a dhespît. Prag na'm bo whedhyans glin? Prag y feu an whedhyans glin sensys mar sclandrus dhyworthyf? Wosa tecken, bytegyns, ow hoveytys a dhalathas lehe. Me a ombrederys me dhe sùffra gans pùb cleves aral aswonys dhe'n fysek. Me êth le crefny ha porposya bos contentys der an fowt a whedhyans glin. Dell hevelly an gowt a'm sêsyas in y form moyha spîtus; hag apert o me dhe sùffra gans zymôsys dhia dhedhyow ow floholeth. Nyns o cleves vëth gesys wosa zymôsys; rag hedna me a dhetermyas nag o cabm genef tra vëth wàr y lergh.

Me a remainyas esedhys ha pondra an mater. Assa via ow hâss vy a les dhia savboynt an vedhegieth, assa vien a brow dhe glass a studhyoryon! Ny via res dhedhans "walkya an clâvjiow" a pen vy dhedhans. Me o clâvjy inof ow honen. Lowr via dhedhans walkya adro dhybmo vy, ha wosa hedna recêva aga thestscrîf.

Ena me a wovydnas orthyf ow honen pygebmys termyn o gesys ragof dhe vewa. Me a assayas examnya ow honen. Me a davas ow fols. Wostallath ny yllyn percêvya pols vëth. Hag ena adhesempys an pols a hevelly dallath lebmel. Me a dednas ow euryor in mes ha nyvera y strocosow. Me a's reknas cans ha seyth war dhewgans pùb mynysen. Me a assayas tava ow holon. Ny yllyn hy thava. Stoppys o hy. Moy adhewedhes me a gonclûdyas fatell esa ow holon i'm brèst ha hy ow qweskel whath, saw ny allaf y styrya. Me a dùchyas ow honen pùb le arag, dhia an dra gelwys genef ow gwast bys i'm pedn, ha me êth adro nebes a bùb tu hag in bàn nebes wàr an keyn. Saw ny yllyn clôwes na percêvya tra vëth. Me a whelas meras orth ow thavas worth y herdhya in mes mar bell dell ylly mos, ha degea udn lagas, ha whelas y examnya gans an lagas aral. Ny welyn marnas bleyn an tavas, ha ny gefys tra vëth dhyworth hedna marnas an certuster me dhe sùffra gans an fevyr cogh.

Me a entras i'n rom redya-na den yagh ha lowen, saw cramyas in mes anyagh hag in dyspêr.

Me êth rag hedna dhe'm medhek vy. Cothman coth dhybm yw, hag yma va ow tava ow fols hag ow meras orth ow thavas, hag ow clappya adro dhe'n awel, heb prow vëth, pàn vena ow tesmygy ow bos clâv. Me a gresy ytho y whren torn dâ dhodho ha mos dh'y weles i'n eur-na. "An pëth yw res dhe vedhek," yn medhaf, "yw practys. Ev a vydn ow hafos vy. Ev a gav moy a bractys dhyworthyf vy ès dhyworth seytek cans den clâv a'n sort ûsys, nag eus marnas dew dhysês gans kenyver onen." Rag hedna me êth heb let bys dhodho, hag ev a leverys: "Wèl, pëth yw cabm genes?"

Me a leverys: "Ny vanaf vy wastya dha dermyn, a goweth dâ, ow terivas dhis pandr'yw cabm genef. Cot yw agan bêwnans, ha te a alsa merwel kyns ès me dhe dhewedha. Saw me a vydn derivas dhis an dra nag yw cabm genef. Me ny'm beus whedhyans glin. Prag na'm beus whedhyans glin, ny allama leverel dhis; saw an gwrioneth yw nag eus hedna genef. Me a'm beus pùb cleves aral, bytegens."

Ha me a dheclaryas dhodho fatla wharva dhybm dyscudha pùptra.

Ena ev a'm egoras ha meras ow briansen wàr nans, ha sêsya codna ow bregh, hag ena ev a'm gweskys wàr ow brèst pàn nag esen y wetyas—gwrians a goward a veu hedna, i'm breus vy—hag adhesempys wosa hedna ev a'm cronkyas wàr denewen ow fedn. Ena ev a esedhas hag a screfas in mes recît, y blegya ha'y ry dhybm. Me a'n gorras aberth i'm pocket ha mos in mes.

Ny wrug vy y egery. Me a gemeras an recît bys i'n shoppa apotecary nessa dhybm, ha'y hedhes dhe'n apotecary. Ev a'n redyas, ha'y ry dhybm arta.

Ev a leverys na vedha stoff an recît ganso.

Me a leverys, "A nyns owgh why apotecary?"

Ef a leverys, "Apotecary oma. A pen vy spîcer hag ostel teylu kefrës, martesen me a alsa agas gweres why. Nyns oma ma's apotecary hag yma hedna worth ow lettya nebes."

Me a redyas an recît. Ot obma an geryow ino:

"Udn puns kig bowyn, gans
udn pynt coref wherow
       pùb whegh our
Udn kerdh a dheg mildir pùb myttyn.
Udn gwely orth 11 eur poràn pùb gordhuwher.
Ha na wra stoffya dha bedn gans taclow nag esta owth ùnderstondya."

Me a sewyas y worhemynow, hag i'n gwella prës—ow côwsel ragof ow honen—ow bêwnans a veu sawys, hag yth esof whath ow pewa.

I'n present mater, hag ow tewheles dhe'n avîsyans rag remedy avy, me a'm bo oll an tôknys, heb dowt vëth oll, an chîf tôkyn intredhans o "anvoth jeneral dhe wil ober a sort vëth."

Ny yll tavas derivas kebmys esoma ow sùffra gans hedna. Dhia dhedhyow ow floholeth me re beu mertherys ganso. Pàn en vy maw, scant ny wre an dysês ow gasa kyn fe udn jëdh. Ny wodhya an bobel i'n dedhyow-na yth o cablus ow avy. Nyns o an sciens a fysek mar avauncys i'n termyn-na avell i'n jëdh hedhyw, hag yth esens ow cresy diecter inof dhe vos dhe vlâmya.

"Dar, te gaughwas diek bian," a vedhens y ow leverel, "prag na wrêta sevel in bàn ha gwil neppyth rag dendyl dha vêwnans?" heb godhvos heb mar, me dhe vos clâv.

Ha ny wrêns ry dhybm an remedy. In le a hedna y a re boxesow dhybm wàr an scovornow. Ha kynth ywa tra varthys, yn fenowgh an keth boxesow-na a wre ow sawya—rag prës. In gwir yma cov dhybm i'n dedhyow-na udn boxas dhe sawya ow avy moy ha dhe wil dhybm omglôwes kelmys i'n very termyn-na dhe wil an pëth a rêsa uskyssa ès box leun a belenygow.

Why a wor, y fëdh indelma yn fenowgh—an remedys sempel coth-na yw moy a bris ès oll an taclow dhyworth an apotecary.

Ny a wrug esedha dres hanter-our, ow terivas an eyl dh'y gela adro dh'agan dysêsys. Me a dheclaryas dhe Jory ha dhe Wella Harrys fatla vedhen owth omglôwes i'n myttyn ha me wosa sevel. Wella Harrys a dherivas fatla wre omglôwes hag ev ow mos dh'y wely; ha Jory a

5

savas wàr strail an tan, hag actya yn skentyl hag yn crev rag dysqwedhes dhyn fatla vedha ev owth omglôwes i'n nos.

Yma Jory ow tesmygy y vos clâv, saw nefra ny vëdh tra vëth cabm ganso in gwir, why a wor.

An very prës-na Mêstres Poppets a gnoukyas wàr an daras ha govyn en ny parys rag soper. Ny a vinwharthas yn trist an eyl orth y gela, ha leverel ny dhe gresy y fia gwell dhyn assaya dhe lenky tabm. Yn medh Harrys fatell wre neppyth i'n bengasen yn fenowgh lettya an cleves rag tecken. Mêstres Poppets a dhros an servyour ajy, ha ny a dednas agan chairys adro dhe'n bord, ha gwary gans nebes golyth hag onyons, ha nebes tart trenkles.

Res yw me dhe vos pòr wadn i'n termyn-na, rag me a wor warlergh an kensa hanter-our ader dro, nyns o ow boos vy a les vëth oll dhybm—tra goynt o hedna ragof—ha nyns esa othem vëth dhybm a geus.

Pàn o collenwys agan devar indella, ny a dhaslenwys agan gwedrow, anowy agan pîbow ha dallath debâtya unweyth arta adro dh'agan yêhes. Nyns o den vëth ahanan certan pandr'o cabm genen poran; saw ny oll o acordys a udn dra—pynag oll o va—agan dysês re bia drës warnan dre lavurya re.

"An pëth usy othem dhyn anodho yw powes," yn medh Harrys.

"Powes ha cowl-jaunj," yn medh Jory. "An denva uthyk wàr agan empydnyon re gausyas dyglon jeneral dres oll an system. Chaunj a dyller, pàn na vo res predery adro dhe dra vëth, a wra restorya kespos an brës."

Jory a'n jeves cosyn, ha pàn dheffa ev dhyrag an jùstys, ev a lever y vos dyskybel-vedhek. Rag hedna, dell yllyr bos gweytys, yma gans Jory gis a gôwsel kepar ha medhek teylu.

Me a acordyas gans Jory ha comendya ny dhe whelas neb udn tyller cosel a'n gis coth, pell dhyworth tros an rûth, may halsen ny hunrosa dres seythen howlek yn tien in y vownderyow hunek—neb cornel hanter-ankevys, kelys dhyworth an bobel gans an spyryjyon, pell dhia hùbbadùllya an bës—neb udn neyth coynt settys wàr âlsyow an Termyn, le may fedha uja todnow crev an nawnjegves cansvledhen ow sowndya pòr wadn i'n pellder.

Yn medh Harrys fatell gresy y fedha uthyk. Ev a wodhya an sort a dyller porposys genef; le may fedha kenyver onen in y wely orth eth eur gordhuwher, le na ylta perna copy a'n *Referee* awos oll dha ehen, ha may rêsa kerdhes deg mildir rag perna backa.

"Nâ," yn medh Harrys, "mars osta whensys a bowes hag a jaunj, nyns yw tra vëth gwell ès trumach wàr an mor.

Me a gowsas yn crev warbydn trumach mor. Dâ yw trumach mor ragos, pàn ves ervirys dh'y vos wàr an mor dres nebes mîsyow, saw dres seython pegh mortal ywa.

Yth esta ow tallath myttyn de Lun ha'n tybyans i'th pedn te dhe enjoya an viaj. Te a lever farwèl dhe'n wesyon wàr an tir in udn wêvya dha dhorn yn lowen, anowy dha bîb vrâssa, ha lordya adro wàr an flûr kepar ha pàn ves an Capten Cook, Syr Francys Drake ha Cristofer Colùmbùs oll warbarth. De Merth, drog yw genes te dhe dhos. De Merher, De Yow ha De Gwener, assa via dâ genes merwel! De Sadorn, te a yll lenky nebes tê bowyn, esedha wàr an flûr avàn, ha gortheby dre vinwharth gwydn wheg, pàn wrella pobel guv govyn orthys fatl'esta owth omglôwes lebmyn. De Sul yth esta ow kerdhes adro arta ha kemeres boos solyd. Ha myttyn De Lun, pàn ves ow sevel, dha sagh ha'th lawlen i'th torn, ryb tenewen an gorhel, ha te ow qwetyas tira, yth esta ow tallath enjoya an viaj yn frâs.

Yma cov dhybm ow broder dâ unweyth dhe vos wàr drumach cot rag y yêhes. Ev a gemeras cabyn dhia Loundres dhe Lêrpol, ha pàn wrug ev drehedhes Lêrpol, nyns esa ma's udn dra in y vrës: fatl'ylly gwertha an tôkyn dewheles-na.

An tôkyn a veu profyes adro i'n dre orth prîs pòr isel, dell glôwys vy; ha wàr an dyweth y feu va gwerthys a sols ha whednar dhe dhen yonk, anyagh y semlant, may feu comendys dhodho rag y yêhes spêna nebes termyn ryb an mor ha gwil omassayans corf.

"Ryb an mor!" yn medh ow broder dâ, in udn herdhya an tôkyn yn cuv aberth in y dhorn ev, "dar, te a gav lowr a'n mor rag pêsya oll dedhyow dha vêwnans; hag ow tùchya omassayans corf! Dar, te a wra cafos moy omassayans a'th eseth wàr an gorhal-na ès dell wrusses cafos ow cryghlebmel wàr an tir sëgh."

Ev y honen—ow broder dâ—a dhewhelys wàr an train. Ev a leverys fatell o Hens Horn an North-West yagh lowr ragtho.

Aswonys dhybm o gwas aral, neb êth wàr viaj mor adro dhe'n cost. Kyns ès an trumach dhe dhallath, an stywart a dheuth dhodho ha govyn a wre va tylly rag kenyver près boos pàn vedha ev worth y dhebry, pò tylly rag kenyver près anodhans dhyrag dorn.

An stywart a gomendyas an secùnd dêwys, dre rêson hedna dhe vos bargen gwell. Yn medh ev y hylly ev gwil oll an seythen ragtho a dhew buns ha pymp sols. Ev a wre cafos pysk, ha rastel wosa hedna dhe'n haunsel. An ly a vedha orth udn eur, hag y fedha peswar cors ino. Con orth whegh eur—cowl, pysk, chîf-cors, kevals kig, edhen moos, salad, whegow, keus ha pùdyn. Ha près scav boos orth deg eur.

Ow hothman a prederys ev dhe dhêwys an towl rag dew buns ha pymp sols (debror crev ywa) hag ev a wrug indella.

Près ly a dheuth pàn esens y wàr an mor ryb Sheerness. Nyns esa ev owth omglôwes mar wag dell gresy ev y codhvia dhodho, ha rag hedna ev a gontentyas y honen gans tabm a gig bowyn bryjys ha nebes syvy ha dehen. Ev a bondras yn frâs an dohajëdh, ha par termyn yth hevelly dhodho na wrug ev debry tra vëth ma's kig bowyn bryjys nans o seythen, ha par termyn aral yth hevelly dhodho ev dhe vos ow pewa wàr syvy ha dehen dres lies bledhen.

Ny hevelly naneyl an kig bowyn na'n syvy ha dehen dhe vos lowen yn tien—ev a gresy aga bos dyscontentys.

Orth whegh eur y a dheuth bys dhodho ha declarya bos parys an kydnyow. Ny wrug an derivas-na inflâmya y spyrys wàr neb cor, saw ev a gresy bos res ûsya neppyth a'n dew buns ha pymp sols. Rag hedna ev a dhalhednas an lovonow ha taclow erel ha skydnya. Odor wheg a onyons ha mordhos hogh dobm kemyskys gans pysk fries ha cavach a'n metyas orth goles an skeul, ha'n stywart a nessas dhodho gans minwharth slynk ha leverel: "Pandra allama dry, a syra?"

"Why a yll ow dry vy alebma," a veu y worthyp gwadn.

Y a'n dros in bàn yn uskys ha'y settya warbydn an tenewen tro ha'n goskes ha'y asa ena.

Dres an nessa peswar jorna ev a vewas bêwnans sempel ha heb nàm wàr vyskyttys capten tanow (tanow o an byskyttys adar an capten) ha wàr dhowr sôda. Saw tro ha'n Sadorn y spyrys a sordyas ino, hag ev a dhalathas consûmya tê gwadn ha bara cras heb amanyn. De Sul yth esa ev ow lenky cowl yar. Ev a wrug londya De Merth, ha kepar dell esa an gorhal ow colyas in kerdh dhyworth an cay, ev a veras orty, meur y hireth.

"Otta hy ow tyberth," yn medh ev, "hag yma warnedhy valew dew buns a sosten usy ow longya dhybmo vy, na wrug vy tâstya."

Mar teffens ha ry udn jëdh moy dhodho, yn medh ev, ev a alsa êwna an mater.

Me a settyas ow fâss warbydn an viaj wàr vor. Ny veu hedna rag ow herensa ow honen. Bythqweth ny veuma clâv wàr vor. Saw own a'm bo ow tùchya Jory. Jory a leverys y fedha dâ lowr, y whre an trumach y blêsya, saw ev dhe gùssulya Harrys ha dhe'm cùssulya vy may whrellen y ankevy, rag sur o ny agan dew dhe vos clâv. Harrys a leverys, ow côwsel ragtho y honen, yth o mystery dhodho fatl'ylly an dus bos clâv wàr an mor—ev a gresy an bobel dh'y wil dre dowl, rag ewn fâssow—ev y honen a garsa bos clâv, saw ny veu va bythqweth abyl.

Ena Harrys a dherivas dhyn whedhlow a'n termynyow may whrug ev mos dres an Chanel, pàn esa an mor ow terevel mar fol, may rêsa kelmy an dremenysy dh'aga gweliow, ha nag esa den vëth bew i'n gorhal nag o clâv marnas ev y honen ha'n capten. Traweythyow ev ha'n secùnd mâta yn udnyk o yagh, saw dre vrâs yth o ev ha den aral. Mar nyns o dew anodhans yagh, ena ev y honen oll o yagh.

Tra goynt ywa, saw ny vëdh den vëth clâv gans cleves mor—wàr an tir sëgh. Wàr an mor te a yll metya gans meur a bobel hag y pòr glâv, gorholyon leun anodhans; saw ny wrug avy bythqweth metya gans den vëth wàr tir sëgh a wodhya pandr'o bos clâv gans cleves mor. Yma milyow a debel-marners kefys in nùmbers brâs in pùb

gorhal wàr an mor, saw
mystery brâs dhybm yw
ple fedhons y ow keles aga
honen wàr an tir sëgh.

A pe pùbonen kepar ha'n
gwas a welys vy in gorhal
Yarmoth agensow, nena
me a alsa assoylya an
problem êsy lowr. Yth esa
an gorhal ogas dhe Gay
Sôthend, yth esoma ow
remembra, hag yth o an
gwas-ma istynys pòr
beryllys in mes a onen a'n
portys. Me êth in bàn dho-
dho ha whelas y selwel.

"Hay! Deus ajy nebes,"
medhaf, worth y shakya er
an scoodh. "Te a vydn
codha i'n mor."

"Ogh, re Dhuw a'm ros!
Ellas nag esoma ino
solabrës!" yn medh ev ha ny vynsa ev leverel ger vëth moy. Res o
dhybm y asa.

Teyr seythen wosa hedna, me a vetyas orto in coffyva in neb ostel
in Bath, hag yth esa va ow ry acownt a'y viajys, ha fatell o an mor
kerys brâs ganso.

"Marner dâ!" a worthebys ev dhe gwestyon envies dhyworth neb
den yonk clor, "wèl in gwir me a wrug omglôwes nebes clâv
unweyth, res yw dhybm meneges. Ryb Penrynn an Corn o va. An
gorhal a veu terrys an nessa myttyn."

Me a leverys: "A ny vewgh why nebes shakys ryb Cay Sôthend
agensow, hag a ny garsowgh why bos tôwlys dres tenewen an
gorhal?"

"Cay Sôthend!" ev a worthebys hag yth o fowt convedhes dhe redya wàr y fâss.

"Ea. Pàn esen ny ow mos wàr nans dhe Yarmoth, teyr seythen alebma De Gwener tremenys."

"Ô, â—ea," ev a worthebys ha'y fâss a glerhas nebes. "Yth esoma ow remembra lebmyn. Me a'm bo drog pedn an dohajëdh-na. Dre rêson a'n pyckels, why a wor. Yth êns y an pyckels lacka a wrug vy tâstya in gorhal gerys dâ. A wrussowgh whywhy debry onen vëth anodhans?"

Ow côwsel ragof ow honen, me re wrug desmygy remedy dâ dres ehen warbydn an cleves mor: omberthy ow honen. Te a dal sevel in cres an flûr, ha kepar dell usy an gorhal ow lesca hag ow tossya, te a wra gwaya dha gorf rag y sensy a'y sav yn serth pùpprës. Pàn wrella pedn arag an gorhal derevel, te a dal plegya dhyragos erna wrella dha frigow tava an flûr ogasty; ha pàn wrella delergh an gorhal derevel, te a dal plegya wàr dhelergh. Hèn yw dâ lowr rag our pò dew, saw ny ylta jy omberthy dha honen seythen yn tien.

Jory a leverys: "Gesowgh ny mos an ryver in bàn."

Ny a vynsa cafos air fresk, omassayans ha cosoleth. An chaunjyans heb hedhy a'n vu a vynsa lenwel agan brës (a vo in pedn Harrys kefrës); ha'n lavur crev a vynsa ry ewl boos dâ dhyn ha gwil dhyn cùsca yn ta.

Harrys a leverys na godhvia dhe Jory gwil tra vëth a wre dhodho bos moy hunek ès dell vedha pùpprës, rag hedna a via pòr beryllys. Ny wodhya ev convedhes fatl'alsa Jory cùsca moy ès dell esa ev ow cùsca i'n tor'-na, dre rêson nag esa saw peswar our wàrn ugans i'n jëdh, hâv ha gwâv kefrës; ha mar teffa Jory ha cùsca hirra whath, y fia mar dhâ dhodho bos marow, hag indella erbysy còst y sosten ha'y wely.

Yn medh Harrys, bytegyns, y whre an ryver y blêsya yn frâs. Hag apert o an ryver dhe blêsya kenyver onen. Harrys ha me, ny a leverys an ryver dhe vos tybyans dâ, ha ny a'n leverys in lev a ros dhe gonvedhes agan bos sowthenys y hylly Jory tyby a dowl mar skentyl.

Nyns o marnas onen ahanan nag esa an tybyans worth y blêsya: Montmorency agan ky. Bythqweth ny blegyas an ryver dhodho.

"Dâ lowr yw an ryver dhywgh why, agas try" yn medh ev. "Yma an ryver worth agas plêsya why, saw ny vedhama plêsys ganso. Ny vëdh tra vëth ragof dhe wil. Ny vern dhybm an vu, ha ny vedhaf ow megy. Mar teuma ha gweles logosen vrâs, ny wrewgh why stoppya. Ha mar teuma ha cùsca, why a wra fysla gans an scath ha'm tôwlel aberth i'n dowr. Mar qwrewgh why govyn orthyf vy, yth hevel dhybm an dra dhe vos gockyneth yn tien"

Ny o try warbydn onen; ha'n avîs a veu degemerys.

Chaptra II

Towlow debâtys

Towlow debâtys.—Plêsour a "gampya wàr ves" i'n nosow teg.—Nosow glëb kefrës.—Kesassoylyans ervirys.—Montmorency, an kensa tybyans anodho.—Own ev dhe vos re dhâ dhe'n bës-ma, own danvenys dhe ves drefen y vos heb fûndyans vëth.—Cùntellyans astellys rag an present termyn.

Ny a dednas an mappys in mes ha debâtya agan towlow. Ny a erviras dallath an nessa De Sul dhyworth Kyngston. Harrys ha me, ny a vynsa skydnya i'n myttyn ha kemeres an scath in bàn dhe Chertsey, ha Jory, na alsa diank in dhyworth an Cyta bys an dohajëdh (Yma Jory ow cùsca in arhanty dhia dheg eur dhe beder eur pùb jorna, saw De Sadorn ymowns y worth y dhyfuna ha'y worra in mes orth dyw eur) a vynsa metya genen ena.

A dalvia dhyn "campya wàr ves" pò cùsca in taverns?

Jory ha me, ny a garsa campya wàr ves. Ny a leverys y fedha gwyls ha frank dres ehen, kepar hag in termyn an patryarkys.

Yma cov owryek an howl marow ow forsâkya colon an clowdys trist yêyn. Tawesyk kepar ha flehes in galarow, an ëdhyn re dewys, ha nyns yw clôwys na fella marnas cry hirethek an lagyar pàn usy ronk garow an gregyar ow terry an taw ownek adro dhe wely an dowrow, le may ma an jëdh owth anella mynys dewetha y vêwnans.

Dhyworth an cosow tewl wàr an dhew denewen yma ost tarosvanus an Nos, an skeusow loos, ow cramyas in mes heb gwil son, dhe jâcya in kerdh soudoryon delergh lent an golow, hag ow passya heb son, dywel aga threys, a-ugh lesca cors an ryver, ha dre

13

hanaja an porv. Hag yma an Nos, esedhys wàr hy thron tewl, ow plegya hy askelly du a-ugh an bës dywolow, ha hy ow rêwlya i'n taw dhyworth hy falys hudol, usy an ster gwydn ow tywy warnodho.

Ena yth eson ny ow try agan scath aberth in neb corn dowr, yma an tent gorrys in bàn, ha'n soper sempel bryjys ha debrys. Yma an pîbow lenwys a dobacko hag anowys, hag yma an cows plesont ow mos adro in melody cosel. Yma an ryver, ow lagya adro dhe'n scath, ow terivas whedhlow coth stranj ha kevrînow, ow cana cân isel an flehes a wrug ev cana dres lies bledhen kyns, hag a wra va cana bys pedn lies bledhen usy ow tos, kyns ès y lev dhe vos anwhek coth. Ha ny, neb a dheskys dhe gara chaunjyans y fâss, neb a wrug omjersya agan honen wàr y vrest caradow, yth eson ny ow cresy ny dhe gonvedhes an gân wàr neb fordh, kyn na alsen ny declarya dhis in geryow an whedhel eson ny ow coslowes orto.

Hag otta ny esedhys ena, ryb amal an ryver, pàn usy an loor, mayth yw an ryver kerys gensy inwedh, ow plegya dhe'n dor dhe abma dhodho gans bay whor, hag ow tôwel hy dywvregh adro dhodho rag y strotha; hag yth eson ny ow meras orto ow resek in mes, ow cana pùpprës, ow whystra pùpprës, rag metya gans y vytern, an mor—erna wrella agan levow merwel in kerdh in taw, hag erna vo dyfudhys an pîbow—hag ena ny, tus yonk kebmyn lowr, yth eson ny owth omglôwes leun a brederow, hanter-wheg, hanter-trist, ha nyns on ny whensys dhe gôwsel, ha ny yllyn côwsel—erna wrellen wherthyn ha sevel in bàn, knoukya an lusow mes a'gan pîbow leskys ha leverel "Nos dhâ," ha chersys gans lagyans an dowr ha rùstlans an gwëdh, yth eson ny ow codha in cùsk in dadn an ster cosel brâs hag ow qwil hunros bos an bës yonk arta—yonk ha wheg, kepar dell o hy kyns ès cansvledhydnyow a anken hag a anfeus dhe grihy hy fâss teg, kyns ès pehosow ha foly hy flehes dhe wil coth hy holon gerenjedhek—wheg dell o hy i'n dedhyow passys-na, pàn wrug hy, mabm nowyth-gwrës, noryshya hy flehes wàr hy brodn rych—kyns ès trainys an cyvylta dh'agan dynya in mes a domder hy dywvregh, ha kyns ès mockyans venymys an creftuster dh'agan gwil ny methek a'n bêwnans sempel esen ny ow lêdya gensy, hag a'n drigva sempel stâtly, may feu kynda mab den genys inhy mar lies bledhen alebma.

Yn medh Harrys, "Pandra whyrvyth, mar qwra glaw?"

Ny ylta jy sordya Harrys. Nyns eus prydythieth vëth in Harrys—nyns eus whans gwyls ino tro ha'n dra na yllyr y gafos. Ny wrug Harrys bythqweth "ola, heb convedhes prag." Mar teu lagasow Harrys ha lenwel a dhagrow, te a yll bos certan ev dhe vos ow tebry onyons cryv, pòken ev dhe worra re a sows Worcester wàr y gig rôstys.

Mar teffes ha sevel gans Harrys ryb an mor i'n nos ha leverel:

"Goslow! A nyns esta ow clôwes? A nyns ywa tra vëth ken ès an morvoronyon ow mùrnya i'n downder in dadn lesca an dowrow; poken spyryjyon trist owth ola gans cân rag an corfow gwydn kelmys der an gùbman?" Harrys a vynsa dha sêsya er an vregh ha leverel:

"Me a wor pëth a wher dhis, sos; te a'th eus anwos. Now, deus genama. Aswonys dhybm yw tyller adro dhe'n gornel obma, may hylta cafos badna a'n wyras Scot wella a wrusta bythqweth tâstya—hedna a vydn dha amendya heb let vëth."

Y fëdh tyller adro dhe'n gornel aswonys dhe Harrys pùb termyn, may hyllyr cafos dewas spladn dres ehen. Me a grës, mar teffes ha metya gans Harrys war vàn in Paradîs (gesowgh ny dhe soposya y halsa hedna wharvos), ev a vynsa dha welcùbma gans:

"Ass oma lowen te dhe dhos, sos. Me re gafas tyller teg adro dhe'n gornel obma, may hyllyr cafos nectar a'n sort gwella oll."

I'n present termyn, bytegyns, ow tùchya campya in mes, y gomendyansow fur adro dhe'n viaj o gweres brâs. Nyns yw plesont campya wàr ves pàn vo ow qwil glaw.

Gordhuwher yw. Why yw glëb dhe'n grohen, hag yma dyw vesva a dhowr dhe'n lyha in stras an scath, hag yma pùb tra glëb. Why a gav tyller wàr ladn an ryver nag yw pùb tabm mar leun a bolednow avell an tyleryow erel gwelys genowgh, hag otta why ow tira hag ow tedna an tent in mes. Ena yma dew ahanowgh ow tallath y dherevel.

Glëb ha poos yw an tent, hag yma va ow codha adro, hag ow trebuchya warnas, hag ow clena orth dha bedn rag gwil dhis serry. Yma an glaw ow skydnya heb hedhy. Cales lowr yw derevel tent in teg awel: in glaw ùnpossybyl ywa. In sted a'th weres, yth hevel dhis nag usy an den aral ma's owth omwil bobba. Kepar dell esta ow tyghtya dha denewen dha honen yn teg, yma ev ow tedna y denewen y honen hag ow shyndya pùptra.

"Ho! Pandr'esta ow qwil?" te a gry.

"Pandr'esta jy ow qwil?" ev a worthyp. "A ny ylta jy y relêssya?"

"Na wra tedna. Yth ywa gwrës cabm genes, te bedn brâs!" te a gry.

"Nag yw!" ev a gry avell gorthyp. "Gwra relêssya dha denewen jy!"

"Me a lever dhis te dh'y wil cabm yn tien!" yth esta owth uja, ha te whensya dh'y dhalhedna. Yth esta jy ow halya dha lovonow dha honen hag indella ow tedna in mes oll y ebylyow.

Te a'n clôw ow leverel dhodho y honen "Ogh, an pedn brâs melegys!" hag ena otta tedn uthyk, ha dha denewen dha honen a scap dhyworthys. Te a set an morben wàr an dor, ha dallath mos adro rag leverel dhodho pandr'esta ow predery adro dhe oll an mater, hag in keth prës ev a dhallath dos adro i'n keth fordh rag declarya y dybyansow ev dhis. Hag yth esowgh why ow folya an eyl y gela, adro hag adro, in udn gùssya y gela, erna wrella an tent codha dhe'n dor in grahel, tra usy worth agas gasa ow meras an eyl orth y gela dres an tent omwhelys, ha why agas dew ow carma in keth mynysen:

"Otta jy! Pandra wrug avy leverel dhis?"

I'n kettermyn an tressa den, neb usy ow kemeres an dowr in mes a'n scath, ha neb re dheveras dowr y vrehel wàr nans, hag usy ow cùssya dhodho y honen heb hedhy nans yw deg mynysen, ev a garsa godhvos pëth esowgh why ow qwil in hanow an Jowl, ha prag nag yw an tent derevys whath.

Wàr an dyweth wàr udn fordh pò fordh aral, yma an tent derevys, hag yth esowgh why ow try an taclow bys i'n tir. Nyns eus govenek vëth y halsowgh why gwil tan cunys. Ytho yth esowgh why owth anowy an forn gwyras predn hag ow cùntell adro dhedhy.

Dowr glaw yw an chîf sosten prës soper. An bara yw dyw dressa radn glaw, an pasty kig bowyn yw pòr rych in dowr glaw, ha'n kyfeyth, an amanyn, an holan ha'n coffy re wrug jùnya gans an glaw dhe wil cowl.

Warlergh soper yth esta ow tyscudha bos dha dobacko mar lëb na ylta megy. I'n gwella prës te a'th eus botel a'n stoff usy ow lowenhe hag ow medhowy, mar teuta ha kemeres lùk. Hag yma hedna ow restorya dhis lowr a les i'th vêwnans rag dha gentryna dhe vos dhe'th wely.

Te a wel i'th hunros olyfans owth esedha adhesempys wàr dha vrèst, ha loskveneth ow tardha hag orth dha dôwlel bys in goles an mor—ha'n olyfans whath in cùsk yn saw warnas. Yth esta ow tyfuna ha convedhes fatell wharva neppëth uthyk. An kensa argraf yw bos devedhys dyweth an bës, saw te a grës na yll hedna bos gwir, saw yma ladron ha moldroryon orth dha assaultya, poken tan gwall, hag yth esta ow teclarya an tybyans-na in udn gria i'n fordh ûsys. Bytegyns ny dheu gweres vëth, saw te a wor yn tâ bos milyow a dus orth dha bôtya, hag orth dha daga.

Yth hevel dhis bos nebonen aral in anken inwedh. Te a glôw y griow gwadn ow tos adhadn dha wely. Porposys osta heb omry heb strîff crev, yth esta owth omlath yn whyls, ow qweskel adhyhow hag

aglêdh gans dywvregh ha gans garrow, ha te pùpprës ow carma yn
uhel. Wàr an dyweth yma neppyth owth omry, ha te a gav dha bedn
i'n air fesk. Dew dros'hës dhyworthys te a wel yn tyscler harlot-was
hanter-noth parys dhe'th ladha. Yth esta ow parusy dha honen dhe
strîvya ganso rag sawya dha vêwnans, pàn wrelles percêvya an
harlot-was dhe vos Jym.

"O, te ywa, ywa?" yn medh ev, orth dha aswon jy i'n keth
mynysen.

"Ea," te a worthyp, in udn rùttya dha lagasow. "Pandr'yw
wharvedhys?"

"An tent mylegys yw codhys dhe'n dor, me a grës," yn medh ev.
"Ple ma Byll?"

Ena why agas dew a dhreha agas voycys ha cria rag "Byll!" hag
yma an dor in dadnowgh ow qwaya hag ow lesca, ha'n lev tegys a
glôwsowgh why solabrës, a worthyp in mes a'n tent shyndys:

"A ny ylta jy skydnya dhywar ow fedn?"

Hag yma Byll ow tos in mes gans caletter brâs, gwrek lîsak trettys,
hag ev serrys brâs heb othem—rag yma va ow cresy dell hevel ny
dhe wil kenyver tra dre dowl.

Ternos yth owgh why agas try heb cows, dre rêson why oll dhe
vos anwesys i'n nos; hag yth esowgh why owth omglôwes pòr
strîfgar, hag ow cùssya an eyl y gela in udn whystra yn ronk dres oll
termyn haunsel.

Rag hedna ny a erviras y whren ny cùsca wàr ves pàn ve teg an
nos, hag ôstya in ostel, in tavarn, hag in ostlery kepar ha pobel onest,
pàn ve glëb, poken pàn garsen ny cafos chaunj.

Montmorency a vetyas an kesassoylyans-ma gans joy brâs. Ny
vëdh ev pës dâ bos yn romantek y honen oll. Gwell yw ganso
hùbbadùllya isel; dhe isella dhe lowenha. Mar teffes ha meras orth
Montmorency, te a wrussa desmygy ev dhe vos el danvenys dhe'n
norvës, rag neb udn rêson nag yw aswonys dhe gynda mabden, in
form a dhorgy lowarn bian. Yma sort a semlant wàr dremyn
Montmorency a lever neppyth kepar Ogh-ass-yw-drog-an-bës-ma-
hag-assa-via-dâ-genen-y-amendya-ha'y-wil-nôbla; ha hedna kyns

obma re dhros dagrow dhe lagasow sans arlodhesow coth ha tus jentyl coth.

Pàn dheuth ev wostallath dhe vewa genama wàr ow hòst vy, ny brederyn bythqweth y hyllyn gwil dhodho remainya termyn hir. Me a wre esedha ha meras warnodho wàr an strail, ha leverel dhybm ow honen, "Ogh, ny wra an ky na pêsya yn few. Ev a vëdh dalhednys ha kemerys aberth i'n nev in charet spladn, hèn yw an pëth a whyrvyth dhodho."

Saw warlergh me dhe dylly rag adro dhe dhewdhek yar ledhys ganso; ha warlergh me dh'y halya er gil y godna in mes a udn cans ha peswardhek omlath strêt; ha wosa benyn serrys dhe dhry adro dhybm cath varow may hallen y whythra, ha hy dhe'm gelwel denlath; ha warlergh me dhe vos somonys gans an kentrevak daras nessa marnas onen, dre rêson ow bos perhen a gy gwyls dygabester, ky neb a wrug y brysonya in y grow toulys y honen ma na ylly dos in mes dres dew our in nos yêyn; ha warlergh me dhe dhesky fatell wrug agan lowarthor gwainya deg sols warn ugans in udn wystla an ky dhe gachya logos brâs warbydn an clock, ena me a dhalathas predery wosa pùptra y fedha alowys dhodho martesen remainya tecken cot moy i'n norvës.

Lùrkya in stâbel, cùntell bùsh a'n keun moyha drog-gerys a yllyr cafos, ha'ga lêdya in mès adro i'n strêtys plos rag omlath gans keun drog-gerys erel, hèn yw "bêwnans" dhe Montmorency, hag indella, kepar dell leverys kyns lebmyn, ev a gomendyas yn crev an towl-na a daverns, a ostlerys hag a ostelyow.

Warlergh ervira fatla wren ny cùsca dhe blêsya pùbonen ahanan agan peswar, nyns o gesys dhe dhebâtya marnas an taclow a wren ny dry genen; yth esen ny ow tallath argya adro dhe hedna, pàn leverys Harrys fatell gafas ev lowr a arethorieth rag udn nos, ha leverel y talvia dhyn mos in mes ha minwherthyn, rag ev dhe dhyscudha tyller in agan ogas, may hylly den cafos badna a dhowr tobm Godhalek, o gwyw dhe eva in gwir.

Jory a leverys ev dhe vos sëgh (ny borthaf cov a dermyn vëth, nag o Jory sëgh); ha dre rêson me dhe gresy nebes gwyras, tobm ha

skethen limaval inhy, dhe weres ow dysês, an debâtyans
a veu dewedhys ha ny oll unver, bys i'n nessa
gordhuwher. Ytho an metyans a worras aga hot wàr aga
fedn ha mos in mes.

Chaptra III

Pùptra composys

Pùptra composys.—Gis Harrys a wil ober.—Fatl'usy an tas teylu coth ow cregy pyctour wàr an fos.—Jory a lever furneth.—Plesour a vadhya i'n mor abrës.—Taclow provies in câss a omwheles.

Ytho an nessa gordhuwher ny a gùntellas warbarth rag debâtya ha rag composa agan towlow. Harrys a leverys: "Lebmyn, an kensa tra dhe wil yw ervira pandra wren ny kemeres genen. Now, te, J., cav darn a baper ha scrîf warnodho, ha te, Jory, kergh menegva an spîcer, ha gwrêns nebonen ry dhybm tabm a bluven blobm, ha me a wra rol."

Hèn yw Harrys a dhevîs—ev a vëdh parys pùpprës kemeres begh pùptra warnodho y honen ha'y settya wàr dhywscoth pobel erel.

Yma va ow qwil dhybm remembra ow Êwnter Podger truan. Ny welsys bythqweth i'th tedhyow kebmys deray dres oll an chy dell ve pàn wrella ow Êwnter Podger kemeres orto y honen gwil ober. Gesowgh ny soposa pyctour dhe dhos tre dhia an gwrior frâmys, ha dhe vos ow sevel i'n rôm debry, ow cortos may fe gorrys in bàn. Modryp Podger a vynsa govyn pandra vedha gwrës ganso hag Êwnter Podger a vynsa leverel:

"O, gwra gasa hedna genama. Na wrêns den vëth ahanowgh trobla y honen adro dhe hedna. Me a vydn y wil."

Hag ena ev a vynsa disky y gôta ha dallath. Ev a wrussa danvon an vowes in mes rag perna whednar a gentrow, hag ena onen a'n vebyon wàr hy lergh dhe leverel dhedhy pana vrâster a gentrow a ve res. Ha dhyworth hedna ev a wrussa mos in rag ha sordya oll an chy.

21

"Now, a Wella, kê ha kergh dhybm ow morthol," ev a vynsa cria, "ha te, Tobm, dro dhybm an rewl; ha me a'm bëth ethom a skeul an gradhow inwedh, ha gwell via dhybm cafos chair in mes a'n gegyn kefrës; ha, Jym, gwra ponya adro dhe jy Mêster Goggles, ha lavar dhodho, 'Gormynadow gwella dhyworth Tasyk, ha govenek a'n jeves y arr dhe vos yaghhës; hag a yll ev lendya dhodho y level gwyras?' Saw te, Maria, gwra gortos obma, rag me a'm bëdh othem a nebonen dhe sensy an golow ragof; ha pàn wrella an vowes dewheles, res vëdh dhedhy mos in mes arta rag cafos nebes corden pyctour; ha Tobm!—ple ma Tobm?—Tobm, deus obma; othem vëdh dhybm ahanas rag offra an pyctour in bàn dhybm."

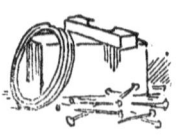

Hag ena ev a vynsa derevel an pyctour ha'y dhroppya, ha'n pyctour a vynsa dos in mes a'n fram, hag ev a vynsa selwel an gweder ha trehy y honen. Ena ev a vydna terlebmel adro i'n rom, ow whelas y lien dorn. Ny alsa trouvya y lien dorn, rag y fia in pocket an côta a wrug ev disky, ha ny woffya ple feu va settys, hag y fia res dhe oll an mêny sevel orth whelas y doulys, ha dallath whelas y gôta. Hag ev a vynsa terlebmel adro worth aga lettya.

"A ny wor den vëth in oll an chy ple ma ow hôta avy? Ny wrug vy metya bùsh kepar in oll ow dedhyow —wàr ow fëdh, na wrug. Whegh ahanowgh!—ha ny yllowgh why cafos côta a settys dhe'n dor le ès pymp mynysen alebma! Wèl, why yw an lacka—"

Ena ev a wrussa sevel ha cafos fatell esa va esedhys wàr y gôta, ha gelwel in mes, "Ogh, why a yll cessya whelas! Me re wrug y fanja ow honen. Y fia mar dhâ pesy an gath dhe gafos neppyth avell govyn orthowgh why whelas tra vëth."

Ha pàn via hanter-our spênys ow kelmy y vës in bàn, ha pàn via gweder nowyth kefys, ha pàn via drës an toulys ha'n skeul ha'n chair ha'n gantol, ev a wrussa assaya unweyth arta, gans oll an teylu, an vowes comprehendys ha'n scùryores, ow sevel adro in hanter-kelgh parys dhe weres. Y fia res dhe dhew anodhans sensy an chair, ha'n tressa a wrussa ry gweres dhodho ow crambla warnodho, ha'y sensy ena, ha'n peswora a wrussa drehedhes kenter dhodho, ha'n pympes a wrussa hedhes in bàn dhodho an morthol, hag ev a vynsa dalhedna an genter ha'y droppya.

"Dar!" a lavarsa ev yn offendys, "lebmyn yma an genter gyllys."

Hag y fia res dhyn oll skydnya wàr bedn dowlin ha cramyas adro worth y whelas, hag ev a wrussa sevel wàr an chair in udn renky, ha govyn mar pëdh res dhodho gortos ena remnant an gordhuwher.

An genter a via kefys wàr an dyweth, saw warbydn an prës-na an morthol a via kellys ganso.

"Ple ma an morthol? Pandra wrug vy gans an morthol? Re Dhuw a'm ros, seyth ahanowgh ow lagatta ena, ha ny wodhowgh why pëth a wrug vy gans an morthol!"

Ny a wrussa cafos an morthol ragtho, hag ena y fia kellys ganso an merk a wrug ev wàr an fos, may fia res dhe'n genter entra, hag y fia res dhe genyver onen mos in bàn wàr an chair ryptho, rag dyscudha a alsa den vëth ahanan y drouvya; ha ny oll a wrussa y gafos in tyller dyffrans, hag ev a vynsa agan gelwel fôlys, ha leverel dhyn skydnya. Hag ev a wrussa kemeres an scantlyn, ha musura arta, ha convedhes ev dhe whelas hanter a udnek warn ugans mesva ha teyr êthves dhyworth an gornel; hag a wre assaya y wil in y bedn ha muskegy.

Ha ny oll a'n gwrussa i'gan pedn ha ny oll a gafsa gorthyp dyffrans, ha mockya y gela. Hag i'n deray kebmyn y fia ankevys an nùmber gwredhek, ha res via dhe Êwnter Podger y vusura arta.

Ev a wrussa ûsya hës a gorden an termyn-ma, hag i'n prës ewn, pàn esa an bobba coth ow posa dres an chair in elyn a pymp degrê ha dewgans, owth assaya hedhes bys in tyller teyr mesva pella ès dell o possybyl, an gorden a vynsa slyppya, hag ev a wrussa codha wàr an pianô; ha'y gorf ha'y bedn ow qweskel oll an nôtys oll warbarth adhesempys a wrussa seny melody marthys.

Ha Modryp Maria a vynsa leverel na wrella hy alowa dhe'n flehes sevel adro ha clôwes geryow kepar.

Wàr an dyweth Êwnter Podger a wrussa dyghtya an spot arta, ha gorra bleyn an genter warnodho gans y dhorn cledh, ha kemeres an morthol in yn dhorn dyhow. Ha gans an kensa strocas ev a vynsa

sqwattya y vës brâs, ha droppya an morthol gans uj war droos
nebonen.

Modryp Maria a lavarsa yn clor fatell esa hy ow qwetyas an nessa
prës may whrella Êwnter Podger gweskel kenter i'n fos gans
morthol, ev dhe dherivas dhedhy dhyrag dorn, may halla hy parusy
dhe wortos udn seythen in chy hy mabm, erna ve an ober gwrës.

"Ogh! Why benenes, yth esowgh why ow qwil kebmys son adro
dhe dra mar vian," a lavarsa Êwnter Podger, in udn sevel in bàn.
"Dar, me a gar gwil ober bian a'n sort-ma."

Hag ena ev a wrussa assaya arta, ha gans an secùnd strocas, an
genter a vynsa mos der an plaster yn tien, ha hanter a'n morthol wàr
hy lergh, hag y fia Êwnter Podger herdhys warbydn an fos gans nerth
lowr dhe blattya y frigow.

Nena res via dhyn cafos an scantlyn ha'n gorden arta, ha toll
nowyth a via gwrës; hag adro dhe hanter-nos, an pyctour a via
cregys—pòr gabm ha diantel, ha lathow an fos a bùb tu a havalsa bos
levnys gans racan, hag y fia pùbonen sqwith ha morethek—pùbonen
marnas Êwnter Podger y honen.

"Otta why," ev a vynsa leverel, ow skydnya dhywar an chair wàr dreys calesednek an scùryores, hag ow meras orth an strôll gwrës ganso ha gooth dhe redya wàr y fâss, "Dar, nebes tus a vynsa gelwel den aberth i'n chy rag gwil tra vian kepar ha hedna!"

Harrys yw an sort-na a dhen poran, pàn vo va tevys in bàn, me a wor, ha me a leverys hedna dhodho. Me a leverys na yllyn y asa dhe gemeres kebmys lavur warnodho y honen. Me a leverys: "Nâ. Te a dal cafos an paper ha'n bluven blobm ha'n venegva, ha Jory, te a vydn y screfa. Me a vydn gwil an ober."

Res veu dhyn tôwlel dhe ves an kensa rol gwrës genen. Apert o na ylly dowrow awartha Dowr Tamys alowa scath dhe wolya warnodhans a via brâs lowr rag kemeres oll an taclow dyhepcor screfys genen. Rag hedna ny a sqwardyas an rol-na dhe dybmyn ha meras an eyl orth y gela.

Jory a leverys: "Why a wor agan bos ny wàr an fordh gabm yn tien. Res yw dhyn sconya dhe bredery a'n taclow a via a brow dhyn, adar a'n taclow na alsen ny gwil hepthans."

Yma Jory owth ombrevy pòr fur traweythyow. Sowthenys via den vëth. Me a elow hedna furneth pur, adro dhe'n present mater in gwir ha dre vrâs ow tùchya agan viaj ryver an bêwnans in bàn kefrës. Pana lies den wàr an viaj-na, usy ow carga an scath erna vo hy in peryl a vudhy dre vegh a daclow gocky usons y ow consydra dyhepcor rag plesour ha dhe gomfort an trumach, pàn nag yns y in gwiryoneth ma's daffar dydhevnyth?

Ass usons y ow carga an scath druan vian bys in top an wern gans dyllas teg ha gans treven brâs; gans servysy heb prow ha bùsh a gothmans stâtly nag usons worth aga hara nameur, hag na's teves y kerensa vëth ragthans naneyl; ha gans intertaynment nag eus den vëth owth enjoya, gans formalytas ha gans gîsyow, gans fêkyl cher ha gans bobans, ha gans—an stoff moyha poos ha moya dybrîs!— an own pandra wra ow hentrevak predery ahanaf, gans gwara gorlanwes na wra ma's dyvlasa, gans plesours na wra ma's ancombra, gans dysqwedhyans gwag, kepar ha cùrun horn an felon i'n dedhyow

25

coth, a wra dhe'n pedn usy hy adro dhodho dhe dhevera goos ha dhe
glamdera!

Stoff dybrîs ywa, sos—stoff dybrîs yw pùptra! Tôwl e dres an
tenewen! Yma va ow qwil an scath mar boos dhe dedna, namnag esta
ow clamdera orth an rêvow. Yma va ow qwil an scath mar beryllys
ha mar gales dhe lewyas; ny vëdh tecken vëth oll dhis frank a
fienasow hag anken, ny vëdh termyn vëth genes nefra rag hunrosa
yn syger—termyn vëth rag meras orth an skeusow ow qwybya yn
scav a-ugh an dowr bas, poken orth golowydnow an howl ow
terneyja aberth i'n todnow bian hag in mes anodhans arta, pò worth
an gwëdh brâs ryb amal an ryver owth aspia aga hevelep aga honen,
pò worth an cosow owryek ha gwer, pò worth an lily gwydn ha
melen, pò worth an porv tewl ow lesca pò orth an hesk, orth blejen
an cog pò orth an scorpyonles blou.

Tôwl an stoff dybrîs dres tenewen an scath, sos! Bedhens scath dha
vêwnans scav, heb tra veth inhy marnas a vo othem dhis anodho—
chy attês ha plesours sempel, udn cothman pò dew, nebonen dhe gara
ha dhe'th cara jy, cath, ky ha pib pò dyw, lowr dhe dhebry ha lowr
dhe wysca; ha nebes moy ès lowr dhe eva; rag tra beryllys yw an
sehes.

Ena te a gav an scath moy êsy dhe dedna, ha ny vëdh hy mar barys
dhe omwheles; ha mar teu hy hag omwheles, ny vern; marchondîs
plain ha dâ a vëdh staunch lowr. Te a gav termyn inwedh dhe
ombredery. Termyn dhe eva golow howl an bêwnans—termyn dhe
woslowes orth mûsyk eölek tednys gans gwyns Duw in mes a golon
mabden oll adro dhyn—termyn dhe—

Gwra ow ascûsya, dell y'm kyrry. Me a ancovas yn tien.

Wèl, ny a asas an rol gans Jory, hag ev a's dalathas.

"Ny vydnyn ny kemeres tent
genen," yn medh Jory; "ny
a'gan bëdh scath a vo gorher
warnedhy. Hèn yw liesgweyth
moy sempel ha moy attês."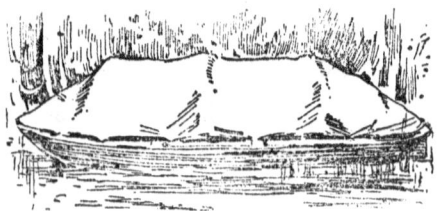

Hedna a hevelly tybyans dâ ha ny oll a acordyas adro dhodho. Ny worama a wrusta jy bythqweth gweles an dra esoma ow mênya. Yth esta ow fastya kelhow a horn a-ugh an scath, hag ow tysplewya canfas ledan drestans, ha'y fastya yn fyrm oll adro. Yma hedna ow qwil sort a jy munys, ha cles ywa ha teg, saw nebes re glos. Saw yma anles gans kenyver tra, kepar dell leverys an den pàn verwys y vabm dhâ, hag ev a gafas an recken rag hy encledhyas.

Jory a leverys i'n câss-na y rêsa dhe genyver onen ahanan kemeres ganso, lantern, seban, scubylen ha crib (intredhon), scubylen dens (onen an den), bason, polter dens, taclow dyvarva (yma va ow sowndya kepar ha lesson i'n tavas Frynkek, a nyns usy?), ha nebes towellow brâs rag badhya. Me a wel fatell yw an bobel porposys dhe vadhya yn fenowgh pàn vowns y ow mos ogas lowr dhe'n dowr, saw nag usons y ow padhya yn fenowgh pàn vowns y devedhys.

Yth yw an keth tra pàn wrelles mos ryb an mor. Yth esoma pùpprës ow porposya—pàn wryllyf consydra an mater in Loundres—me dhe sevel yn avarr pùb myttyn ha entra i'n mor dhyrag haunsel. Rag hedna yth esoma ow trùssa lavregyn neyja rudh ha towal badhya. Me a gebmer lavregyn neyja rudh genama pùpprës. Yma lavregyn neyja rudh orth ow flêsya yn frâs. Yma va ow cortheby yn ewn dhe lyw ow crohen, me a grës. Saw pàn vyma devedhys bys i'n mor, nyns oma owth omglôwes mar sur a'n badhyans avarr-na, dell en vy wàr neb cor pàn esen vy in Loundres.

I'n contrary part, me a garsa gortos i'n gwely bys i'n termyn dewetha, hag ena skydnya rag debry haunsel. Unweyth pò dywweyth vertu re fethas, ha me re savas orth whegh eur ha wosa gorra hanter ow dyllas i'm kerhyn, me re gemeras ow lavregyn ha towal, ha trebuchya yn trist in mes. Saw ny ros an dra plesour vëth dhybm. Yth hevel dhybm y fëdh gwyns ÿst glew dres ehen sensys ragof, worth ow gortos, pàn wryllyf mos in mes rag badhya yn avarr, hag y fëdh dêwysys oll an veyn tryhornek, ha'ga settya wàr enep an dor, hag y fëdh lebmys an carrygy, ha'ga bleynow a vëdh cudhys in dadn nebes tewas, ma na wryllyf aga gweles, hag y fëdh an mor y honen kemerys in mes dyw vildir dhyworth an treth, may fo res dhybm gorra ow dywvregh i'm kerhyn rag ewn yêynder ha lebmel, in udn grena dre whegh mesva a dhowr. Ha pàn wryllyf drehedhes an mor wàr an dyweth, ev yw garow ha despîtus lowr.

Ena yma udn dodn vrâs orth ow hachya hag orth ow thôwlel dhe'n dor i'm eseth, mar gales dell yll bos, wàr garrek re beu settys ena spessly ragof. Ha kyns ès me dhe leverel "Ogh! Ogh!" ha percêvya bos an dodn gyllys, otta hy ow tewheles hag orth ow dry in mes in cres an keynvor. Me a dhallath gweskel adro dhybm rag ewn own ha govyn orthyf ow honen mar teuma ha gweles an dor sëgh nefra arta, hag ellas me dhe vos mar grûel dhe'm whor vian avell maw (pàn veuma maw, yth esoma ow mênya). Ha pàn vo pùb govenek forsâkys genef, yma todn owth omdedna hag orth ow gasa dysplêtys wàr an treth kepar ha pympbës, hag otta vy ow sevel in bàn hag ow meras wàr dhelergh hag ow tyscudha fatell esen vy ow neyja in dew dros'hës a dhowr. Yth esoma ow terlebmel bys i'n tir sëgh, ow corra ow dyllas adro dhybm hag ow cramyas tre, le mayth yw res dhybm leverel an badhyans dhe'm plêsya.

I'n present termyn, yth esen ny oll ow côwsel kepar ha pàn ve ervirys genen neyja prës hir kenyver myttyn.

Jory a leverys y fedha pòr deg dyfuna i'n scath in myttyn fresk ha troghya dha honen i'n ryver ylyn. Yn medh Harrys nag o tra vëth mar dhâ avell neyja dhyrag haunsel rag ry ewl boos dhe nebonen. Ev a leverys y re hedna ewl boos dhodho pùpprës. Jory a leverys mar qwrussa hedna gwil dhe Harrys debry moy ès dell o ûsys, ena ev a vynsa gwetha Harrys dhyworth badhya termyn vëth.

Ev a leverys y fedha ober lowr genen ow tedna boos lowr rag Harrys an ryver in bàn kepar dell o taclow solabrës.

Me a gampollas dhe Jory bytegyns pana deg vedha a pe Harrys dhe vos glân ha fresk adro dhe'n scath, kyn fe res dhyn dry genen nebes cansposow moy a sosten. Wàr an dyweth ev a gonvedhas hedna, ha nyns o va warbydn Harrys ow padhya na fella.

Ny a agrias wàr an dyweth y fedha res dry try thowal badhya genen, ma na wrella den vëth ahanan gwil dhe dhen aral gortos.

Ow tùchya dyllas, Jory a leverys y fedha lowr dew sewt a wlanen, rag ny a alsa aga golhy i'n ryver a pêns y mostys. Ny a wovydnas orto a wrug ev bythqweth assaya dhe wolhy gwlanen i'n ryver. Ev a worthebys na wrug poran, saw aswonys o dhodho gwesyon a wrug y wil, hag êsy lowr o. Ha me ha Harrys, ny o gwadn lowr dhe dhesmygy ev dhe wodhvos pandr'esa ev ow côwsel adro dhodho, ha fatell ylly try den yonk hag onest, heb roweth vëth, ha heb experyens vëth ow tùchya golhy, fatell yllens in gwir golhy aga hevysyow ha'ga lavregow in Dowr Tamys gans nebes seban.

Yth esen ny ow mos dhe dhesky i'n dedhyow esa ow tos, pàn o va re holergh, Jory dhe vos faytour truan, hag apert o na wodhya tra vëth i'n bës adro dhe'n mater. Mar teffes ha gweles an dyllas-na wosa hedna—saw kepar dell usy an euthnovelys a brîs isel ow leverel: yth eson ny ow procêdya re uskys.

Jory a inias warnans y fedha res kemeres chaunjyans a dhyllas nessa, ha lies pair a bawgenow; ha plenty a lienyow dorn inwedh, rag y a vydna servya rag glanhe taclow, ha pair a votas lether warbarth gans agan eskyjyow scath, rag y fia othem dhyn anodhans, mar teffen hag omwheles agan honen.

Chaptra IV

Qwestyon an boos

*Qwestyon an boos.—Avoydya oyl parafîn avell airgelgh.—An prow usy
keus owth offra avell coweth viajya.—Benyn dhemedhys ow forsâkya hy
thrigva.—Dyghtyans pella in câss a omwheles.—Otta vy ow trùssa.—
Ass yw cledhek treus scubylednow dens.—Otta Jory ha Harrys ow
trùssa.—Omdhegyans uthyk Montmorency.—Ny ow mos dh'agan
powesva.*

Ena ny a dhebâtyas qwestyon an boos. Jory a leverys: "Gesowgh
ny dallath gans haunsel." (Ass yw Jory doth!) "Now, rag an
haunsel othem a'gan bëth a badel fria"—(Harrys a leverys na ylly
padel fria bos debrys yn êsy; saw ny wrussyn ny ma's y inia dhe
sconya bos gocky, ha Jory a bêsyas)—"têpot ha caltor, ha forn
spyrys predn."

"Na wren ny ûsya oyl vëth," yn medh Jory; yth esa mênyng dhe
redya wàr y fâss, hag acordys en ny, Harrys ha me.

Ny a gemeras forn oyl genen unweyth, saw "nefra arta" ny vydnyn
gwil indella. An seythen-na a veu kepar ha trega in shoppa oyl. Yth
esa an oyl ow sygera. Ny welys vy tra vëth bythqweth o mar barys
dhe sygera. Ny a'n sensys in pedn arag an scath, hag alena an oyl a
wre sygera bys i'n lew, in udn ura an scath yn tien ha kenyver tra wàr
y fordh; sygera a wre dres an ryver hag ura oll an pow adro ha
shyndya an air. Traweythyow y fedha gwyns oylek dhia an west ow
whetha, ha traweythyow gwyns oylek dhia an north, ha
traweythyow erel gwyns oylek dhia an soth; saw pynag oll fordh y
fedha ow whetha, dhia ergh an Arctek pòken dhyworth tewas an

dysert dhe'n soth, y whre va dos bys dhyn cargys gans an odour a barafîn.

Hag y fedha an oyl-na ow sygera in bàn hag ow shyndya an howlsedhas. Ow tùchya golowydnow an loor, y hylly fler poos parafîn bos clôwys warnodhans.

Ny a whelas scappya dhyworto ryb Marlow. Ny a asas an scath ogas dhe'n pons, ha kerdhes der an dre rag diank dhyworth an oyl, saw an oyl a'n sewyas. An dre yn tien o leun a oyl. Ny a bassyas dre gorflan an eglos, hag yth hevelly dhyn fatell veu an bobel encledhys in oyl. Yth esa an Strêt Uhel ow mousegy anodho. Ny a wrug marthùjyon y hylly an bobel bewa ino. Ha ny a gerdhas lies mildir in mes tro ha Birmyngham, saw ny amowntyas màn; yth o oll an pow glëbys gans oyl.

Orth dyweth an viaj-na ny oll a gùntellas prës hanter-nos in tyller dygoweth in dadn wedhen derow arnewys ha ny a dos an creffa ty a yllyn (yth esen ny ow tia nans o seythen in fordh onest saw hèm o tra solem)—an creffa ty a yllyn, na wrellen kemeres genen in scath oyl parafîn nefra arta, marnas heb mar in câss a gleves.

Rag hedna ny a vynsa i'n present termyn lymytya agan honen dhe wyras predn. Hèn yw drog lowr. Yth esta ow cafos pasty gwyras predn ha câken gwyras predn. Saw moy yagh dhe'n corf pàn vo consûmys in myns brâs yw gwyras predn ès parafîn.

Rag haunsel inwedh Jory a gomendyas oyow ha backen, rag y o êsy dhe dharbary, kig yêyn, tê, bara hag amanyn, ha kyfeyth. Rag ly, yn medh ev, ny a ylly debry tesednow cales, kig yêyn, bara hag amanyn ha kyfeyth—saw heb keus vëth. Yma keus kepar hag oyl ow qwil re anodho y honen. Keus a garsa cafos oll an scath dhodho y honen. Yma va ow mos der oll an hanafer, hag ow ry an saworen a geus dhe genyver tra. Ny ylta jy determya esta ow tebry crampeth avallow pò selsyk Jerman, pò syvy ha dehen. Pùptra a hevel bos keus. Keus a'n jeves re a fler.

Yth esoma ow remembra pàn wrug cothman dhybm perna dew geus in Lêrpol. Keusyow spladn o an re-na, athves ha rych, hag y a's teva saworen dew cans marghnerth adro dhodhans, neb a alsa lêsa teyr mildir ha knoukya den dhe'n dor dew cans lath abell. Yth esen ow honen in Lêrpol an termyn-na, ha'm cothman a leverys, mar ny ve tra vëth genama warbydn an tybyans, ev a vynsa govyn orthyf aga dry genama tre dhe Loundres, rag ny ylly ev dewheles bys pedn nebes dedhyow, hag ev dhe cresy y fedha gwell sconya dh'aga gwetha lies dëdh moy.

"Me a vydn gwil hedna ragos gans plesour brâs, sos," me a worthebys, "gans plesour brâs."

Me a rug y vysytya rag cùntell an keusyow ha'ga hemeres in kerdh genef in càb. Kert balscat o hedna, tednys in rag gans kerdhor der y gùsk, glingabm, cot y anal, may fedha y berhen ow côwsel anodho rag ewn tomder colon traweythyow avell "margh." Me a settyas an keusyow wàr dop an càb; ny a dhalathas wàr agan fordh ha'n best ow sygera in rag mar uskys avell an rôlyor êthen scaffa bythqweth a veu gwrës, hag yth esa pùptra ow procêdya maga lowen avell clogh ancledhyas, erna wrussyn ny drehedhes an gornel. Ena an gwyns a dhug wheth a saworen an keusyow bys in dewfrik agan stêda. Hedna a'n dyfunas, ha gans ronk a euth, ev a fystenas in kerdh teyr mildir i'n our. Yth esa an gwyns ow whetha tro hag ev whath, ha kyns ès ny dhe dhrehedhes pedn an strêt, namnag esa ev ow ponya peder mildir i'n our, in udn asa an evredhegyon ha'n benenes coth tew pell adhelergh.

Y feu res dhe dhew borthor ha dhe'n drîvyor y honen sensy an margh dhyrag an gorsaf, hag yth hevel dhybm na alsens y wil, na ve onen a'n dus dhe vos mar skentyl dhe worra lien dorn dres frigow an best, ha dhe worra tan in darn a baper gell.

Me a gemeras ow thôkyn ha kerdhes yn prowt an cay ahës gans an keusyow. An bobel a omdednas gans revrons brâs dhyworthyf a bùb tu. An train o leun, ha res veu dhybm entra in caryach mayth esa seyth den erel esedhys solabrës. Udn cothwas crowsek a assayas ow gwetha in mes. Me a entras, bytegyns, ha wosa settya an keusyow wàr estyllen an fardellow, me a herdhyas ow honen intredhans wàr an esedhva in udn vinwherthyn yn teg, ha leverel fatell o tobm an jëdh.

Wosa nebes mynys an den jentyl coth a dhalathas fysla.

"Pòr glos ywa obma," yn medh ev.

"Re boos," yn medh an den ryptho.

Hag ena y a dhalathas frigwhetha, hag orth an tressa frigwheth y a'n cachyas i'n brèst poran, ha heb leverel ger namoy, y a savas in bàn ha mos in mes. Hag ena benyn dew a savas in bàn ha leverel fatell o dyvlas benyn onest dhemedhys dhe vos tebel-dyghtys indelma, ha wosa cùntell udn sagh hag eth fardel hy a dhybarthas. An peswar tremenyas gesys a remainyas a'ga eseth pols, erna leverys den i'n gornel, solem y semlant, neb a hevelly dhyworth an dhyllas ha'y gonversacyon dhe vos encledhyor, an dra dhe wil dhodho predery a vaby marow; ha'n try thremenyas aral a assayas departya der an daras warbarth, hag y a hùrtyas aga honen.

Me a vinwharthas orth an den in dyllas du, hag a leverys y fedhyn ny agan honen oll i'n caryach. Ev a wharthas yn plesont, hag a leverys fatell esa radn a'n pobel ow qwil clôwyowgh brâs adro dhe dra vian. Saw ev y honen a veu nebes trist wosa an train dhe dhallath gwaya. Rag hedna, pàn wrussyn ny drehedhes Crewe, me a'n pesys dhe dhos genef dhe lëbya agan min. Ev a agrias, ha ny a herdhyas agan fordh bys in caryach an boos, le may whrussyn uja ha stankya ha gwêvya agan glawlednow dres qwarter our, hag ena arlodhes yonk a dheuth ha govyn a garsen ny tra vëth.

"Pandra vydnowgh why eva?" yn medhaf vy in udn drailya dhe'm coweth.

"Hanter-cùrun a dhowr tobm Frynkek, heb dowr, mar pleg, a vêstresyk," ev a worthebys.

Ha warlergh y eva, ev êth in mes yn cosel y honen oll hag entra in caryach aral. Me a brederys hedna dhe vos omdhegyans caughwas.

Dhia Crewe me a'm beu an caryach dhybm ow honen, kynth o an train leun a bobel. Kepar dell wren ny stoppya i'n dyvers gorsavow, an bobel a wely ow haryach gwag, hag a wre fystena bys ino. "Otta jy, Maria; deus in rag. Lowr a spâss obma." "Dâ lowr, Tobmas; ny a vydn esedha obma," y a wre garma. Hag ena y a vedha ow ponya in rag, ow ton seghyer poos, ha strîvya adro dhe'n daras rag entra kensa. Hag onen anodhans a wre egery an daras, ascendya an grîsys, ha trebuchya wàr dhelergh in dywvregh an den wàr y lergh; hag y oll a wre dos ha frigwhetha, hag ena departya ha herdhya aga honen aberth in caryajys erel, poken tylly an dyffrans ha mos kensa class.

Dhyworth Gorsaf Ewston me a gemeras an keusyow wàr nans dhe jy ow hothman. Pàn entras y wreg i'n rom, hy a frigwhethas tecken. Ena hy a leverys: "Pëth yw an mater? Derif an yêyn nowodhow dhybm."

Me a leverys: "Keusyow yw an re-na. Tobm a's prenas in Lêrpol, ha'm pesy dh'aga dry in bàn dhe Loundres genef."

Ha me a addyas yth o govenek dhybm, fatell esa hy ow convedhes nag en vy kelmys gans an dra in fordh vëth oll. Hy a worthebys hy bos certan a hedna, saw hy a leverys y whre hy côwsel orth Tobm adro dhodho pàn dheffa va tre.

Res veu dhe'm cothman dylâtya in Lêrpol nebes dedhyow pella ès dell esa ow qwetyas, ha pàn na wrug ev dewheles try dëdh moy wosa hedna, y wreg a'm vysytyas. Hy a leverys: "Pandra leverys Tobm adro dhe'n keusyow-na?"

Me a worthebys ev dhe erhy aga sensy in tyller glëb, na dalvia den vëth aga thùchya.

Hy a leverys: "Dre lycklod ny wra den vëth aga thùchya. A glôwas ev aga saworen?"

Me a gresy ev dhe wil indella, hag a addyas yth hevelly y dh'y blêsya yn frâs.

"Esta ow predery y fedha ev serrys," yn medh hy, "mar teffen ha ry puns dhe dhen dh'aga hemeres in kerdh ha'ga encledhyas?"

Me a worthebys yth esen ow cresy na wre va minwherthyn nefra arta.

Ena tybyans a dheuth dhedhy. Hy a leverys: "A vies jy parys dh'aga gwetha ragtho? Gas vy dh'aga danvon adro bys dhis."

"A venyn vas," me a worthebys, "ragof vy ow honen, an saworen a geus yw teg, ha'n viaj gansans agensow dhia Lêrpol a veu dhybm an dyweth lowen a dhegoloyow plesont. Saw i'n bës-ma res yw dhyn predery a'gan kesCristyon pùpprës. An arlodhes esoma onorys dhe vos tregys in dadn hy tho hy yw gwedhowes, ha kyn na worama adro dhe'n mater, hy a alsa bos omdhevades kefrës. Hy a vëdh pùb termyn warbydn tra vëth a alsa, dell lever hy hy honen, hy thebel-ûsya. Own a'm beus keusyow agas gour in hy chy dhe hevelly dhedhy bos taunt-fara orty. Ha bydner re lavarro den vëth me dhe dauntya an wedhowes ha'n omdhevades."

"Dâ lowr, ytho," yn medh gwreg ow hothman, in udn sevel wàr hy threys, "ny vanaf vy leverel ma's hebma: me a vydn kemeres an flehes ha trega in ostel erna vo debrys an keusyow-na. Yth esof ow sconya remainya mynysen moy i'n keth chy gansans."

Hy a sensys hy ger inwedh, ha hy a asas an plâss in dadn with an scùryores. Pàn veu govydnys orth an scùryores a ylly hy perthy an saworen, he a worthebys "Pana saworen?" ha pàn veu hy drës ogas dhe'n keusyow ha pàn veu erhys dhedhy frigwhetha yn crev, hy a leverys hy dhe aswon saworen wadn a bompyon wheg. Argyes veu dhyworth hedna na ylly an airgelgh-na hy shyndya màn, ha gesys veu hy.

Recken an ostel a veu pymthek gyny; ha'm cothman wosa acowntya pùptra, a aswonas an keusyow dhe gostya eth sols ha whednar puns an poos; rag hedna ev a dhetermyas aga thôwlel dhe ves. Ev a's tôwlas aberth i'n dowrgledh, saw res veu dhodho aga hygedna in mes arta, rag yth esa tus an barjys ow croffolas. Y a leverys an keusyow dhe wul dhedhans omglôwes gwadn. Warlergh hedna ev a's kemeras ha'ga gasa in marowjy an bluw. Saw a'n cùrunor a's dyscudhas ha gwil clôwyowgh brâs.

Ev a leverys fatell o va bras rag kemeres y begans dhyworto dre dhyfuna an corfow marow.

Ow hothman a ryddyas y honen anodhans wàr an dyweth pàn wrug ev aga dry bys in tre ryb an mor ha'ga encledhyas wàr an treth. Hedna a wainyas hanow dâ dhe'n tyller. Vysytyoryon a levery na wrussons bythqweth merkya kyns ena pana grev o an air, hag y whre pobel tùchys gans cleves skevens ha pobel gwadn aga clos dywvron dos dy in nùmber brâs bys pedn lies bledhen wosa hedna.

Kynth esoma ow cara keus, me a grës Jory dhe leverel an pëth ewn, pàn sconyas kemeres keus vëth genen.

"Ny vëdh othem dhyn a dê vëth," yn medh Jory (bejeth Harrys a godhas pàn leverys ev hedna): saw ny a vydn debry prës boos bryntyn orth seyth eur—ly, tê ha soper oll warbarth."

Harrys a lowenhas nebes. Jory a gomendyas pastys kig ha pastys frût, kig yêyn, avallow kerensa, frût ha losow gwer. Rag dewas ny a gemeras genen stoff glusek marthys a fanjas Harrys; te a dal y gemysky gans dowr ha'y elwel lemonâd, tê ha botel a wyras, mar teffen ny, dell leverys Jory, hag omwheles.

Yth hevelly dhybm Jory dhe vos ow côwsel re a omwheles agan honen. Me a gresy hedna dhe vos an spyrys cabm dhe dhallath wàr viaj wàr an ryver.

Saw dâ o genef ny dhe gemeres an wyras genen.

Ny wrussyn ny kemeres naneyl coref na gwin. Errour yns pàn esta ow mos an ryver in bàn. Y a wra dhis omglôwes poos ha sqwith. Dâ lowr yw gwedren gordhuwher pàn esta ow kerdhes adro i'n dre ow

meras orth an mowysy; saw na wra eva pàn usy an howl ow spladna
wàr dha bedn, ha pàn vo res dhis gwil ober crev.

Ny a screfas rol a'n taclow dhe gemeres genen, ha hir lowr o an
rol, kyns ès ny dhe gescar an gordhuwher-na. Ternos, hèn o De
Gwener, ny a gùntellas oll an taclow, ha dos warbarth gordhuwher
rag aga thrùssa. Ny a gafas sagh brâs Gladstone rag an dyllas, ha dew
hanafer rag an boos ha'n lestry. Ny a wayas an bord in bàn warbydn
an fenester, gwil crug a bùptra in cres an leur hag esedha ader dro
ow meras orto.

Me a leverys y whren vy trùssa pùptra.

Me yw prowt lowr a'm trùssa. Trùssa yw onen a'n taclow-na a
gresaf vy me dhe wodhvos moy adro dhodhans ès ken den vëth i'n
norvës (Sowthenys vedhaf traweythyow pana lies yw an taclow-ma).
Me a wrug dhe Jory ha dhe Harrys convedhes fatell o an negys, ha
leverel dhedhans y fedha gwell mar teffens ha gasa pùptra i'm dewla
vy. Y o mar uskys dhe acordya genef, may prederys an mater dhe
vos nebes dres natur. Jory a wrug anowy pib ha lêsa y honen dres an
chair medhel, ha Harrys a settyas y arrow in bàn wàr an bord hag
anowy cygar.

Scant nyns o hedna an pëth porposys genef. An pëth ervirys genef,
heb mar, o hebma: me dhe rowtya an negys, ha Harrys ha Jory dhe
gerdhes adro in dadn ow governans vy, ha me worth aga herdhya
adenewen dhia dermyn dhe dermyn gans "Ogh, te!" "Deus, gas vy
dh'y wil." "Otta jy, sempel lowr!"—worth aga desky, te a alsa
leverel. Saw pàn wrussons y gemeras an fordh-na, me a veu nebes
serrys. Nyns eus tra vëth i'n bës a vydn ow serry moy ès gweles pobel
erel ow sygera adro pàn esoma ow conys.

Tregys en vy unweyth in udn chy gans den a wre dhybm serry
indella. Ev a wre growedha yn syger wàr an gwely dëdh, ow meras
orthyf ow qwil taclow our wosa our, hag ev ow sewya vy gans y
lagasow, pynag oll fordh may whrellen mos. Ev a levery fatell o
yêhes dhodho meras orthyf ow fysla adro. Ev a levery me dhe wil
dhodho consydra nag o an bêwnans hunros diek dhe veras orto ha
dhe dhianowy dredho, saw ober nôbyl, leun a dhevar hag a ober

crev. Yn fenowgh ev a leverys na wodhya ev fatl'ylly ev bewa kyns ès ev dhe vetya genama, pàn na'n jeva ev den vëth dhe veras orto pàn esa ev ow lavurya.

Lebmyn, nyns oma kepar ha hedna. Ny allama remainya cosel a'm eseth ha gweles den aral ow lavurya hag ow conys. Me yw whensys pùpprës dhe sevel in bàn ha governa an negys, kerdhes adro gans ow dewla i'm pockettys, ha leverel dhodho pandra res dhodho gwil. Hèn yw ow gnas dywysyk. Ny allama gwetha ow honen dhyworto.

Saw ny wrug vy leverel tra vëth, mès dallath trùssa. Yth hevelly an ober dhe vos hirra ès dell wrug vy desmygy. Saw me a gafas an sagh, dewedha wàr an dyweth, esedha orto ha kelmy an cronow.

"A ny wrêta gorra an botas ino?" yn medh Harrys.

Ha me a veras adro ha dyscudha fatell wrug vy aga ankevy. Harrys yw kepar ha hedna poran. Ny ylly ev leverel ger vëth erna ve an sagh degës genef ha'n cronow kelmys, heb mar. Ha Jory a wharthas— onen a'y wharthow ev, cog-wharthow, pednscav, gocky ha dystyr. Y a wra dhybm fernewy in gwir.

Me a egoras an sagh ha gorra an botas aberth ino; hag ena, ha me ow mos dh'y dhegea arta, tybyans uthyk a entras i'm pedn. A wrug vy trùssa ow scubylen dens ino? Ny worama prag, saw nefra ny worama a wrug vy gorra ow scubylen dens i'n sagh pò na wrug.

Ow scubylen dens yw an dra usy worth ow throbla peskytter may fyma ow viajya, hag yma hy ow myshêvya ow bêwnans. Me a wel in hunros nag yw hy trùssys genef whath, ha me a dhyfun in whes yêyn, sevel in bàn in mes a'm gwely rag hy whelas. Ha ternos myttyn, me a wra hy thrùssa kyns ès me dh'y ûsya, ha res vëdh dhybm egery ow sagh arta rag hy hafos, ha hy yw an dra dhewetha pùpprës a gemeraf in mes; hag ena res yw dhybm trùssa ow sagh arta, otta vy owth ankevy ow scubylen dens, ha res vëdh dhybm fystena an stairys in bàn rag hy herhes, ha me a's deg genef dhe orsaf an train mailys i'm lien dorn.

Heb mar res veu dhybm kemeres pùptra in mes i'n tor'-na, ha heb mar ny yllyn hy throuvya. Me a derghyas an taclow in bàn dhe'n stât esens y ino pàn veu formys an bës, ha pàn esa deray ow rewlya an ûnyvers. Heb mar, me a gafas scubylen dens Jory ha scubylen dens Harrys êtek gweyth, saw ny yllyn trouvya ow scubylen dens ow honen. Me a settyas an taclow aberth i'n sagh gans meur rach an eyl wosa y gela, ha sensy kenyver tra in bàn ha'y shakya. Ena me a's cafas in botasen. Me a drùssas arta unweyth.

Pàn o dewedhys genama, Jory a wovydnas esa an seban i'n sagh. Me a leverys nag o bern dhybm esa an seban ino, esa pò nag esa; ha me a dhegeas an sagh gans tros brâs ha kelmy an cronow, ha dyscudha me dhe asa pors ow thobacko ino, ha res veu dhybm y dhasegery. An sagh a veu degës rag an prës dewetha wàr an dyweth orth pymp mynysen wosa deg eur, hag ena yth esa an hanafers whath dhe wil. Harrys a leverys fatell vedhen ny ow tallath ajy dhe le ès dewdhek our, hag ev a gresy y fedha gwell dhodho ev ha dhe Jory gwil remnant an trùssa; ha me a agrias. Me a esedhas wàr jair hag y a assayas.

Y a dhalathas mery lowr, dell hevel, rag y o porposys dysqwedhes dhybm fatla rêsa an trùssa bos gwrës. Ny leverys vy tra vëth. Ny wrug vy marnas gortos. Pàn vo Jory cregys, Harrys a vëdh an den trùssa lacka oll i'n norvës; ha me a veras orth an crugyow a blâtyow, a hanavow, a galtoryow, a votellow, a bottys, a bastys, a fornow, a gâkys hag a avallow kerensa, h.e., ha me a gresy y fedha an negys pòr bigus yn scon.

Hag indella y wharva. Y a dhalathas in udn derry hanaf. Hedna a veu an kensa tra a wrussons y. Y a wrug hedna yn udnyk rag dysqwedhes pëth a yllens ha dhe sordya dha les.

Ena Harrys a settyas kyfeyth an syvy wàr aval kerensa ha'y sqwattya, ha res veu dhodhans kemeres an aval kerensa in mes gans lo tê.

Hag ena Jory a gafas y jauns, hag a stankyas wàr an amanyn. Ny leverys vy tra vëth saw me a dheuth nes dhodhans hag esedha wàr amal an bord ha meras ortans. Hedna a wrug aga serry moy ès tra vëth a yllyn leverel. Me a wodhya hedna. Me a's gwrug ownek ha prederus, hag y a drettyas wàr daclow, ha settya taclow wàr aga

lergh, ma na yllens aga throuvya pàn esa othem anodhans; hag y a
settyas an pastys in hanafer awoles, ha gorra taclow poos warnodhans
ha sqwattya an pastys.

Y a dheveras holan wàr bùptra; hag ow tùchya an amanyn!
Bythqweth ny welys vy in oll ow dedhyow dewdhen ow qwil moy
gans deneren ha hanter a amanyn ès dell wrussons y. Warlergh Jory
dhe gemeres amanyn dhywar y eskys chy, y a whelas y worra aberth
i'n galtor. Ny vydna entra ino, hag a veu ino, ny vydna dos in mes.
Y a spêdyas dh'y gravas in mes wàr an dyweth, ha'y settya wàr nans
wàr jair ha Harrys a esedhas warnodho; ha'n amanyn a lenas orto,
hag y êth adro dhe'n rom orth y whelas.

Me a alsa tia me dh'y settya wàr nans wàr an chair-na," yn medh
Jory, hag ev ow meras orth an esedhva wag.

"Me a'th welas orth y wil, le ès mynysen alebma," yn medh Harrys.

Ena y a dhalathas mos adro dhe'n rom orth y whelas; hag ena y a
vetyas warbarth i'n cres, ha meras stark an eyl orth y gela.

"Ass yw hedna tra varthys," yn medh Jory.

"Mystery brâs heb dowt vëth!" yn medh Harrys.

Ena Jory êth adro dhe geyn Harrys ha'y weles.

"Dar, otta va obma oll an termyn," ev a grias, yn serrys.

"Pyle?" yn medh Harrys in udn drailya adro.

"Sav yn cosel, a ny ylta jy!" Jory a elwys yn uhel, ow fystena wàr
y lergh.

Hag y a'n kemeras dhywarnodho, ha'y worra in têpot.

Yth esa Montmorency in cres oll an negys, heb mar. Ny'n jeves
Montmorency saw udn whans i'n bêwnans: dhe lesta pobel may
whrellens y gùssya. Mar kyll ev herdhya y honen in tyller vëth, nag
eus othem anodho ino, ha bos ancombrynsy uthyk, ha gwil dhe bobel
fernewy, ha cafos taclow tôwlys orth y bedn, ena yma va owth
omglôwes na wrug ev wâstya y dhëdh.

Gwil dhe nebonen trebuchya dresto, ha'y volethy heb cessya rag
our yw y dowl uhella; ha pàn vo spêdys ganso in hedna, ny yllyr
perthy y wooth ha'y conceyt.

Yth esa Montmorency ow tos hag owth esedha wàr daclow, an very près poran may fedha othem anodhans dh'aga thrùssa; hag ev a'n jeva an crejyans fyrm, pynag oll termyn may whre Harrys pò Jory istyna in mes aga dorn rag tra vëth, y dhe whansa y frigow yêyn glëb. Ev a worras y arrow aberth i'n kyfeyth, hag ev a anias an loyow tê, hag ev a wre gwil wis an lymavalow dhe vos logos brâs, hag ev a gramblas aberth i'n hanafer ha ladha try anodhans kyns ès Harrys dhe spêdya dh'y weskel gans an badel fria.

Harrys a levery me dhe ry colon dhodho. Ny wrug vy indella. Ky kepar ha hedna ny'n jeves othem vëth a nebonen dhe ry colon dhodho. Yth yw hedna y natur ev, an pegh oryjynal genys ino usy ow qwil dhodho gwil taclow kepar.

An taclow o trùssys orth hanter-cans mynys wosa hanter-nos; ha Harrys a esedhas wàr an hanafer brâs ha leverel govenek a'n jeva na vedha tra vëth kefys trogh. Jory a leverys: a pe tra vëth terrys, terrys o, ha'n lavar-na a hevelly bos a gomfort dhodho. Ev a leverys inwedh fatell o va parys dh'y wely. Yth en agan try parys dh'agan gweliow. Yth o Harrys dhe gùsca genen an nos-na, hag ev êth an stairys in bàn.

Ny a dôwlas whednar rag an gweliow, ha res veu dhe Harrys cùsca genef vy. Ev a leverys: "Yw gwell genes an tenewen wàr jy pò wàr ves, J?"

Me a leverys fatell o gwell genama dre vrâs cùsca ajy dhe wely.

Harrys a leverys an ges-na dhe vos pòr goth.

Yn medh Jory: "Pana dermyn a wrama agas dyfuna why?"

Harrys a leverys: "Orth seyth eur."

Me a leverys, "Nâ—orth whegh eur," rag me a garsa screfa nebes lytherow.

Harrys ha me a strîvyas nebes adro dhodho, saw wàr an dyweth ny a faljas an dyffrans ha leverel hanter wosa whegh.

"Gwra agan dyfuna orth hanter wosa whegh, Jory," ny a leverys.

Ny wrug Jory agan gortheby, ha pàn êthyn ny dres an chambour, ny a dhyscudhas fatell esa va in cùsk nans o termyn hir lowr. Ytho ny a settyas an geren in tyller may hylly ev codha inhy, pàn wrella sevel an nessa myttyn, ha ny agan honen êth dh'agan gwely.

Chaptra V

Yma Mêstres P. orth agan dyfuna

Yma Mêstres P. orth agan dyfuna.—Jory, gwas syger.—Fâlsury an "ragwel wàr an awel".—Agan fardellow ny.—Drocoleth an maw bian.—Pobel ow cùntell adro dhyn.—Ny ow tallath wàr agan fordh in maner stâtly hag ow trehedhes Waterloo.—Nycyta Offycers Hens Horn an Soth-West ow tùchya taclow a'n bës, trainow rag ensampel.—Neyjys on ny, neyjys in scath egerys.

Mêstres Poppets a wrug agan dyfuna myttyn ternos. Hy a leverys: "A wodhowgh why bos an termyn naw eur ogasty, a sera?"

"Naw eur pandra?" me a grias in udn lebmel in bàn.

"Naw eur," hy a worthebys, dre doll an alwheth. "Me a gresy why dhe vos ow cùsca re hir."

Me a dhyfunas Harrys, ha'y dherivas dhodho. Ev a leverys: "Me a gresy te dhe vos whensys dhe sevel orth whegh eur."

"Hèn yw gwir," me a worthebys; "prag na wrusta ow dyfuna vy?"

"Fatl'yllyn vy dha dhyfuna jy, pàn na wrusta ow dyfuna vy?" yn medh ev. "Lebmyn, ny vedhyn ny wàr an dowr bys hanter-dëdh. Marth yw genef te dhe sevel mes a'th wely wàr neb cor."

"Ùm," me a worthebys, "i'n gwella prës ragos, yth esof ow sevel. Na ve me dhe'th tyfuna, te a vynsa growedha ena bys pedn an dhyw seythen warbarth."

Ny a scrynkyas an eyl orth y gela indelma nebes mynys, erna wrug Jory agan defia gans ronk uhel. Hedna a wrug dhyn perthy cov anodho rag an kensa prës dhia bàn veun ny gelwys. Otta va a'y wroweth—an den neb a garsa godhvos pana dermyn a godhvia dhodho agan dyfuna—wàr y geyn, y anow ledan-egerys, ha'y dhewlin derevys.

Ny worama prag yth yw indella, me yw certan, saw pàn welaf den aral i'n gwely, ha me sevys in bàn, yth esof vy ow muskegy. Yth hevel dhybm mar uthyk bos gwastys in cùsk milus an ourys precyous a vêwnans den—an mynys dres pris na wra nefra dewheles.

Otta Jory ow tôwlel dhe ves in hager-sygerneth an ro marthys a dermyn; yth esa y vêwnans meur y bris, may fedha res dhodho ry acownt a bùb secùnd anodho i'n nessa bës, ow slyppya dhyworto heb y ûsya. Ev a alsa bos sevys, ow stoffya y honen gans oyow ha backen, owth ania an ky pò ow trufla gans an vowes, in le bos a'y wroweth in y wely, kellys in ancof ha clamder enef.

Ass o uthyk an tybyans! Yth hevel fatell veu Harrys ha me gweskys ganso i'n kettermyn. Ny a erviras y selwel, hag i'n determyans nôbyl-ma, agan strîf agan honen a veu ankevys. Ny a labmas dres an chambour ha tôwlel an lienyow gwely dhywarnodho. Harrys a'n cronkyas gans eskys chy, ha me a grias in y scovarn. Ev a dhyfunas.

"Pandra wharva?" yn medh ev in udn esedha in bàn.

"Sa'bàn, te bedn brâs diek!" a grias Harrys. "Qwarter dhyrag deg ywa."

"Pandra!" Jory a scrijas, ow lebmel in mes a'n gwely aberth i'n geryn. "Pyw in hanow an Jowl, a settyas an dra-ma obma?"

Ny a leverys dhodho ev dhe vos fol, mar ny welas ev an geryn.

Ny a dhewedhas gwysca agan honen, ha pàn dheuthon ny dhe restry agan honen wosa hedna, ny a remembras ny dhe drùssa an scubylednow dens, an scubylen blew ha'n grib (ow scubylen dens a wra ow ladha neb jorna, me a wor), ha res veu dhyn skydnya an stairys ha'ga hygedna in mes a'n sagh. Ha pàn wrussyn ny hedna, yth o Jory whensys dhe gafos y daclow dyvarva. Ny a leverys dhodho y fedha res dhodho heb dyvarva y honen an myttyn-na, rag ny vynsen ny dydrùssa an sagh-na ragtho na rag den vëth haval dhodho.

Ev a leverys: "Na vedhowgh gocky. Fatl'allama mos dhe'n Cyta kepar ha hebma?"

In gwir yth o an negys crûel lowr dhe'n Cyta, saw fatl'o bern dhyn sùffransow mab den? Kepar dell leverys Harrys, in y fordh gebmyn ha garow, Res via dhe'n Cyta y berthy.

Ny a skydnyas rag cafos haunsel. Dew gy aral re beu gelwys gans Montmorency rag gasa farwèl dhodho, hag yth esens y ow spendya an termyn in udn omlath wàr an truthow. Ny a wrug aga hoselhe gans glawlen, hag esedha rag debry golythyon davas ha kig bowyn yêyn.

Harrys a leverys: "An dra moyha a bris yw debry haunsel dâ," hag ev a dhalathas gans dew wolyth, ow leverel ev dhe dhebry an re-na pàn vêns y tobm, hag y hylly an kig bowyn gortos.

Jory a gafas an paper nowodhow, hag a redyas dhyn a'n bobel a verwys wàr an ryver ha'n ragwel wàr an awel: "glaw, yêyn, glëb pò teg" (pynag oll dra moy uthyk i'n awel a ylly hedna bos), "taran a luhes traweythyow in tyleryow, gwyns dhyworth an ÿst, iselder dres Contethow Cres Pow an Sowson (Loundres ha'n Chanel). Airbosor: ow codha."

Yth on ny plagys gans lies sort a brankys gocky, saw yth yw fraws an "ragwel wàr an awel" an moyha troblus anodhans. Yma va ow "ragweles" an pëth a wharva de pò degensetê, ha hèn yw an dra gontrary poran dhe'n pëth a whyrvyth hedhyw.

Yma cov dhybm a dhegolyow a gemerys adhewedhes i'n kydnyaf hag a veu shyndys yn tien dre rêson ny dhe attendya an ragwel wàr an awel in paper nowodhow an dre. "Cowosow poos, taran ha luhes a yll bos gwetys hedhyw," a veu screfys ino De Lun. Rag hedna ny a wrug hepcor agan croust wàr ves, ha remainya ajy oll an jorna ow cortos an glaw. Hag yth esa pobel ow passya dres an chy, ow tepartya in kyttrydnyow hag in côchys maga fery avell hôk, hag yth esa an howl ow spladna, heb cloud vëth dhe weles i'n ebron.

"Â!" ny a leverys ow meras ortans der an fenester, "assa vedhons glëb pàn dheffons tre!"

Ha ny a wharthas i'gan briansen in udn bredery pygebmys glaw a vedha ow codha warnodhans, ha ny a gerhas agan lyvrow, hag araya agan samplys a gregyn ha gùbman. Warbydn hanter-dëdh, pàn esa an howl ow spladna aberth i'n rom, cales o perthy an tomder, hag yth esen ny ow covyn orthyn agan honen pana dermyn a wre dallath an cowosow poos traweythyow ha'n taran ha luhes-na.

"Â! Y a vydn dos dohajëdh, te a welvyth," ny a leverys an eyl dh'y gela. "Assa vëdh glëb an bobel-na! Res vëdh wherthyn!"

Orth udn eur, an ôstes a entras dhe wovyn esen ny ow mos in mes, dre rêson an jëdh dhe vos mar deg.

"Nâ, nâ," ny a worthebys in udn wherthyn yn skentyl, "nag eson poynt. Nyns on ny whensys a lëbya agan honen—nâ, nâ."

Ha pàn o an dohajëdh gyllys ogasty, ha whath nyns o tôkyn vëth a law, ny a whelas gwellhe agan cher gans an tybyans an glaw dhe dhos adhesempys, poran warlergh an bobel dhe dhallath wàr aga fordh tre, hag y pell dhyworth goskes vëth, hag indella y a via glëppa whath. Saw ny wrug glaw vëth codha, hag y feu teg an jëdh dhia an myttyn dhe'n gordhuwher, ha teg o an nos wosa hedna inwedh.

An nessa myttyn ny a redyas y fedha an jëdh-na "teg ha brav gans tomder brâs;" ha ny a worras adro dhyn agan dyllas tanow ha mos in mes. Ha wosa hanter-our, an glaw a dhalathas codha yn poos, ha gwyns yêyn ha lybm a sordyas, ha'n glaw ha'n gwyns a dhuryas oll an jëdh. Ha ny a dheuth tre ow sùffra gans anwos ha rèm, ha dystowgh ny êth dh'agan gwely.

An awel yw dres ow skians vy. Ny allama hy honvedhes. Nyns eus prow vëth i'n airbosor naneyl. Yma an airbosor ow tycêvya mar dhrog avell ragwel wàr an awel.

Yth esa airbosor cregys wàr an fos in ostel in Resohen, mayth esen vy owth ôstya i'n gwaynten hevleny, ha pàn wrug vy drehedhes, yth esa an airbosor ow poyntya dhe "awel deg ow tos." Yth esa livyow glaw ow codha wàr ves, kepar dell esa oll an jëdh-na, ha ny yllyn desmygy an negys. Me a weskys an airbosor yn scav, ha lebmel a wrug ha poyntya dhe "sëgh dres ehen." Yth esa gwas an eskyjyow ow passya hag ev a savas ha leverel ev dhe gresy an airbosor dhe styrya an jëdh avorow. Me a gresy ow honen an dra dhe referrya dhe'n seythen kyns an seythen dhewetha. Saw ny wrug gwas an eskyjyow acordya genef.

Me a frappyas an airbosor arta an nessa myttyn, ha'n najeth êth moy uhel whath, ha dhe bossa a skydnyas an glaw. De Merher me êth rag y frappya arta, ha'n najeth êth bys in "awel deg ow tos", "pòr sëgh", ha "tomder brâs" erna wrug an ebyl lesta an najeth, ma na ylly hy mos pella. An najeth a wrug oll hy ehen, saw an daffar o gwrës indella na alla dargana awel tecka heb terry y honen. Apert o an najeth dhe vos ow tesîrya mos pella in rag, ha dargana sehor hag esow dowr ha strocas howl ha symûm ha taclow a'n par-na, saw yth esa an ebyl worth y lettya. Ytho res o dhe'n najeth bos contentys gans "pòr sëgh".

Bytegyns yth esa an glaw ow codha heb hedhy in livyow hag yth esa goles an dre in dadn dhowr dre rêson an ryver dhe reverthy dres hy gladnow.

Gwas an eskyjyow a leverys y vos apert ny dhe gafos lies dëdh a awel deg neb termyn, hag ev a redyas an versyow a-ugh an orakyl:

> *"Ragwelys prës hir, pêsya abell*
> *Ragwelys pres cot, dyberth snell."*

Ny dheuth an awel deg an hâv-na. Soposya a wrama fatell esa an airbosor ow côwsel adro dhe'n nessa gwaynten.

Ena y kefyr an sort nowyth-na a airbosoryon, an re hir ha compes. Ny allama convedhes onen a'n re-na. Yma udn tenewen rag 10 a.m. de ha tenewen aral rag 10 a.m. hedhyw; saw ny ylta jy drehedhes an daffar dhyrag deg eur myttyn, te a wor. Yma an dra ow terevel pò ow codha rag awel deg pò rag glaw, ha rag meur a wyns ha rag nebes gwyns. Udn pedn yw "Nly" ha'y gela yw "Ely" (fatl'usy Ely ow longya dhe'n negys?), ha mar teuta ha'y frappya yn scav, ny lever an dra tra vëth dhis. Ha res yw dhis y dhesedha rag level a-ugh an mor ha'y drailya dhe Fahrenheit, hag ena kyn fe ny worama an gorthyp.

Saw pyw a garsa godhvos an awel dhyrag dorn? Drog lowr ywa pàn dheffa an awel heb ny dhe gafos an anken a'y aswon dhyrag dorn. An sort a brofet usy worth agan plêsya ny yw an cothwas, hag udn myttyn tewl lowr, pàn ven ny whensys dhe gafos awel deg, yma va ow meras orth an gorwel gans lagasow fur ha skentyl dres ehen, hag a lever:

"Nâ, nâ, sera, me a grës fatell wra an jëdh glanhe sur lowr. Terry a wra yn certan, sera."

"Â, ev a wor," ny a lever, ha ny ow kemeres cubmyas teg dhyworto, hag ow tallath wàr agan viaj, "ass yw marthys fatl'usy an gothwesyon-na ow ragweles an awel."

Ha kerensa a'gan beus tro ha'n den, kyn na vëdh an gerensa lehës poynt, kyn na wra an jorna glanhe, mes pêsya oll an jorna ow qwil glaw heb hedhy."

"Â, wèl," ny a lever, "ev a wrug oll y ehen."

Saw rag an den a vo ow targana hager-awel, ny'gan beus ma's prederow wherow ha leun venjyans.

"A wra an awel glanhe, esowgh why ow cresy?" ny a gry in udn gerdhes dresto.

"Wèl, na wra, a sera. Own a'm beus an awel dhe remainya indelma oll an jorna," ev a worthyp in udn shakya y bedn.

"Cothwas gocky!" ny a lever in dadn agan anal, "pëth a wor ev adro dhe'n mater?" Ha mar teu y brofecy ha wharvos gwir, yth eson ny ow tewheles tre owth omglôwes dhe voy serrys wàr y bydn, rag yth eson ny ow predery wàr neb fordh ev dhe vos dhe vlâmya.

Re howlek ha spladn o an awel an myttyn specyal-ma, ma na alla ragwel scruthus Jory adro dhe'n "Airbosor ow codha," "tervans airgelgh ow passya in lînen dreus dres an Soth a Ewrop," ha "gwascas owth incressya," agan ania re vrâs. Hag ytho pàn wrug Jory dyscudha na ylly ev agan trist'he ha nag esa ev ma's ow wastya

y dermyn, ev a
ladras sygaryk, rollys in bàn genef ow
honen ragof ow honen, ha mos mes a wel.

Nena Harrys ha me, wosa debry an taclow gesys wàr an bord, a
garyas agan fardellow in mes bys i'n truthow ha gortos càb ena.

Yth hevelly bos meur a fardellow pàn o pùptra cùntellys. Yth esa
sagh Gladstone ha'n sagh dorn bian, ha'n dew hanafer, ha rol vrâs
a strailyow, peswar pò pymp côta brâs ha côtys glaw, ha nebes
glawlednow, hag yth esa pompyon wheg ganso y honen in sagh, rag
re vrâs o dhe worra in ken tyller vëth, ha nebes punsow a grappys in
sagh aral, ha glawlen Japanek gwrës a baper, ha padel fria, neb o re
hir dhe drùssa, ha rag hedna ny a's mailyas in paper gell.

Yth hevelly hedna dhe vos meur, ha Harrys ha me ny a dhalathas
omglôwes methek ragtho, saw prag y feu hedna, ny worama. Ny
dheuth càb vëth saw mebyon an strêt a dheuth, kemeres les i'n
dysqwedhyans, dell hevel, ha stoppya.

Maw shoppa Byggs a veu an kensa dhe dhos. Mêster Byggs yw agan gwerthor losow, ha'y jîf talent yw dhe drouvya ha ry gober dhe'n vebyon negys an moyha avlythys ha'n lyha consciens a veu genys bythqweth i'n bës wharhës. Mar pëdh nebonen gwelys i'gan qwartron ny a vo moy bylen ès dell yw ûsys in mesk trib an vebyon, ny a wor ev dhe vos maw negys dewetha Mêster Byggs. Me a glôwas in termyn mùrder Strêt Coram Meur fatell veu desmygys gans pobel i'gan strêt ny maw Byggs (rag an prës-na) dhe vos dhe vlâmya, ha na ve ev dhe allos ry *alibi* perfeth avell gorthyp dhe'n crows-examnacyon a sùffras ev dhyworth Nùmber 19 (gweresys gans Nùmber 21, a hapnyas bos war an truthow i'n termyn-na), pàn veu somonys dy an myttyn warlergh an bad-ober rag recêva ordrys, ev a alsa bos in trobel brâs. Nyns o maw Byggs i'n termyn-na aswonys dhybm, saw dhyworth an pëth a wrug avy gweles anodhans warlergh hedna, ny vynsen ow honen acowntya meur a'n *alibi*-na.

Maw Mêster Byggs, dell leverys vy kyns, a dheuth adro dhe'n gornel. Ev a hevelly bos ow fysky yn frâs, pàn veu va gwelys i'n dallath, saw ev a'gan aspias ny, Harrys ha me ha Montmorency, ha'n fardellow, hag ev a lent'has ha meras stark orthyn. Harrys ha me, ny a blegyas tâl orto. Hedna a wrussa golia natur moy tender martesen, saw dre vrâs ny vëdh mebyon Byggs re dyckly. Ev a stoppyas fast, lath dhyworth agan stap ny, posa y honen warbydn an peulyow, dêwys cala dhe dhynsel ha fastya y lagas orthyn. Apert o fatell wre va gortos ena ow meras orthyn bys i'n dyweth.

Wosa tecken maw an spîcer a bassyas dresto wàr an tenewen aral a'n strêt. Maw Byggs a'n dynerhys.

"Hô! Yma leur awoles Nùmber 42 ow chaunjya chy."

Maw an spîcer a dheuth dres an strêt ha kemeres stauns wàr denewen aral an stap. Ena an den jentyl yonk dhyworth shoppa an botas a stoppyas ha jùnya orth maw Byggs. Ha gwas an gwedrow gwag dhyworth tavern "An Postow Blou" a savas dystak wàr amal an cauns.

"Ny wrowns y storvya rag fowt boos, a wrowns?" yn medh den jentyl shoppa an botas.

"Dar, te a garsa kemeres nebes taclow genes mar teffes ha mos dres an Mor Atlantek in scath vian," a worthebys an Postow Blou.

"Nag ujon jy ow mos dres an Mor Atlantek," yn medh maw Byggs ow terry aberth i'ga geryow, "Ma anjy ow mos dhe whelas Stanley."

Warbydn an prës-na, bùsh brâs lowr o cùntellys, hag yth esa an bobel ow covyn an eyl orth y gela pandr'o wharvedhys. Udn bagas anodhans (an radn yonk ha scav aga fedn) a leverys y vos maryach, hag y a wre poyntya dhe Harrys avell an gour prias; hag i'n kettermyn an re cotha ha furra intredhans a bredery y vos encledhyas, ha dre lycklod me dhe vos broder an corf.

Wàr an dyweth càb gwag a apperyas (strêt ywa le may fëdh try hàb gwag ow passya pùb mynysen dell yw ûsys, pàn na vo othem anodhans), ha wosa herdhya agan honen ha'gan taclow aberth ino, ha wosa tôwlel in mes dew a gothmans Montmorency, neb a dos dell hevelly na wrellens nefra y forsâkya, ny a dhrîvyas in kerdh dhia an rûth, esa ow cria "hùrrâ!" wàr agan lergh. Maw Byggs a dossyas caretysen orthyn rag fortyn dâ.

Ny a dhrehedhas Gorsaf Waterloo orth udnek eur, hag a wovydnas pana gay a vydna train pymp mynysen wosa udnek dallath dhyworto. Heb mar ny wodhya den vëth. Ny wor den vëth in Gorsaf Waterloo nefra pana gay a vydn train dallath dhyworto, pò pana dermyn a wra va dallath, pò ple ma va ow mos pàn wrella dallath, pò tra vëth aral adro dhodho. Yth esa an porthor, neb a gemeras agan fardellow, ow cresy y fydna dallath dhyworth Cay nùmber dew; saw ken porthor, a wrug ev debâtya an qwestyon ganso, a glôwas son y whre va dallath dhyworth nùmber onen. Mêster an gorsaf, bytegyns, o certan in y vrës y honen y fydna an train dallath dhyworth an cay local.

Rag conclûdya an mater, ny a ascendyas an stairys, ha govyn orth avîsyor an daromres, hag ev a leverys fatell vetyas ev tecken alena gans den, a leverys ev dh'y weles orth cay nùmber try, saw an auctorytas ena a leverys y dhe gresy moy an train-na dhe vos train uskys Sôthampton poken kelghtrain Wyndsor. Saw y o certan nag o va train Kyngston, kyn na yllens leverel dhyn poran prag yth esens ow predery hedna.

Ena agan porthor a leverys ev dhe gresy agan train dhe vos wàr gay an level uhel; hag a leverys ev dhe gresy yth o an train aswonys dhodho. Ny êth ytho dhe gay an level uhel, ha gweles drîvyor an train ha govyn orto esa ev ow mos dhe Kyngston. Ny wodhya ev, yn medh ev, yn certan, saw ev a gresy dre lycklod ev dhe vos ow viajya dy. Wàr neb cor, mar nyns o y drain an 11:05 dhe Kyngston, ev a leverys ev dhe vos sur lowr y vos an 09:32 dhe Dhowr Vyrjynya, poken train uskys 10 a.m. dhe Enys Ooth, poken neb tyller i'n côstys-na. Ny a slyppyas hanter-cùrun in y dhorn, ha'y besy dhe vos an 11:05 dhe Kyngston.

"Ny wodhvyth den vëth wàr an lînen-ma," ny a leverys, "pëth owgh why, pò pleth esowgh why o mos. Yma an fordh aswonys dhywgh, gwrewgh slynkya in kerdh ha kewgh dhe Kyngston."

"Wèl, ny worama, serys," a worthebys an den nôbyl, "saw me a sopos bos res dhe neb udn train mos dhe Kyngston; ha me a vydn y wil. Rewgh dhybm an hanter-cùrun-na."

Indella ny a dhrehedhas Kyngston wàr Hens Horn Loundres ha'n Soth-West.

Ny a dheskys wosa hedna an train a wrussyn ny viajya warnodho dhe vos train lytherow Keresk, ha'n dus in Waterloo dhe spêna termyn hir orth y whelas, rag ny wodhya den vëth pandra wharva dhodho.

Yth esa agan scath orth agan gortos in Kyngston nebes in dadn an pons; ha ny a gerdhas bys dhedhy ha settya agan fardellow warnedhy.

"Owgh why dâ lowr, a serys?" yn medh an den.

"Dâ lowr on," ny a worthebys; ha gans Harrys ow rêvya, me ow lewyas ha Montmorency trist ha dowtys brâs arag, ny a herdhyas in mes wàr an dowrow an scath, a vedha agan trigva bys pedn dyw seythen.

Chaptra VI

Kyngstoŋ

*Kyngston.—Geryow fur ow tùchya istory avarr Pow an Sowson.—
Geryow fur ow tùchya derow kervys ha'n bêwnans dre vrâs.—Câss trist
Stivving yonk.—Geryow adro dhe'n dedhyow coth.—Yth esoma owth
ankevy me dhe lewyas.—Meur a les yw an pëth a wharva dre rêson a
hedna.—Ker droya Lÿs Hampton.—Harrys avell gêdyor.*

Myttyn gloryùs o, gwaynten adhewedhes poken hâv avarr,
kepar dell vo gwell genes, pàn vo lyw gwer an gwels ha'n
delyow ow cachya moy a dhownder; ha pàn vo an vledhen kepar ha
maghteth yonk ha teg, ow trembla gans polsow stranj, usy worth hy
dyfuna ha'y dry aberth in oos benyn.

Yth hevelly kylstrêtys coynt Kyngston mar deg avell pyctour, hag
y ow tos wàr nans bys in amal an dowr. An howl ow tewynya, an
ryver ow spladna in dadn y varjys lent, an trûlergh delyowek, an
kenkythyow kempen wàr an tenewen aral, Harrys gwyskys in jerkyn
rudh ha melenrudh, ow renky dhodho y honen orth an rêvow, an vu
abell a balys coth an Tewdars, y oll o vu howlek, mar wolow mès
mar glor, mar leun a vêwnans, saw mar gosel, may whrellen
omglôwes, kynth o va avarr i'n jëdh, me dhe vos lùllys aberth in fyt
a brederow hunek.

Yth esen owth ombredery adro dhe Kyngston pò "Kynyngestûn",
kepar dell vedha henwys i'n dedhyow may fedha "kyngys Saxon"
cùrunys inhy. Cesar brâs a dheuth dres Dowr Tamys ena, ha'n
lyjyons Roman a gampyas wàr y ledrow uhel. Yth hevel Cesar dhe
ôstya in pùb tyller, poran kepar hag Elysabeth Myternes i'n

bledhydnyow wosa hedna. Saw Cesar o dhe voy wordhy. Ny wre va ôstya in taverns.

Hy a gara taverns re, Myternes Vyrjyn Pow an Sowson. Scant nyns eus ostelry a les vëth ajy dhe dheg mildir dhia Loundres, na wrug hy y vysytya, entra pò cùsca ino jorna pò jorna aral. Mar teffa Harrys, rag ensampel, determya dhe vewa yn onest, ha bos dên brâs ha dâ, hag a pe va gwrës Penvenyster, yth esoma ow covyn orthyf ow honen, wosa y vernans, a via sin gorrys in bàn dres oll an taverns a wrug ev eva inhans: "Harrys a gafas pynt a goref clor i'n chy-ma"; "Harrys a evas dyw wedren a wyras Scot obma hâv 1888;" "Harrys a veu tôwlys in mes a'n chy-ma, Kevardhu 1886"?

Na via, rag y fia re anodhans! Saw an treven na wrug ev bythqweth entra inhans a vynsa cafos hanow brâs. "An tavern udnyk in Loundres Soth na wrug Harrys bythqweth eva ino!" An bobel a vynsa dos in bùshys brâs rag gweles pandr'alsa bos cabm ganso.

Assa via Kynyngestûn cas gans Edwy Mytern, gwadn y vrës! Yth esa fest an cùrunans orth y gompressa nebes. Martesen ny wrug pedn badh stoffys gans plùmednow melys acordya ganso (ny wrussa acordya genama, me a wor), hag ev a gafas gwin sëgh ha medh lùk; rag hedna ev a slynkyas in mes a dheray an kenwes rag passya our in golow an loor gans Elgyva veurgerys.

Yth esens y martesen ow sevel warbarth orth an fenester, dorn in dorn, ow meras orth golôw clor an loor wàr an ryver, hag y a glôwa sownd gwadn tervans garow an kenwes lowen ow tos dhodhans traweythyow dhyworth an hel abell.

Ena Odo milus ha Sen Dùnstan a herdhyas aga honen aberth i'n chambour cosel, despîtya yn harow an Vyternes, wheg hy bejeth, ha draggya Edwy wàr dhelergh dhe dros uhel an deray medhow.

Lies bledhen wosa hedna, an mûsyk a vatel a sowndyas, hag y feu myterneth an Saxons ha'ga golyans encledhys warbarth; roweth Kyngston a bassyas rag termyn, saw dasserhy a wrug pàn veu Lÿs Hampton gwrës palys myterneth an Tewdars ha'n Stûartys. Y fedha an barjys rial ow tedna orth aga lovonow ryb gladn an ryver, hag y fedha gwesyon gortes ow payony stapys an dowr wàr nans in udn gria: "Ha, lebmyn ho! By Godys body! Gromercy."

Yma lies onen a'n treven coth ader dro ow côwsel plain lowr a'n dedhyow-na, pàn o Kyngston bùrjestra rial, bryntynyon ha lÿsoryon tregys ogas dh'aga Mytern obma. I'n dedhyow-na yth o gay kenyver jorna an fordh hir bys in porthow an palys gans dur ow clankya, palfrays ow terlebmel, owrlyn ha velvet ow rùstla ha gans fâssow sêmly. An treven brâs ha ledan, gans clojow aga fenestry oryel, aga olasow brâs, ha pùnyons aga thohow, ymowns ow whystra a'n dedhyow-na, a hosanow ha dùblettys, a vrongwethow brôsys gans perlys hag a liow completh. Derevys vowns i'n dedhyow "may whodhya an dus byldya." Aga bryckys cales rudh re devys dhe voy fast gans an bledhydnyow, ha ny wra gwîhal ha renky aga stairys derow, mars esta ow whelas skydnya yn cosel.

Ow tùchya stairys derow, yma cov dhybm bos stairys spladn kervys a dherow in onen a'n treven in Kyngston. Shoppa yw an chy lebmyn in plâss an varhas, saw dell hevel yth o an chy kyns lebmyn trigva neb den brâs. Cothman dhybm, hag yw tregys in Kyngston, a entras i'n shoppa udn jëdh rag perna hot, ha heb predery ev a worras y dhorn in y bocket ha tylly rag an hot stag ena.

Heb mar den an shoppa (aswonys yw ow hothman dhodho) a veu sowthenys wostallath; saw ev a dheuth heb let dh'y vrës ewn. Dre rêson ev dhe gresy y fedha fur kentryna an sort-na a negys, ev a wovydnas orth ow hothman, a garsa ev martesen gweles nebes derow kervys teg. Ev a leverys y carsa, ha gans hedna den an negys a'n lêdyas der an shoppa, ha stairys an chy in bàn. An balùsterow o ober a'n creftor moyha skentyl, ha'n fos oll an fordh in bàn o gwrës a banellow, a via gwyw dhe vos gwelys in palys.

Dhyworth an stairys, y a entras i'n parleth, neb o rom brâs ha golow, afînys dre baper reveth mès lowenek wàr gylva vlou. Nyns esa tra vëth dhe nôtya adro dhe'n rom-na, ha'm cothman a wovydnas orto y honen prag y feu va drës dy. An perhen êth in bàn dhe'n paper ha'y frappya. Y feu clôwys an sownd a bredn.

"Derow," yn medh ev, "Derow kervys pùb le bys i'n nen, poran kepar dell welsowgh why wàr an stairys."

"Ren ow thas, a dhen!" yn medh ow hothman sowthenys brâs; "nyns esowgh why ow leverel why dhe gudha an derow kervys gans paper blou?"

"Esof," ev a worthebys; "ha'n ober a gostyas showr a vona. Heb mar res veu gorhery oll an predn in dadn estylednow tanow predn kyns oll. Saw yma semlant mery dhe'n rom i'n tor'-ma. Ass o va trist ha tewl kyns lebmyn."

Ny vanaf vy blâmya an den-na (ha heb dowt vëth sewajys brâs yw y spyrys dre hedna). Dhia savboynt an perhen, ha hedna a via savboynt perhen chy ûsys, a vo whensys dhe gemeres an bêwnans mar scav dell yll bos, adar dhyworth savboynt an den a vo ow ponya warlergh coyntys ha cothenep, yma an rêson ow scodhya y dybyans ev. Teg yw derow kervys dhe veras warnodho, ha dhe gafos nebes anodho, saw heb dowt vëth y fia skyla a dristans, mar ny ve va dha fancy personek, hag a pesta constrînys dhe vos tregys ino. Hedna a via kepar ha bos tregys in eglos.

Nâ, an pëth trist in y gâss ev o hebma: nyns esa derow kervys orth y blêsya, saw yth o y barleth ev panellys ganso; hag i'n kettermyn yth o res dhe bobel a gara derow kervys tylly prîsyow brâs dres ehen rag y gafos. Dell hevel, hèn yw ûsadow an bës-ma. Kenyver onen a'n jeves an pëth nag usy ev ow tesîrya, ha'n pëth usy ev ow tesîrya, yma hedna in dewla pobel aral.

Tus demedhys a's teves gwrageth, ha dell hevel, ny's teves othem anodhans; hag yma tus yonk dydhemeth ow cria in mes na yllons cafos gwrageth. Bohosogyon, neb na yll scant sostena aga honen, a's teves eth flogh yagh. Coplow coth rych, na's teves den vëth dhe asa aga mona dhodho, ymowns y ow merwel heb flogh.

Ena yma mowysy ha'ga haroryon. An mowysy neb a's teves caroryon, ny's teves othem vëth anodhans. Y a lever fatell via gwell bos hepthans, yma an garoryon orth aga ania, ha prag na wrellens dyberth ha tanta Mêstresyk Angov ha Mêstresyk Gell, neb yw plain ha coth, ha na's teves caror vëth? Nyns usons y aga honen ow whansa caroryon. Porposys yns sconya dhe dhemedhy nefra.

Nyns yw fur predery re a'n taclow-ma, rag ymowns y ow tuwhanhe nebonen.

Yth esa maw in agan scol ny, ha ny a'n gelwy Sandford ha Merton. Stivvings o y hanow in gwrioneth. Ev o an maw moyha reveth a vetys bythqweth ganso. Ev a gara studhya in gwir. Y fedha deraglys yn uthyk dre rêson ev dhe remainya a'y eseth i'n gwely ow redya Grêk; hag ow tùchya verbow avrewlys an Frynkek, ny ylly y wetha dhywortans. Ev o leun a dybyansow coynt dynatur adro dhe wainya roweth dh'y das ha'y dh'y vabm hag onour dhe'n scol. Ev a dhesîrya dendyl gobrow, ha tevy in bàn dhe vos den skentyl fur. Ev a'n jeva oll an prederow-ma a dhen brotel y skians. Nyns o aswonys dhybm bythqweth den vëth mar goynt, kynth o va mar inocent avell flogh nowyth-genys.

Wèl, an maw-na a godha clâv adro dhe dhywweyth kenyver seythen, ma na ylly ev mos dhe'n scol. Nyns esa maw vëth bythqweth dhe godha clâv mar venowgh avell Sandford ha Merton. Mars esa cleves aswonys vëth ow mos adro deg mildir dhyworto, ev a'n cachyas, ha sùffra ganso pòr dhrog. Ev a gachya cleves clos dywvron in cres an hâv, ha cleves strewy termyn Nadelyk. Wosa whegh seythen a sehes, ev a vedh gweskys gans fevyr remek; hag ev a wre mos in mes in nywl mis Du ha dewheles gans strocas howl.

Y a'n gorras in dadn gass wherthyn udn vledhen, an maw truan, ha kemeres in mes oll y dhens, ha ry dhodho dens fâls, dre rêson ev dhe sùffra in uthyk gans painys dens; hag ena an painys dens a veu newralgya ha painys scovarn. Ny veu ev bythqweth heb anwos, marnas naw seythen, pàn esa ev ow sùffra gans an fevyr cogh; hag ev a'n jeva losk treys pùb termyn. Pàn dheuth an brawagh brâs ow tùchya an colera, an qwartron adro dhyn o glân dhyworto. Ny veu ma's udn câss anodho in oll an bluw: an câss-na a veu Stivvings yonk.

Res o dhodho gortos i'n gwely pàn vedha clâv, ha debry yar ha cùstardys ha grappys dhyworth an chy gweder; ha ny wre va ma's growedha ahës hag ola dre rêson nag o alowys dhodho gwil y bractycys Latyn, ha dre rêson gramer an Almaynek dhe vos kemerys in kerdh dhyworto.

Nyny, an vebyon erel, ny a vynsa hepcor deg term a'gan bêwnans i'n scol rag bos clâv udn jorna, rag ny'gan bo desîr vëth a ry ascùs vëth dh'agan kerens dhe vos prowt ahanan, saw ny yllyn ny cachya kebmys avell codna serth. Ny a wre gwary an fol in whethow air, saw ny wre hedna ma's agan yaghhe ha'gan freskhe; yth esen ny ow kemeres taclow rag agan gwil clâv, hag y a'gan wre tew ha ry dhyn ewl dhâ boos. Ny yllyn ny predery a dra vëth rag agan gwil anyagh, erna wrella dallath an degolyow. Ena, dëdh dewetha an term, ny a gachya anwos ha pass tag, ha pùb sort aral dysês, ha'n re-na a bêsya erna wrella an term dastallath; hag ena awos oll agan ehen, ny a vedha yagh adhesempys arta, ha'gan yêhes a vedha gwell ès bythqweth.

Indella yth yw an bêwnans; nyns on ma's gwels a vo trehys dhe'n dor ha tôwlys aberth i'n forn ha pebys.

Ow tùchya an derow kervys arta, res yw agan ragdasow dhe gonvedhes dâ lowr an pëth teg ha'n pëth kelvyth. Dar, nyns yw oll tresours an art in agan dedhyow ny marnas an taclow kebmyn try hans pò peswar cans bledhen alebma? Yth esoma ow covyn orthyf ow honen mars eus tecter gwir i'n plâtyow cowl coth, i'n cruskydnow coref hag i'n gevelyow cantol eson ny ow sensy kebmys anodhans hedhyw i'n jëdh, poken a nyns yw marnas owrgelgh an cothenep usy ow ry hus dhedhans i'gan lagasow ny. Yth o an chêny "blou coth" eson ny ow cregy wàr an fosow rag afîna agan treven lestry kenyver jorna nebes cansvledhydnyow alebma; ha'n vugeleth gwynrudh ha'n bugelesow melen, eson ny ow tysqwedhes dha'gan cothmans may hallens y aga gormel re hag omwil y dh'aga honvedhes, nyns êns y in gwir marnas tegydnow clavel dybrîs, a vedha mabm a'n êtegves cansvledhen ow ry dhe dena dh'y flogh pàn wrella ola.

A vëdh taclow kepar i'n dedhyow usy ow tos? A vëdh pùpprës tresours estêmys an jëdh hedhyw truflys prîs isel an jëdh kyns? A vëdh rewyow a'gan plâtyow patron helyk arayes a-ugh clavellow an vledhen 2000 ha neppyth? A vëdh hanavow gwydn an amal owryek

ha'n flour teg (ùncoth y ehen) a owr inhans, usy agan mowes ny, Sara
Jane, ow terry rag ewn joy a spyrys, a vedhons y êwnys gans rach
ha settys wàr sensor ha gesys dhe arlodhes an chy hy honen oll dhe
dhoustya?

An ky pry chêny-na usy owth afîna chambour ow
rômys, rag ensampel. Ky gwydn ywa. Blou y
lagasow. Rudh medhel y frigow, ha spottys warno-
dhans. Serth tydn yw y bedn, hag yma y dremyn ow
tysqwedhes caradôwder, gockyneth ogasty. Nyns
usy ev ow plegya dhybm. Consydrys avell ober a
greft, yma va orth ow ania. Yma ow hothmans
dybreder ow qwil ges anodho yn fenowgh. Hag nyns usy perhenoges
an chy worth y gara, saw hy a lever y tal dhedhy y wetha, dre rêson
hy modryp dh'y ry dhedhy.

Saw 200 bledhen wosa hebma, dre lycklod y fêdh an ky-na palys
in bàn in neb tyller, heb y arrow ha gans an lost terrys, hag y fêdh
gwerthys avell chêny coth, ha settys in cùbert gweder. Ha pobel a
vydn y bassya adro ha'y braisya. Y vêdh gweskys dre dhownder
marthys lyw an frigow, ha desmygy pana deg a dalvia bos an lost
kellys-na heb dowt vêth.

Ny yllyn ny, pobel an oos-ma, gweles tecter an ky-na. Re ûsys yw
dhyn. Yth yw an ky kepar ha'n howlsedhas ha'n sterednow. Nyns
on ny kemerys der aga semlant teg, rag y yw re gebmyn rag agan
lagasow. Indella yw an mater a'n ky chêny-na. I'n vledhen 2288 ny
yllvyth an bobel y wormel re. Creft gellys vêth an creacyon a geun
kepar ha hedna. Flehes agan flehes a vydn govyn ortans aga honen
in pana vaner a wrussyn ny y wil, ha leverel ass en ny skentyl. Y a
vydn côwsel adro dhyn avell "an artystyon vrâs-na a floryssyas i'n
nawnjegves cansvledhen, hag a wrug oll an keun chêny-na."

An "sampler" gwrës gans an vyrgh gotha i'n scol a vêdh côwsys
avell "Brosweyth a Oos Vyctorya" hag a vêdh dres prîs ogasty.
Cruskydnow blou ha gwydn an tavern ryb an fordh i'n present
termyn a vêdh helhys, crackys ha trogh, ha gwerthys a'ga fooster in
owr, ha'n bobel rych a vydn aga ûsya avell hanavow gwin; ha

vysytyoryon dhyworth Japan a vydn perna oll an "Royow dhyworth Ramsgate", ha "Covroyow a Margate", a wrella scappya dystrùcsyon, ha'ga dry tre dhe Tôkyo avell taclow coynt coth dhyworth Pow an Sowson.

An very prës-na Harrys a dôwlas an rêvow dhyworto, derevel, gasa y esedhva, esedha wàr y geyn ha herdhya in arrow i'n air. Montmorency a ujas ha cryghlebmel, ha'n hanafer awartha a labmas hag oll an taclow ino a dheuth in mes.

Me a veu nebes sowthenys, saw ny wrug vy serry. Me a leverys, plegadow lowr:

"How! Prag y feu hedna?"

"Prag y feu hedna? Dar—"

Nâ, warlergh ombredery, ny vanaf recordya obma an pëth a leverys Harrys. Me a alsa bos dhe vlâmya, me a'n avow; saw nyns eus ascûs vëth rag garowder y davas ha harlotry y eryow, spessly in den re beu megys gans rach, dell veu Harrys, me a wor. Yth esen ow predery a daclow erel, ha me a ancovas, kepar dell alsa den vëth desmygy, me dhe vos ow lewyas, ha dre rêson a hedna ny a veu kemyskys nebes gans an trûlergh. Cales o rag termyn pyneyl o neptra nyny pò gladn Middlesex a Dhowr Tamys; saw ny a spêdyas dhe dhyscudha wosa tecken, hag a wrug dygemysky agan honen.

Harrys, bytegyns, a leverys fatell wrug ev lavurya lùk lowr rag termyn, hag ev a gomendyas y whrellen vy kemeres ow thorn; ytho drefen agan bos ryb an ladn, me a diras ha tedna an scath dres Lÿs Hampton. Ass yw kerys genef an fos usy ow resek an ryver ahës i'n tyller-na! Ny allama nefra mos dresty heb omglôwes yn tâ. Fos coth wheg yw hy, athves ha spladn; assa via teg an pyctour a wrussa hy, an mûs ow tevy warnedhy obma ha'n kewny ena; gwedhen grappys methek ow meras a-ughty i'n tyller-ma, may halla hy gweles pandr'usy wharvos wàr an ryver, ha'n idhyow sad coth cùntellys warnedhy pols pella wàr nans. Yma hanter-cans lyw ha colour in kenyver deg lath a'n fos-na. A callen vy unweyth tedna pyctours hag a coffen paintya, me a alsa gwil delînyans teg a'n fos-na, me yw certan. Yn fenowgh yth hevelly dhybm y carsen bos tregys in Lÿs

Hampton. Yth yw y semlant mar cosel ha clor, ha tyller pòr wheg ywa dhe wandra adro dhodho i'n myttyn abrës kyns ès meur a bobel dhe vos dyfunys.

Saw in gwrioneth nyns esoma ow soposya hedna dhe'm plêsya, mar teffen ha bos tregys ena in gwir. An tyller a via mar uthyk dyfreth ha sogh gordhuwher, pàn wrella dha lantern tôwlel skeusow dynatur wàr an fosow panellys, hag y fia treys abell ow tasseny dre bùb tremenva a ven yêyn, hag y ow nessa par termyn ha par termyn ow mos in kerdh; ha kenyver tra a via kepar ha taw an mernans, avês dhe strocosow dha golon dha honen.

Ny yw creaturs a'n howl, ny tus ha benenes. Ny a gar golow ha bêwnans. Hèn yw an rêson ny dhe gùntell warbarth in trevow hag in cytas, ha'n pow a vëdh dhe voy forsâkys kenyver bledhen. In golow an howl—i'n jëdh, pàn vo an Natur yn few ha bysy adro dhyn, ny a gar dâ lowr ledrow egerys an brynyow ha'n cosow down; saw i'n nos, pàn ve agan Mabm, an Dor, in cùsk, orth agan gasa ny yn tyfun, ogh! an bës a hevel bos mar dhygoweth, hag yth eson ny ow kemeres own, kepar ha flehes aga honen oll in chy tawesyk. Ena yth eson ny owth esedha hag owth ola, ha ny ow tesîrya an strêtys, golowys gans gass, ha'n sownd a levow mab den, ha bêwnans an bobel ow polsa ha worth agan cortheby. Ass eson ny owth omglôwes dyweres ha bian i'n taw brâs, pàn vo an gwëdh tewl ow rùstla in gwyns an nos. Y fëdh mar lies spyrys adroos, hag yma aga hanajednow cosel kebmys orth agan duwhanhe. Deun ny warbarth i'n cytas brâs, ha gesowgh ny dhe anowy tansys cowrek a vylyon golow gass, ha garma ha cana warbarth, hag omglôwes a golon dhâ.

Harrys a wovydnas orthyf mar peuma bythqweth in ker droya Lÿs Hampton. Ev a leverys fatell êth ev dy unweyth rag dysqwedhes an fordh dhe nebonen. Ev a'n studhyas wàr an mappa, hag yth o mar sempel, mayth hevelly an dra bos gocky dhodho—scant ny dylly an dhyw dheneren rag an tôkyn dhe entra inhy. Harrys a leverys ev dhe gresy an mappa dhe vos parusys avell ges, rag nyns o va haval wàr neb cor dhe'n ger droya hy honen. Cosyn dhyworth an pow a dhros Harrys ganso. Ev a leverys: "Ny a vydn entra obma, may halles

leverel y feus inhy, saw pòr sempel yw hy. Gocky yw hy gelwel ker droya. Res yw pêsya ow kemeres an kensa trailyans adhyhow. Ny a vydn kerdhes adro dres deg mynysen, hag ena ny a gav nebes ly."

Y a vetyas gans nebes pobel yn scon wosa y dhe entra, hag y a leverys yth esens y i'n ger droya try wharter our, hag y cafsons lowr anedhy. Harrys a leverys dhedhans y hyllens y sewya ev, mars êns whensys; yth esa ev owth entra yn sempel hag ena ev a wre trailya ha dos in mes arta. Y a leverys yth o hedna pòr guv anodho, hag y êth wàr y lergh ha'y folya.

Pàn esens y ow mos in rag, y a gùntellas pobel erel esa ow whelas dewedha aga vysyt scaffa gyllens, erna veu pùbonen i'n ger droya in aga farty. Pobel, neb a wrug dascor pùb govenek a vos ajy poken dos in mes, pò a weles aga threven ha cothmans nefra arta, a gemeras coraj pàn welsons Harrys, ha jùnya orth an processyon, ha'y venega. Harrys a leverys y fynsa cresy fatell esa bùsh a ugans den orth y sewya warbarth; hag udn venen esa flogh bian in hy dewvron.

Yth esa Harrys ow trailya adhyhow pùpprës, saw an fordh a hevelly pòr hir dhodho, ha'y gosyn a leverys ev dhe soposya an ger droya dhe vos brâs dres ehen.

"O, onen an keryow troya brâssa in Ewrop," yn medh Harrys.

"Res yw hy bos indella," a worthebys y gosyn, "rag ny re gerdhas dyw vildir dhe'n lyha solabrës."

Harrys a dhalathas tyby y honen yth o nebes coynt, saw ev a dhuryas erna wrussons passya hanter tesen vian wàr an dor, ha cosyn Harrys a dos ev dh'y merkya seyth mynysen alena. Harrys a leverys: "Ùnpossybyl!" saw an venyn esa an flogh bian gensy a leverys, "Nag yw màn," rag hy hy honen dh'y hemeres dhyworth an flogh ha'y thôwlel wàr an dor ena, pols bian kyns ès metya gans Harrys. Hy a addyas inwedh y's teva edrek bythqweth metya gans Harrys, ha declarya ev dhe vos faitour. Hedna a wrug dhe Harrys serry, hag ev a dhysqwedhas y vappa, hag egery y dhamcanieth dhedhans.

"An mappa a alsa bos compes lowr," yn medh onen a'ga farty, "mar codhowgh why pleth eson ny i'n ger droya lebmyn"

Ny wodhya Harrys, hag ev a gomendyas an gùssul wella dhe dhewheles dhe'n entrans ha dallath arta. Nyns esens y ow favera an tybyans a dhallath arta, saw ow tùchya dewheles dhe'n entrans pùbonen o acordys yn tien. Rag hedna y a drailyas ha sewya Harrys arta, ow mos tro ha'n qwartron contrary. Deg mynysen ader dro a bassyas hag y a gafas aga honen i'n cres arta.

Kyns oll Harrys a brederys a fâcya hedna dhe vos y dowl; saw an bùsh a bobel a hevelly peryllys, hag ev a dhetermyas dyghtya an dra avell drog-labm.

In neb câss y a's teva neppyth i'n tor'-na may hyllens dallath dhyworto. Y a wodhya pleth esens y, hag y a veras orth an mappa unweyth arta, ha'n negys a apperyas moy sempel ès bythqweth, hag y a dhalathas an tressa treveth.

Ha teyr mynysen warlergh hedna y fowns y i'n cres arta.

Wosa hedna ny yllens y mos ken tyller vëth. Pynag oll fordh a wrêns y kerdhes, y a dhewhely pùpprës dhe'n cres. Hedna a veu mar rewlys wosa termyn, may whre radn anodhans gortos i'n cres erna dheffa an remnant adro dhedhans arta. Harrys a dednas y vappa in mes arta, wosa termyn, saw ny wrug an syght anodho ma's gwil dhe'n rûth fernewy, hag y a leverys dhodho mos rag crùllya y vlew ganso. Harrys a leverys yth hevelly dhodho wàr neb fordh nag o va kerys gans pùbonen anodhans.

Y oll a wrug muskegy wàr an dyweth hag y a elwys in mes rag an gwethyas, ha'n den a dheuth ha crambla skeul in bàn wàr ves ha cria kevarwedhyans dhedhans, saw y oll o mar gemyskys warbydn an prës-na, na yllens convedhes tra vëth, hag ytho an gwethyas a leverys dhedhans remainya in tyller mayth esens hag ev a vydna dos dhedhans y. Y a gùntellas warbarth ha gortos; hag ev a skydnyas hag entra i'n ger droya.

I'n gwetha prës gwethyas yonk o va ha nowyth dhe'n negys; ha pàn entras ev, ny ylly ev aga hafos; hag ev a wandras adro owth assaya aga drehedhes, saw ev êth in stray. Y a'n gwely traweythyow ow fysky adro wàr denewen aral an ke, hag ev a's gwely y ha fystena rag aga drehedhes; y a wre gortos adro dhe bymp mynysen, hag ena ev a wre omdhysqwedhes arta i'n very tyller poran may feu ev kyns, ha govyn ortans pleth esens y i'n mêntermyn.

Res veu dhedhans gortos erna wrug onen a'n wethysy goth dewheles dhyworth y ly, kyns ès y dhe dhiank.

Harrys a leverys ev dhe gresy hy bos ker droya vryntyn, mar bell dell ylly ev jùjya; ha ny a acordyas fatell wren ny assaya dhe inia Jory dhe entra inhy wàr agan fordh tre.

Chaptra VII

Dowr Tamys in y dhyllas Sul

Dowr Tamys in y dhyllas Sul.—Dyllas wàr an ryver.—Chauns rag an dus.—Fowt decernyans in Harrys.—Jerkyn Jory.—Dëdh gans arlodhes yonk fascyonus.—Bedh Mêstres Tobmas.—An den nag usy ow cara bedhow, gelerow ha cregyn pedn.—Muscotter Harrys.—Y dybyansow adro dhe Jory, arhantiow ha lemonâd.—Ev ow qwil prattys.

Pan esen ny ow passya dre Lock Moulsey, Harrys a dherivas dhybm adro dh'y experyens i'n ger droya. Yth esen ny termyn hir lowr ow mos dredho, rag ny o an udn scath i'n tyller ha lock brâs ywa. Yth hevel dhybm na welys vy Lock Moulsey bythqweth kyns heb moy ès udn scath ino. Yth yw Lock Moulsey, kyn fen ny ow rekna Lock Boulter kefrës, an lock moyha bysy wàr an ryver.

Me re remainyas a'm sav rag meras orth an lock, pàn na slly dowr vëth oll bos gwelys; tra vëth marnas kebmysk spladn; jerkyns ha cappys gay, hottys jolyf, howlskeusow lieslyw, strailyow owrlyn, snodys treneyjys ha dyllas gwydn dainty; mars esa nebonen ow meras wàr nans orto dhyworth an cay i'n termyn-na, ev a slly cresy an lock dhe vos cofyr brâs a flourys a bùb colour ha lyw tôwlys whym whàm aberth ino, hag y oll dhe vos crugys in bàn in cabmdhavas grahellys, esa ow cudha kenyver cornel.

De Sul howlek yma an semlant-na dhodho oll an jedh, ha'n ryver in bàn ha'n ryver wàr nans yma gwelys lînednow hir a voy a scathow, y avês dhe'n yettys hag y ow cortos aga thorn; hag i'n kettermyn yma scathow ow nessa hag ow passya in kerdh. Indelma y fëdh an ryver howlek dhia a'n Palys bys in Eglos Hampton, breyth gans melen, blou, melenrudh, gwydn, cogh ha gwydnrudh. Yma oll tregoryon Hampton ha Moulsey owth omwysca in dyllas scathow, hag ottensy ow tos hag ow qwandra adro dhe'n lock gans aga heun, in udn flyrtya hag ow megy hag ow meras orth an scathow; hag oll warbarth, gans jerkyns ha cappys an wesyon, powsyow teg ha lywys an benenes, an keun amôvys, an scathow prest ow qwaya, an golyow gwydn, an wolok blesont, an dowr ow tewyny, yth hevel dhybm bos hebma onen a'n vuys moyha gay in Loundres coth, agan chif-cyta dyfreth.

Yma an ryver ow ry chauns dâ dhe dus omwysca in dyllas brav. Wàr an ryver dhe'n lyha an wesyon a yll dysqwedhes agan decernyans ow tùchya lywyow. Ha mar teuta ha govyn ow thybyans vy, me a grës ny dhe omdhysqwedhes agan honen brav lowr. Yma nebes a'n colour rudh i'm dyllas orth ow flêsya pùpprës—rudh ha du. Why a wor ow blew vy dhe vos gell owryek, lyw teg lowr, dell leveryr dhybm, hag yma rudh tewl ow cortheby yn perfeth dhodho; hag ena me a grës colm codna blou scav dhe acordya yn spladn ganso, eskyjyow a lether Rùssyan ha lien dorn a owrlyn rudh adro dhe'n wast—yma lien dorn ow meras liesgweyth gwell ès grugys.

Yma Harrys ow sensy dhe lywyow melen ha melenrudh poken dhe gebmysk anodhans, saw me a grës nag ywa fur i'n mater-ma. Re dewl yw y fysmant rag an lyw melen. Nyns usy melen owth agria gans y fysmant, heb dowt vëth oll. Me a garsa ev dhe gemeres blou avell kylva, ha gwydn poken lyw an dehen avell afînans; saw otta ny! Dhe le decernyans a'n jeves nebonen, dhe voy pencales ev a hevel bos pùpprës. Soweth, rag ev ny wra nefra spêdya ow tùchya dyllas, pàn usy lyw pò dew a alsa ev gwysca ha meras dâ lowr, a pe y hot wàr y bedn.

Jory re brenas nebes taclow nowyth rag an viaj ha me yw vexys lowr adro dhodhans. An jerkyn yw bryght dres musur. Ny garsen Jory dhe wodhvos me dhe bredery indelma, saw nyns eus ken fordh vëth rag côwsel anodho. Jory a'n dros tre gordhuwher de Yow ha'y dhysqwedhes dhyn. Ny a wovydnas orto pana lyw o va in y dybyans ev. Ev a leverys na wodhya. Ev a gresy nag esa hanow rag an colour-na. Den an shoppa a leverys dhodho an desîn dhe dhos dhia an Ÿst.

Jory a worras an jerkyn adro dhodho ha govyn orthyn pandr'esen
ny ow predery anodho. Harrys a leverys fatell esa va ow cresy an
jerkyn dhe vos dâ lowr dhe gregy dres blejyowek i'n gwaynten avarr
rag gorra own i'n ÿdhyn, saw avell dyllas rag den vëth, marnas
menstrel du in Margate, an jerkyn dh'y wil clâv. Jory a sorras nebes;
saw, kepar dell leverys Harrys, mar nyns o va whensys dhe glôwes
y opynyon, prag y whrug ev y besy?

Harrys ha me, yth on ny troblys ow tùchya an jerkyn, rag own
a'gan beus y whra va gwil dhe'n bobel merkya an scath.

Yma semlant dâ dhe vowysy in scath, mar pedhons y gwyskys yn
teg. Nyns eus tra vëth a'n jeves moy a denvos ino
ages dyllas scath afînys rag benyn. Saw dâ via, mar
teffa kenyver arlodhes convedhes bos "dyllas scath"
neppyth a alsa bos gwyskys in scath, adar in câss a
weder yn udnyk. Shyndys yw tro in scath, mars eus
pobel inhy a vo ow predery kenyver mynysen moy
adro dh'aga dyllas ès adro dhe'n viaj y honen. I'n
gwetha prës me êth unweyth wàr "groust wàr an
dowr" gans dyw arlodhes a'n sort-na. Ass o perfeth
an jorna!

Y o gwyskys yn teg—làss hag owrlyn in pùb le,
ha flourys, rybans, eskyjyow dainty ha manegow
scav. Saw gwyskys êns rag stûdio fotografyth, adar
croust wàr an ryver. Aga fowsyow o "dyllas scath"
in mes a blât fascyon Frynkek. Wharthus o gwil tra vëth i'n
powsyow-na in tyller vëth ogas dhe dhor pò air pò dowr gwir.

An kensa tra a veu hebma: y a gresy nag o an scath glân. Ny a wrug
doustya oll an esedhvaow ragthans, ha'ga assurya fatell o hy glân,
saw ny wrussons agan cresy. Onen anodhans a rùttyas an bluvak
gans bës arag hy manek, ha dysqwedhes pandr'esa warnodho dh'y
howethes. Y aga dyw a hanajas hag esedha ha'ga semlant o hedna
a'n martyrs Cristyon avarr owth assaya gwil aga honen attês
warbydn an styken. Pàn vo nebonen ow rêvya, res yw dhodho lagya
traweythyow, ha dell hevel badna bian a dhowr a wrug myshevya an

dyllas-na. Ny dheuth an merk in mès bythqweth, hag y feu nàm gesys wàr an bows rag nefra.

Me o an rêvador dhelergh hag a wrug oll ow ehen. Me a dherevy an rêvow yn uhel, ha powes orth dyweth kenyver strocas rag may halla an dowr devera dhywar an rêvow kyns ès me dh'aga settya i'n dowr arta. Pàn wren vy aga budhy arta, me a dhêwysa spâss a dhowr smoth ragthans. (An rêvador arag a leverys wosa termyn, nag esa ev owth omsensy dâ lowr avell rêvador dhe dedna genef, saw, ev a vydna esedha yn cosel, mar mydnyn alowa dhodho, rag studhya ow strocosow. Yth ens y, yn medh ev, a les dhodho.) Saw in despît dhe oll hedna, ha kyn whrug vy gwella gyllyn, ny yllyn gwetha nebes badnahow traweythys a dhowr rag bos scùllys dres an powsyow-na.

Ny wrug an mowysy croffolas, saw y a nessas an eyl dh'y ben, ha setya fyrm aga gwessyow; ha peskytter may codha badna dowr warnodhans, y a blynchya ha trembla. Golok nôbyl o aga gweles ow codhevel indella, saw an mater a wrug ow ancombra yn tien. Me yw re vedhel. Me êth gwyls dygabester i'm rêvya, ha lagya dhe voy ha dhe voy, kyn whrug vy assaya remainya cosel sad.

Me a wrug omry wàr an dyweth ha leverel y whren vy rêvya arag. An rêvador arag inwedh a gresy y fedha hedna gwell, ha ny a jaunjyas tyleryow an eyl gans y gela. An arlodhesow a hanajas sewajys brâs pàn wrussons ow gweles ow tyberth, hag y a veu lowen rag tecken. An mowysy truan! Gwell via dhedhans ow ferthy vy. An den neb a's teva i'n tor'-na o mar sensytyf avell colyn Pow an Pùscas. Te a alsa meras orto yn sevur dres our ha ny wrussa ev y verkya, ha mar teffa ha'th verkya, ny rosa ev oy ahanas. An rêvador nowyth a dhalathas strocas freth, dâ ha gwyls, esa ow scùllya an ewon dres oll an scath kepar ha fenten, ha hedna a wrug dhedhans esedha in bàn dystowgh. Pàn vedha moy ès pynt deverys ganso dres onen a'n powsyow-na, ev a wre wherthyn jolyf lowr ha leverel: "Gevowgh dhybm, in gwir," hag ev a vydna offra dhedhans y lien dorn rag seha aga honen ganso.

"Ny vern, ny vern," yn medh an mowysy truan ha tedna strailyow ha côtys warnodhans aga honen in dadn gel, hag assaya dhe omwetha aga honen gans aga howlskeusow lâss.

Assa wrussons sùffra prës ly! Pobel a garsa y dhe esedha wàr an gwels, ha'n gwels o podnek; ha yth hevelly na veu scubys benow an gwëdh, may feu erhys dhedhans posa warnodhans, nans o seythednow; rag hedna y a dhysplêtyas aga lienyow dorn wàr an dor, hag esedha pòr serth wàr an re-na. Nebonen, in udn gerdhes adro gans plât a basty bowyn, a drebuchyas dres gwredhen, ha dehesy an pasty. I'n gwella prës ny weskys tabm vëth a'n pasty benyn vëth anodhans, saw an drog-labm a worras peryl nowyth in aga brës, hag y a frobmas; ha pàn wrella den vëth wosa hedna kerdhes adro ha neppyth in y dhorn, a alsa codha ha gwil strôll, y a wre meras orto, meur aga fienasow, erna wrella esedha arta.

"Lebmyn, a vowysy," yn medh yn lowen agan cothman Rêvador Arag dhedhans, pàn o dewedhys an ly, "deun, deun, res yw dhywgh golhy an lestry!"

Ny wrussons y ùnderstondya wostallath. Pàn wrussons convedhes y vênyng, y a leverys na wodhyens fatla vedha golhys lestry.

"Ô, me a vydn y dhysqwedhes dhywgh," a grias ev; "gwary spladn yw! Res yw dhywgh gorwedha wàr agas—res yw dhywgh posa dres an ladn, why a wor, ha lagya an taclow adro i'n dowr."

An whor gotha a leverys bos drog gensy, saw nyns ens y gwyskys in dyllas ewn rag an ober-na.

"Ô, nyns yw hedna bern," yn medh ev pòr very; "gwrewgh trùssa agas powsyow in bàn!"

Hag ev a wrug dhedhans y wil kefrës. Ev a leverys dhedhans bos tra a'n par-na hanter an gwary. Y a leverys y vos meur a les.

Lebmyn pàn esoma ow predery adro dhodho, o an den yonk-na mar dalsogh dell esen ny ow cresy? Poken o va—nâ, ùnpossybyl! Y semlant o mar sempel, poran kepar ha flogh!

Harrys o whensys dhe londya ryb Eglos Hampton, ha mos dhe weles men bedh Mêstres Tobmas.

"Pyw yw Mêstres Tobmas?" me a wovydnas.

"Fatla woffien hedna?" Harrys a worthebys. "Hy yw arlodhes a's teves men bedh coynt, ha me a garsa y weles."

Me a gowsas wàr y bydn. Ny worama ov vy cabm-formys, saw bythqweth ny veuma whensys ow honen dhe weles meyn bedhow. Me a wor yn tâ hedna dhe vos an pëth ewn dhe wil, pàn wrylly vysytya pendra pò tre, ponya uskys bys i'n gorflan rag kemeres plesour i'n bedhow; saw hèn yw gwary nag esoma owth alowa dhybm ow honen. Ny vedhaf nefra contentys ow cramyas adro in eglosyow tewl ha yêyn warlergh cothwesyon ronk aga lev hag ow redya scrifednow bedh. Nyns yw lowender dhybm in gwir gweles plât crackys brest settys aberth in men.

Diegrys vëdh sacrystans wordhy pàn wrellens gweles pana vygyl oma dhyrag scrifadhow pigus, ha pana yêyn oma ow tùchya istory teylu an tyller. Ha'n desîr esoma ow tysqwedhes heb y geles dh'aga forsâkya ha gasa an eglos, yma hedna ow hùrtya aga holon nebes.

Myttyn owryek a dhëdh howl, yth esen ow posa warbydn fos isel adro dhe eglos pluw, ow megy hag ow lenky aberveth lowender clor ha wheg an vu cosel—an eglos coth loos gans an idhyow tew warnedhy, hy fortal kervys coynt, an vownder wydn ow troyllya an vre wàr nans inter dew renk a elow uhel, an treven to sowl ow meras dres an keow kempen, an ryver a arhans i'n stras, an brynyow delyowek in hans!

Ass o teg an wolok! Perfeth ha leun prydydhieth o hy, ha me a veu inspyrys gensy. Yth esen owth omglôwes dâ ha nôbyl. Nyns en vy whensys dhe vos leun a begh nag a gamhenseth na fella. Me a vynsa dos ha trega obma, ny vynsen gwil pegh vëth namoy, saw lêdya bêwnans teg ha heb nàm, ha pàn ven coth me a'm bia blew a lyw an arhans, ha pùptra a'n par-na.

I'n prës-na me a wrug gava aga hamenseth ha'ga gorthter dhe oll ow hothmans ha dhe oll ow goos nessa, ha me a's benegas. Ny wodhyens me dh'aga benega. Yth esens whath ow walkya in aga fordhow treus heb godhvos an dra esen vy ow qwil ragthans i'n dreveglos gosel-na abell; saw me a'n gwrug, hag ellas na alsen derivas dhedhans me dh'y wil, rag y carsen aga lowenhe! Yth esen ow pêsya gans an prederow tender, brâs ha dâ-ma, pàn veu terrys ow hunros jorna dre lev uhel tanow ow cria in mes:

"Dâ lowr, a sera. Th'eroma ow tos. Ma kenyver tra ewn, a sera; na wrewgh fysky."

"Me a veras in bàn ha gweles cothwas pedn pylys ow cloppya dres an gorflan tro ha me, hag in y dhewla colm alwhedhow esa ow crena hag ow tynkyal gans kenyver stap.

Gans dynyta cosel me a wrug sînys dhodho dhe voydya dhyworthyf, saw yth esa ev ow nessa dhybm pùpprës.

"Th'eroma ow tos, a sera, th'eroma ow tos. Me yw nebes mans. Nyns oma mar scav avell kyns. An for'-ma, a sera."

"Voyd a'm syght, te gothwas plos," me a leverys.

"Me re dheuth mar scav dell aljen," yn medh ev, "Na wrug an vêstres gàs gweles why bys lebmyn. Gwrewgh ow folya vy, a sera."

"Voyd alebma," yn medhaf vy arta, "Gwev ow golok, kyns ès me dhe lebmel dres an fos ha dha ladha."

Ev a hevelly sowthenys.

"Na garsewgh why gweles an bedhow?" yn medh ev.

"Na garsen," me a worthebys, "Ny garsen poynt. Me a garsa gortos obma ow posa warbydn an fos veynek-ma. Voyd dhyworthyf, ha na wrewgh ow ania. Me yw leun yn tien a brederow teg ha nôbyl, ha me a garsa remainya indelma, rag yth hevel dhybm bos dâ ha plesont. Na dhewgh obma, worth ow muskegy, ow trîvya in kerdh oll ow emôcyons fîn gans an flows-na dhyworthys ow tùchya bedhow. Gwêv ow golok. Cav nebonen rag dha encledhyas a bris isel, ha me a vydn tylly hanter an còst.

Ev a veu ancombrys rag tecken. Ev a rùttyas y lagasow, ha meras stark orthyf. Me a hevelly kepar ha den wàr an tu warves. Ny wodhya ev convedhes an dra.

Ev a leverys: "Owgh why stranjer i'n côstys-ma? Nyns owgh why tregys obma?"

"Nag ov," yn medhaf. "Nyns oma tregys obma. A pen vy tregys obma, ny via dha drigva jy i'n tyller-ma."

"Wèl, ytho," yn medh ev, "why a garsa gweles an bedhow—pobel encledhys, why a wor—kystyow men!"

"Yth esta ow leverel gow," me a worthebys in udn serry. "Nyns oma whensys dhe weles bedhow—agas bedhow why. Prag y fien whensys? Ny a'gan beus bedhow agan honen—agan teylu ny, yth esof ow mênya. Dar, ow Êwnter Podger a'n jeves bedh in Corflan Pras Kensal, hag yth yw oll an 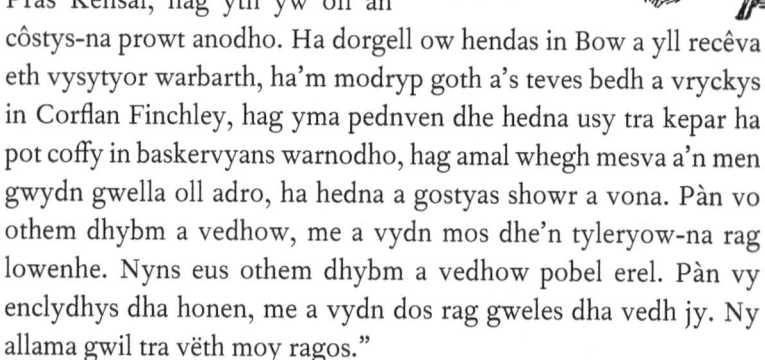 côstys-na prowt anodho. Ha dorgell ow hendas in Bow a yll recêva eth vysytyor warbarth, ha'm modryp goth a's teves bedh a vryckys in Corflan Finchley, hag yma pednven dhe hedna usy tra kepar ha pot coffy in baskervyans warnodho, hag amal whegh mesva a'n men gwydn gwella oll adro, ha hedna a gostyas showr a vona. Pàn vo othem dhybm a vedhow, me a vydn mos dhe'n tyleryow-na rag lowenhe. Nyns eus othem dhybm a vedhow pobel erel. Pàn vy enclydhys dha honen, me a vydn dos rag gweles dha vedh jy. Ny allama gwil tra vëth moy ragos."

Ev a skydnyas in olva. Ev a leverys yth esa tabm men war y dop, ha nebonen a leverys hedna dhe vos an remnant gesys a imaj den,

hag yth esa geryow kervys wàr vedh aral, na spêdyas den vëth
bythqweth dhe dhesmygy aga styr.

Me a remainyas cales hag ev a leverys, morethek y lev: "Wèl, a ny
vydnowgh why dos rag gweles an fenester cov?"

Ny vynsen unweyth dos dhe weles hodna. Ytho ev a assayas rag
an prës dewetha. Ev a dheuth nes dhybm ha whystra yn ronk:

"Ma dhebm nebes cregyn pedn i'n gladhgell awoles,"
yn medh ev. "Dewgh genama rag gweles an re-na. Ô,
dewgh rag gweles an cregyn pedn! Den yonk owgh why
wàr y dhegolyow, ha why yw whensys dhe enjoya agas
honen. Dewgh rag gweles an cregyn pedn!"

Me a drailyas ha fia dhyworto, ha pàn esen ow ponya in kerdh, me
a'n clôwas ow cria wàr ow lergh:

"Ô, dewgh rag gweles an cregyn pedn! Dewhelowgh rag gweles
an cregyn pedn!"

Yma Harrys bytegyns ow kemeres meur a dhelît in meyn bedh, in
bedhow, in scrivednow bedh, hag in taclow screfys wàr veyn cov.
Pàn wre va predery na vedha chauns dhodho gweles bedh Mêstres
Tobmas, ev a serry. Yth esa ev, yn medh ev, ow qwetyas gweles
bedh Mêstres Tobmas dhia an kensa mynysen may feu an viaj
comendys—na wrussa ev jùnya genen, na ve an chauns dhe weles
bedh Mêstres Tobmas.

Me a remembras Jory dhodho, ha fatl'o res dhyn kemeres an scath
in bàn bys in Shepperton kyns pymp eur rag metya ganso. Hag ena
Harrys a settyas orth Jory. Prag yth o alowys dhe Jory gwary adro
avell fol oll an jorna, ha'gan gasa ny dhe dedna an barj brâs poos y
bedn an ryver in bàn ha wàr nans agan honen oll rag metya ganso?
Prag na ylly Jory dos ha gwil nebes ober? Prag na alsa ev cafos an
jëdh frank ha dos wàr nans genen ny? Mollath wàr an arhanty! Pana
brow o Jory i'n arhanty?

"Bythqweth ny'n gwelys ev ow qwil ober vëth ena," Harrys a
bêsyas, "pàn wrylly mos dy. Yma esedhys adrëv fenester gweder oll
an jëdh, ow whelas apperya dhe vos ow qwil neppyth. Pana brow yw
den adrëv gweder? Res yw dhybmo vy lavurya rag ow bêwnans.

Prag na yll ev lavurya? Pàna brow ywa i'n arhanty, ha pana brow yw an arhantiow aga honen? Ymowns y ow kemeres dha vona, hag ena, pàn wrylly screfa checken, ymowns y worth hy danvon tre ha hy mostys gans geryow kepar ha 'Fowt mona', pò 'Dhe dhanvon tre dhe'n tednor.' Pana brow yw hedna? Y feu prat avell hedna gwarys warnaf vy dywweyth an seythen eus passys. Ny vanaf vy y berthy na fella. Me a vydn kemeres ow acownt in mes dhywortans. A pe Jory obma, me a alsa mos ha gweles an bedh-na. Ny gresaf vy y vos i'n arhanty wàr neb cor. Yma va ow qwary an fol in neb tyller. Hèn yw an dra usy ev ow qwil hag ow casa oll an ober ragon ny. Me a vydn tira ha mos ha cafos dewas."

Me a dherivas dhodho ny dhe vos pell dhyworth tavern vëth. Hag ena ev a dhalathas croffolas adro dhe'n ryver, ha pana brow o an ryver, hag a via res dhe genyver onen a dheffa wàr an ryver merwel rag ewn sehes?

Gwell yw pùpprës alowa dhe Harrys pêsya pàn vo va indella. Ena yma va ow sqwîtha y honen hag ow tewel wosa hedna.

Me a remembras dhodho fatell esa lemonâd tewhës i'n hanafer ha crugyn galon a dhowr in tron an scath, ha nag o res dhodha marnas kemysky an dhew warbarth rag gwil dewas dhe fetha y sehes.

Ena ev a sorras adro dhe'n lemonâd hag adro dhe "tebel-dhewosow scolyow Sul a'n par-na", dell wre va aga henwel, coref jynjyber, syrop syvy, h.e., h.e. Ev a leverys y oll dhe sordya drog-goans, ha dhe vyshevya corf hag enef warbarth, hag y dhe vos an rêson rag hanter an felony in Pow an Sowson.

Ev a leverys bytegyns yth o res dhodho eva neppyth, ha crambla in bàn a wrug ev wàr an eseth ha posa in rag may halla sêsya an vottel. Yth esa hy in very goles an hanafer, ha cales o dhodho hy throuvya, ha res o dhodho posa in rag pella ha pella, hag yth esa ev ow whelas lewyas i'n kettermyn, ha dre rêson ev dhe vos y wartha dhe woles, ev a dednas an lovan gabm, ha danvon an scath aberth i'n ladn, ha'n jag a'n dysevys, hag ev a wrug omsedhy i'n hanafer, ha sevel ena wàr y bedn, ow sensy tenwednow an scath rag ewn euth, y arrow herdhys in bàn i'n air. Ny ylly ev gwaya rag dowt codha aberth i'n dowr, ha res veu dhodho remainya ena erna wrug vy dalhedna y arrow ha'y dhraggya wàr dhelergh, ha hedna a wrug dhodho serry moy ès bythqweth.

Chaptra VIII

Godrosladra

Godrosladra.—An cors ewn dhe sewya.—Honenuster anwhek perhen gladn an ryver.—Estyllednow "avîsyans".—Emôcyons pagan Harrys. —Fatl'usy Harrys ow cana cân wharthus.—Party pobel vryntyn.— Omdhegyans dyvlas dew dhen yonk vylen.—Enwedhow heb prow.—Yma Jory ow perna banjo.

Ny a bowesas in dadn an helyk ryb Park Kempton hag a dhebras ly ena. Tyller bian teg ywa: lawns gwastas a-ugh level an dowr ha'n helyk ow cregy a-ughto. Yth esen ny ow tallath agan tressa cors—an bara ha kyfeyth—pàn dheuth den jentyl in brehellow hevys, pîb got in y anow, ha govyn orthyn a wodhyen ny agan bos ow trespassya. Ny a worthebys na wrussyn predery lowr adro dhe'n mater whath, ha rag hedna na yllyn ny ry gorthyp certan dhodho, saw mar teffa ev ha tia dhyn ny yn solem wàr y onour avell den jentyl ny dhe drespassya, ny a vynsa y gresy heb let vëth oll.

Ev a wrug agan assûrya kepar dell wrussyn pesy, ha ny a ros agan grassow dhodho, saw whath yth esa ev ow tylâtya; yth hevelly dhyn nag o va contentys. Ny a wovydnas orto ytho esa ken tra vëth a alsen ny gwil dhodho; ha Harrys, neb yw caradow y nas, a offras dhodho nebes bara ha kyfeyth.

Yth esoma ow tesmygy ev dhe vos esel a neb cowethas, comyttys dre dy dhe sconya bara ha kyfeyth; rag ev a'n refûsyas garow lowr, kepar ha pàn ve va serrys ny dh'y demptya ganso; hag ev a addyas fatell o va y dhevar agan gorra in kerdh.

Harrys a leverys, mars o hedna y dhevar, y codhvia y wil; hag ev a wovydnas orth an den, pandr'o in y dybyans ev, an fordh wella rag y gollenwel. Harrys yw den a alsewgh why gelwel gwrës dâ a'n myns nùmber onen, ha'y semlant yw cales ascornek. An den a'n musuras in bàn ha dhe'n dor gans y lagasow, ha leverel y whre va mos hag omgùssulya gans y vêster, hag ena y fedha ev ow tos rag tôwlel an dhew ahanan aberth i'n ryver.

Heb mar ny wrussyn y weles bythqweth arta, ha heb mar, ny garsa ev tra vëth marnas udn sols dhyworthyn. Yma nùmber certan a lobbys-ryb-an-ryver, hag ymowns y ow tendyl lowr a vona, i'n hâv, dre sygera adro dhe'n gladnow rag godros pobel wocky ha gwadn i'n fordh-ma. Y a lever pùpprës y dhe vos danvenys gans perhen an ladn. An cors ewn dhe wil yw hebma: offra dha hanow ha'th trigva, ha gasa an perhen, mara'n jeves ev radn vëth i'n negys, dhe'th somona, ha dhe prevy pana dhamach a veu gwrës genes dh'y stât pàn wrusta esedha wàr dharn anodho. Saw yma an radn vrâssa a'n bobel mar ownek ha mar dhiek, mayth yw gwell gansans ry colon dhe dus an godros, ès y dhewedha dre sevel yn fyrm wàr y bydn.

I'n tyller vëth mayth yw an perhenogyon dhe vlâmya, res yw aga shâmya. Yma honenuster perhenogyon an gladnow owth encressya bledhen wosa bledhen. Mar teffa an dus-ma ha cafos aga bodh, y a vynsa degea Dowr Tamys yn tien. Ymowns ow spêdya dhe wil hedna gans an govrow bian ha'n merdhowrow. Ymowns y ow trîvya postow aberth in goles an dowr, ow tedna chainys adreus dhia ladn dhe ladn, hag ow fastya gans kentrow estylednow avîsyans brâs orth pùb gwedhen. Yma syght an estylednow-ma ow sordya tebel-anyen inof vy. Y a wra dhybm omglôwes y fia dâ genef tedna dhe'n dor kenyver onen anodhans ha'y ûsya dhe gronkya wàr y bedn an den a wrug y settya in bàn, erna vo va ledhys genef, hag ena me a vynsa y encledhyas, ha settya an estyllen in bàn dres an bedh in sted a ven bedh.

Me a dherivas dhe Harrys an emôcyons-ma a'm be i'm colon, hag ev a leverys ev dhe glôwes an keth tra ino y honen saw lacka whath. Ev a leverys ev dhe dhesîrya an mernans a hedna a settyas an avîsyans in bàn, saw moy ès hedna y carsa ev gorra dhe'n mernans oll y deylu, oll y gothmans ha'y woos nessa, hag ena lesky y jy dhe'n dor. Yth hevelly hedna dhybm dhe vos nebes re, ha me a'n campollas dhe Harrys.

"Nyns yw re poynt. Nyns yw ma's an pëth a vo dendylys gansans. Ha me a vynsa mos ha cana cân wharthus wàr an magoryow."

Vexys veuma pàn glôwys vy Harrys ow côwsel mar dhybyta. Res yw dhyn pùpprës gwetha agan whans dhe gafos jùstys dhyworth codha aberth in spît hag envy. Ny spêdys vy wostallath dhe wil dhe Harrys predery gans moy a jeryta Cristyon adro dhe'n mater. Saw me a wrug soweny wàr an dyweth hag ev a bromyssyas dhybm y whre va sparya an cothmans ha'n goos nessa dhe'n lyha, ha na wrella va cana canow wharthus wàr an magoryow.

Ny wrussowgh why bythqweth clôwes Harrys ow cana cân wharthus, poken why a wrussa convedhes pana servys a veu gwrës genef dhe gynda mab den. Tybyans fast in pedn Harrys yw ev dhe vos abyl dhe gana cân wharthus. I'n contrary part, in mesk an radn a gothmans Harrys neb a'n clôwas ow whelas cana cân wharthus, yma an certuster na yll ev gwil indella, na yllvyth nefra, hag y codhvia y wetha nefra dhyworth y assaya.

Pàn vo Harrys orth party, ha pàn vo reqwîrys dhyworto cana cân, yma va ow cortheby pùpprës: "Wèl, ny allama cana ma's cân wharthus yn udnyk," hag ev a lever an geryow-na kepar ha pàn ve an gân neppyth a res dhis clôwes, ha merwel wàr hy lergh.

"Ô, ass yw hedna teg," yn medh an ôstes. "Gwrewgh cana cân ragon, a Vêster Harrys," hag yma Harrys ow sevel in bàn hag ow kerdhes bys i'n piano, ha minwharth ledan wàr y fâss, kepar ha pàn ve va den larj hag ev porposys dhe ry neppth dhe nebonen.

"Lebmyn, gwrêns kenyver onen tewel," yn medh an ôstes, ow trailya adro. "Yma Mêster Harrys ow mos dhe gana cân wharthus!"

"Ô, assa vêdh hedna jolyf!" yn medhans y. Hag ottensy ow fystena ajy dhyworth an losowjy hag in bàn dhia an stairys, hag ymowns y ow kerhes an eyl y gela dhyworth pùb tyller i'n chy, hag ow cùntell warbarth i'n parleth hag y esedhys in kelgh, minwharth wàr aga gwessyow, hag y ow qwetyas neppyth dâ.

I'n eur-na yma Harrys ow tallath.

Wèl, in cân wharthus nyns esta ow qwetyas lev teg. Nyns esta ow qwetyas frâsyans ewn pò melody perfeth. Nyns yw bern dhis mar teu den ha dyscudha in cres nôten, bos an nôten-na re uhel, ha mar qwra va skydnya yn sodyn. Nyns yw bern dhis an termyn. Nyns yw bern dhis mar pëdh an canor dew varr dhyrag an piano, ha mar qwra va lent'he in cres lînen rag argya gans an pianyth, ha tallath an vers unweyth arta. Saw yth esta ow qwetyas an geryow.

Nyns esta ow qwetyas na wra den nefra remembra moy es an kensa teyr lînen a'n kensa vers, ha dasleverel an lînednow-na arta hag arta erna vo prës dhe dhallath an pedn pùsorn. Nyns esta ow qwetyas den dhe cessya cana in cres lînen, frigwherthyn ha leverel an dra dhe vos pòr wharthus saw wàr y fëdh na yll ev remembra remnant an geryow, hag yn scon wosa hedna ev dhe berthy cov anodhans pàn vo va devedhys dhe radn aral a'n gân yn tien, ha goderry an cana heb gwarnya ha dewheles ha cana an geryow ankevys stag ena. Nyns esta ow qwetyas tra vëth a'n re-na—wèl, me a vydn ry dhywgh neb tâst a gana wharthus Harrys, ha why a yllvyth jùjya ragowgh agas honen.

HARRYS (*ow sevel dhyrag an piano hag ow côwsel orth an bùsh, meur aga govenek*): "Drog yw genef saw tra pòr goth ywa, why a wor. Ha dre lycklod aswonys vëdh gans kenyver onen ahanowgh, why a wor. Saw ny worama marnas hebma. Yth yw cân an jùj in mes a *Pinafore*, nâ nyns esoma ow mênya *Pinafore* saw yth esoma ow mênya an onen aral—why a wor. Res yw dhywgh jùnya orthyf gans an pedn pùsorn, why a wor."

[*Sonyow a blesour hag a'n whans dhe gemeres radn i'n pedn puson. Performyans dâ dres ehen a'n ragilow dhe gân an Jùj in mes a* TRIAL BY JURY *gans an pianyth prederus. Otta an prës rag Harrys dhe dhallath cana. Nyns usy Harrys worth y verkya. Yma an pianyth prederus ow tastallath, hag yma Harrys, ow tallath in kettermyn, ow cana yn uskys hag yn uhel an kensa dyw lînen a gân* Kensa Arlùth an Amyralta *in mes a* PINAFORE. *Yma an pianyth prederus ow whelas pêsya gans an ragilow, hag ena owth omry. Ena ev a whela sewya Harrys gans cân an Jùj in mes a* TRIAL BY JURY. *Yma va ow tyscudha nag usy hedna vas, hag owth assaya remembra pandr'usy ev ow qwil ha ple ma va, hag indella yma y golon ow codha, hag otta va ow cessya.*]

HARRYS (*orth y genertha yn cuv*): Pòr dhâ. Yth esta worth y wil pòr dhâ in gwir—kê in rag.

PIANYTH PREDERUS: Own a'm beus yma neb errour in neb le. Pandr'esta ow cana?

HARRYS (*yn uskys*): Dar, cân an Jùj in mes a *Trial by Jury*. A nyns yw hy aswonys dhis?

NEB COWETH DHE HARRYS (*dhyworth delergh an rom*): Nag esos, te bedn brâs. Yth esta ow cana cân an Amyral in mes a *Pinafore*.

[*Yma argùment hir ow sewya inter Harrys ha coweth Harrys ow tùchya an pëth usy Harrys ow cana in gwrioneth. Wàr an dyweth an coweth a lever nag yw bern pandr'usy ev ow cana, mar teu va unweyth ha'y gana. Hag yma Harrys, gans sorr hag envy whath in y golon, ow pesy an pianyth may whrello tallath anowyth. Gans hedna yma an pianyth ow tallath ragilow dhe gân an Amyral, ha Harrys, ow qweles, dell usy ev ow cresy, aswy ewn i'n mûsyk a dhallath.*]

HARRYS:

"'When I was young and called to the Bar.'"

[*Yma pùbonen i'n rom ow wherthyn, ha Harrys a grës hedna dhe vos tôkyn a brais. Yma an pianyth, ow predery adro dh'y wreg ha'y flehes, owth omdedna dhyworth an strîf anewn. Ena yma den creffa y nervow ow kemeres y le.*]

AN PIANYTH NOWYTH: (*yn lowen*): Lebmyn, sos, gwra dallath ha me a vydn dha folya. Ny wren ny trobla agan honen gans ragilow vëth.

HARRYS (*in udn wherthyn dre rêson ev dhe gonvedhes taclow lebmyn rag an kensa prës*): Ren ow thas! Gav dhybm. Heb mar me re beu ow kemysky an dhyw gân. Jenkyns a wrug ow ancombra, te a wor. Now dhana.

[*Ev a gan hag yth hevel y lev dhe vos ow tos in bàn in mes a'n selder, ow qwarnya adro dhe dhorgîs usy ow tos.*]

"'When I was young I served a term
   As office-boy to an attorney's firm.'

(*Adenewen dhe'n pianyth*): Re isel ywa, sos. Ny a dal gwil hedna arta unweyth, mar pëth hedna dâ genes.

[*Yma va ow cana an kensa dyw lînen arta ha'y voys yw* falsetto *uhel an prës-ma. Sowthenys fest yw an woslowysy. Yma benyn goth brederus ogas dhe'n olas ow tallath ola, ha res yw hy hùmbronk in mes.*]

Harrys (*ow pêsya*):

"'I swept the windows and I swept the door,
   And I—'

Nâ, nâ, I cleaned the windows of the big front door. And I polished up the floor—nâ, mollath Duw warnodho—Ogh, gevowgh dhybm. Coynt ywa, saw ny allama remembra an lînen-na. And I— and I—Ô, wèl, ny a vydn dos dhe'n pedn pùsorn ha'y jauncya. (*Ev a gan*):

"'And I dydyl-dydyl-dydyl-dydyl-dydyl-dydyl-dî,
   Till now I am the ruler of the Queen's navee.'"

Now dhana, pedn pùsorn—an dhyw lînen dhewetha dhe vos kenys arta, why a wor.

PEDN PÙSORN GANS KENYVER ONEN:

"And he dydyl-dydyl-dydyl-dydyl-dydyl-dydyl-dî,
   Till now he is the ruler of the Queen's navee."

Ha nefra ny yll Harrys gweles pana asen usy ev ow qwil anodho y honen ha fatell usy ev ow serry meur a bobel na wrug dregyn vëth dhodho bythqweth. Yma va ow tesmygy in gwrioneth fatell ros ev plesour brâs dhodhans. Hag ev a lever y whra va cana ken cân wharthus wosa soper.

Mars eson ny ow côwsel adro dhe ganow wharthus ha partys, yma cov dhybm a negys coynt a gemerys vy radn ino i'n dedhyow eus passys. Dre rêson an whedhel dhe dôwlel meur a wolow wàr obery natur mab den dre vrâs, y tal dhybm, me a grës, y recordya i'n folednow-ma.

Ny o party fascyonus, ha brâs o agan skians ha cyvylta. Ny o gwyskys i'gan dyllas gwella, ha ny a gowsas yn uhel, ha pòr lowen en ny—pùbonen ahanan marnas dew studhyor, nowyth devedhys dhia Jermany; tus yonk kebmyn, neb a hevelly anês ha dysconfortys i'gan mesk, kepar ha pàn ve an gùntelles re lent ragthans. An gwrioneth yw ny dhe vos re skentyl dhedhans. Agan kescows spladn ha polsys o re vryntyn ragthans, ha ny yllens convedhes agan decernyans nôbyl. Yth esens in mes a'ga thyller intredhon. Ny godhvia dhedhans bos warbarth genen in fordh vëth oll. Yth o pùbonen acordys adro dhe hedna moy adhewedhes.

Ny a wrug gwary *morceaux* dhyworth an mêstrysy coth Almaynek. Ny a dhebâtyas adro dhe fylosofy hag ethek. Ny a flyrtyas gans dynyta grassyùs. Ny o wharthus kyn fe—in fordh uhel.

Nebonen a dheclaryas bardhonek Frynkek wosa soper, ha ny a leverys y vos teg. Hag ena arlodhes a ganas ballad a gerensa in Spaynek, ha hedna a wrug dhe onen pò dew ahanan ola—an gân o mar druethek.

Hag ena an dhew dhen yonk a savas in bàn ha govyn a wrussyn ny bythqweth clôwes Herr Slossenn Boschen (ev o nowyth devedhys, hag in very tor'-na yth esa ev wàr woles in rom an soper) hag ev ow cana y gân wharthus vrâs in Almaynek.

Ny wrug den vëth ahanan y glôwes bythqweth, dell esen ny ow perthy cov.

An dus yonk a leverys an gân dhe vos an onen moyha wharthus a veu gwrës bythqweth, ha mars esen ny ow tesîrya, y a vydna mos ha kerhes Herr Slossenn Boschen, o aswonys yn tâ dhodhans, may halla ev hy hana dhyn. Y a leverys an gân dhe vos mar wharthus, may feu res carya Emperour Jermany in kerdh dh'y wely, pàn ganas Herr Slossenn Boschen an gân dhyragtho.

Y a leverys na ylly den vëth cana an gân kepar ha Herr Slossenn Boschen; ev a vedha mar sad dres oll an gân, may halles desmygy ev dhe vos ow terivas whedhel trist, ha hedna, heb mar, a'n gwre dhe voy wharthus. Y a leverys na wre va bythqweth gans y lev na gans y omdhegyans provia tôkyn vëth ev dhe gana neppyth wharthus— hedna a vynsa shyndya an negys. Yth o y semlant sad, morethek kyn fe, a wre an mater mar angresadow wharthus.

Ny a leverys fatell esen ny whensys dhe glôwes neppyth dhe wherthyn adro dhodho; y ytho êth an stairys wàr nans dhe gerhes Herr Slossenn Boschen.

Ev a apperyas pës dâ lowr y feu govydnys orto cana an gân, ha heb hockya ev a esedhas orth an piano heb leverel ken ger vëth.

"Ô, hèm a wra agas dydhana. Why a wharth yn certan," an dhew dhen yonk a whystras, kepar dell esens y ow passya der an rom, ha kemeres aga thyller adrëv an Descador.

Herr Slossen Boschen a wrug gwary an piano ragtho y honen. Nyns o an ragilow kepar ha mûsyk ow lêdya dhe gân wharthus. Sownd coynt ha trist o va, a wrug dhe gig nebonen cramyas, rag leverel an gwrioneth. Saw ny a hanajas an eyl dh'y gela fatell o hedna an gîs Almaynek, ha ny ow preparya agan honen dhe wherthyn yn crev.

Nyns esoma owth ùnderstondya Almaynek ow honen. Me a'n deskys i'n scol, saw ankevy a wruga kenyver ger a wrug dyw vledhen wosa gasa an scol, hag yth esoma owth omglôwes dhe well dhia an prës-na. Dre rêson na garsen y whrella an pobel ena convedhes ow nycyta, me a dheuth wàr neppyth, a hevelly dhybm bos tybyans dâ. Me a sensy ow lagasow wàr an dhew studhyor yonk, ha me a's sewya. Pàn wrellens y folwherthyn, indella me a wre inwedh; pàn wrellens uja, uja a wren vy kefrës; ha me a addyas dhia dermyn dhe dermyn kylwharth dhyworthyf ow honen, kepar ha pàn ve gwelys gês genef, na welas ken den vëth. My a gonsydras an towl-ma dhybm dhe vos pòr fur.

Pàn esa an gân ow procêdya, me a verkyas fatell esa meur a bobel ow meras stark orth an dhew dhen yonk, poran kepar ha me. An bobel erel-ma a wre folwherthyn pàn wrella an dhew dhen yonk folwherthyn, hag uja ha tardha gans wharth heb cessya ogasty dres oll an gân. An gân a veu recêvys pòr dhâ.

An Descador Almaynek, bytegyns, nyns o y semlant ev re lowen. Kyns oll, pàn wrussyn ny dallath wherthyn, yth o sowthan brâs dhe redya wàr y fâss, kepar ha pàn o wharth an dra dhewetha a wrussa va gwetyas dhyworth y woslowysy. Ny a gresys hedna dhe vos pòr wharthus. Ny a levery y semlant sad dhe vos hanter an ges. Mar teffa ev ha dysqwedhes an hynt lyha kyn fe ev dhe wodhvos pana wharthus o an gân, hedna a vynsa shyndya pùb tra. Kepar dell esen ny ow pêsya gans agan wharth, an sowthan wàr y vejeth a jaunjyas dhe sorr ha dhe anger, hag otta va ow plegya tâl hag ow meras vexys brâs orth kenyver onen ahanan (marnas orth an dhew dhen yonk, rag yth esens y adhelergh dhodho, ha rag hedna ny ylly ev aga gweles). Hedna a wrug dhyn skydnya in wharth dygabester. An geryow aga honen oll, ny a leverys, o lowr rag gwil dhyn codha adro gans wharth, saw fug-tristans y semlant—ô, hèn o re!

I'n vers dewetha ev a bassyas y honen. Ev a veras serrys brâs orthyn ha'y dremyn o mar dewl, mar engrys ha mar wyls, na ve ny vos gwarnys dhyrag dorn ow tùchya an gîs Almaynek a gana cânow wharthus, ny a via prederus ha leun a own. Ev a dôwlas ujow a bain aberth i'n mûsyk coynt-na, ha na ve ny dhe wodhvos y vos cân wharthus, ny a wrussa ola.

Pàn wrug ev dewedha, yth esen ny ow scrija gans wharth. Ny a leverys an gân dhe vos an dra moyha wharthus a glôwsyn ny bythqweth in oll agan dedhyow. Ny a leverys inwedh pana stranj o va, ha ny ow consydra taclow a'n par-na, fatl'o pòr goynt an bobel dhe gresy nag esa an Almans ow convedhes an ges. Ny a wovydnas orth an Descador prag na wrussa ev trailya an gân dhe Sowsnek, may halla an bobel gebmyn hy clôwes ha percêvya pana wharthus o hy.

Ena Herr Slossenn Boschen a savas in bàn ha fernewy yn uthyk. Ev a'gan cùssyas in Almaynek (ha me a vynsa leverel y vos tavas pòr dhâ rag an porpos-na), ha dauncya, ha shakya y dhornow, ha'gan molethy gans oll an Sowsnek a wodhya ev. Ny gafas ev bythqweth, yn medh ev, kebmys bysmêr in oll y dhedhyow.

Yth hevel nag o an gân-na wharthus wàr neb cor. Yma an gân ow côwsel adro dhe vaghteth yonk, tregys in Menydhyow Harz, ha hy a wrug dascor hy bêwnans hy honen rag selwel enef hy haror; hag ev a verwys, ha metya gans hy spyrys hy i'n air; hag ena i'n vers dewetha ev a sconyas hy spyrys hy ha diank gans spyrys mowes aral—nyns yw oll an manylyon aswonys dhybm, saw neppyth pòr drist o va. Herr Slossenn Boschen a leverys ev dhe gana an gân unweyth dhyrag Emperor Almayn, ha'n emperor, pàn y's clôwas, a wrug ola kepar ha flogh bian. Herr Boschen a leverys an gân dhe vos onen a'n cânow moyha trist ha moyha truethek i'n tavas Almaynek.

Pòr gales o an negys ragon—pòr gales. Yth hevelly dhyn nag esa gorthyp vëth. Ny a veras adro ow whelas an dhew dhen yonk, neb a wrug an dra, saw gyllys êns y. Y a asas an chy kettel veu dewedhys an gân.

Hedna a veu dyweth an party. Ny welys vy bythqweth party ow kescar mar gosel, ha gans mar nebes tervans. Ny wrussyn ny leverel "Nos dhâ" dh'y gela kyn fe. Ny a skydnyas an stairys an eyl wosa y gela, in udn gerdhes yn clor, hag ow sensy dhe'n tenewen skeusek. Ny a besys an servysy in udn whystra rag agan côtys ha hottys, egery an daras ragon agan honen, slynkya in mes ha drehedhes cornel an strêt yn scav, ow coheles an bobel erel gwella gyllyn.

Ny wrug vy mellya nameur gans cânow Almaynek dhia an termyn-na.

Ny a dhrehedhas Lock Sùnbùry orth qwarter wosa teyr eur. Wheg ha teg yw an ryver kyns ès te dhe dhos dhe'n yettys, ha'n merdhowr yw dynyak; saw na wra whelas nefra rêvya an merdhowr in bàn.

Me a'n assayas unweyth. Yth esen ow rêvya, hag a wovydnas orth an wesyon esa ow lewyas, esens y ow cresy a ylly bos gwrës. Y a leverys, ô, gylly, dell esens y ow predery, mar teffen ha tedna yn cales. Yth esen ny in dadn bons bian an gerdhoryon usy ow mos dresto inter an dhyw gores, pàn lavarsons hedna. Me a blegyas a-ugh an rêvow, anella yn town ha tedna.

Me a dednas uthyk dâ. Me establyssyas lesca rythmek rewlys. Me a worras ow dywvregh, ow garrow ha'm keyn aberth i'n negys. Me a settyas dhyragof strocas dâ, strîk ha crev, ha me a lavuryas yn spladn. Ow dew goweth a leverys yth o plesour meras orthyf. Warlergh pymp mynysen, me a gresy y fedhen ny ogas lowr dhe'n gores. Me a veras in bàn. Yth esen ny in dadn an pons, i'n keth tyller poran may whrussyn ny dallath, hag otta an dhew vobba-na owth hùrtya aga honen der aga wharthow uhel. Me re bia ow melyas yn whyls indella rag sensy an scath-na whath in dadn an pons. Gwrêns re erel tedna lebmyn wàr verdhowrow ha warbydn govrow crev.

Ny a wrug rêvya in bàn bys in Walton, tyller nebes re vrâs rag tre ryb an ryver. Avell gans kenyver tre ryb an ryver, nyns usy marnas an gornel viadnha anodho ow hedhes bys i'n dowr. Rag hedna dhyworth an dowr te a alsa desmygy nag o ma's treveglos a whegh chy warbarth. Windsor hag Abyngdon yw an trevow udnyk a ylta jy gweles tra vëth anodhans dhia an dowr. Yma pùb tre aral a'n remnant ow keles hy honen adro dhe gornelly, ha ny wrowns y marnas aspias in mes orth Dowr Tamys udn strêt wàr nans. Ow grassow dhedhans awos y dhe vos mar garadow, rag ymowns y ow casa gladnow an ryver dhe welyow ha dhe whel dowr.

Redyng y honen, kynth usy ev ow qwil oll y ehen dhe vyshevya, dhe shyndya ha dhe wil hager kebmys a'n ryver dell yw possybyl, an dre yw cuv lowr rag sensy y hager-vejeth dre vrâs mes a wolok.

Cesar, heb mar, a'n jeva plâss bian ryb Walton—camp pò ker pò neppyth a'n sort-na. Cesar a gara an ryver awartha. Ha Myternes Elysabeth, yth esa hy obma inwedh. Ny yller scappya dhyworth an venyn-na, na fors pynag oll fordh a wrelles mos. Cromwell ha Bradshaw (nyns yw hedna den amseryow an trainow, saw den pedn Charles Mytern) a wrug ôstya obma. Res yw y dhe vos party bian plesont warbarth.

Yma "frodn tavasoges" gwrës a horn in Eglos Walton. Y fedha an re-na ûsys i'n dedhyow coth rag checkya tavosow an benenes. Forsâkys yw an assay-na i'gan dedhyow ny. Yth esoma ow soposya fatell wrug an horn codha scant, ha nyns o ken tra vëth crev lowr.

Yma bedhow a bris i'n eglos kefrës, hag own a'm be na alsen bythqweth spêdya dhe hùmbronk Harrys drestans, saw yth hevel na wrug ev predery anodhans ha ny a bassyas in rag. A-ugh an pons yma an ryver ow troyllya yn uthyk. Yma hedna ow ry semlant pòr semly dhodho, saw dhyworth savboynt tedna pò rêvya skyla rag anians yw, hag y fëdh lies argùment inter hedna a vo ow tedna ha hedna a vo ow lewyas.

Yth esta ow passya Park Oatlands obma wàr an ladn adhyhow. Brâs yw hanow an plâss coth-ma. Henry VIII a'n ladras dhyworth nebonen, ankevys yw genef pyw, hag ev a veu tregys ino. Yma gogo i'n park ha te a yll mos dh'y gweles mar teuta ha tylly an pêmont, hag y leveryr hy bos pòr varthys, saw ny allama ow honen gweles nameur inhy. Yth esa Dùches Evrok eus tremenys tregys in Oatlands, ha hy a gara keun yn frâs. Hy a sensy nùmber brâs anodhans. Hy a wrug dhe gorflan specyal bos gwrës obma, may hallens bos encledhys inhy. Hag ottensy a'ga gorweth ena, adro dhe hanter-cans anodhans, gans men bedh a-ugh kenyver onen anodhans, ha scriven bedh wàr bùb men.

Wèl, dre lycklod yma hedna mar dhâ dendylys gansans avell gans an Cristyon ûsys.

Orth "Stykednow Corway"—an kensa pleg i'n ryver a-ugh Pons Walton—y feu batel gwrës inter Cesar ha Casvelyn. Casvelyn a breparyas an ryver dhyrag dorn rag Cesar: ev a blansas renkyow a stykednow ino (ha heb dowt vëth ev a settyas in bàn estyllen avîsyans). Saw Cesar êth dres an ryver in despît dh'y dhewlagas. Ny alses sensy Cesar dhywar an ryver-na. Ev yw an sort a dhen eus othem dhyn anodho adro dhe'n merdhowrow i'gan dedhyow ny.

Halliford ha Shepperton yw tyleryow bian teg aga dew le may mowns y ow tùchya orth an ryver. Saw nyns eus tra vëth dhe nôtya in onen vëth anodhans. Yma men bedh in corflan Shepperton, bytegyns, usy bardhonek warnodho, ha me a'm beu own rag dowt Harrys dhe vos whensys dhe londya ha gwary an fol adro dhodho. Me a'n gwelas ow meras gans lagas fyrm wàr an cay pàn esen ny ow tos nes dhodho. Rag hedna gans gway codnek me a spêdyas dhe dôwlel y gappa aberth i'n dowr, ha drefen ev dhe vos bysy worth y selwel hag orth ow hably rag bos mar gledhek, ev a ancovas yn tien adro dh'y vedhow meurgerys.

In Weybridge yma Dowr Wey (gover bian teg, a yll scathow munys golya warnedhy bys in Guildford, ha gover esoma pùpprës ow predery adro dh'y whythra, kyn na wrug vy y wil whath), Dowr Bourne ha Dowrgledh Basingstoke owth entra in Dowr Tamys warbarth. Yma an lock adâl an dre poran, ha'n kensa tra a welsyn ny pàn dheuthon ny ogas dhodho o jerkyn Jory wàr onen a yettys an lock, ha pàn wrussyn ny y whythra moy clos, apert o Jory dhe vos ino.

Montmorency a dhalathas hartha pòr wyls. Me a scrijas ha Harrys a ujas. Jory a swaysyas y hot ha cria orthyn avell gorthyp. Gwethyas an lock a fystenas in mes gans gwelen hir in y dhewla, rag ev a gresy fatell godhas nebonen aberth i'n dowr. Pàn dhyscudhas ev na godhas den vëth, ev a apperyas nebes anies.

Yth esa fardel coynt, cudhys in oyl-ledn in dorn Jory. Plat ha rônd o va, hag yth esa dornla hir ow sevel in mes a udn tenewen.

"Pandr'yw hedna?" yn medh Harrys. "Padel fria?"

"Nâ," yn medh Jory, hag yth esa golak stranj ha gwyls dhe weles in y lagasow; "y yw oll an gis an sêson-ma. Kenyver onen wàr an ryver a'n jeves onen. Banjo yw."

"Ny wodhyen bythqweth te dhe fylla an banjo!" a grias Harrys ha me warbarth in keth anal.

"Nag esof poran," a worthebys Jory: "saw pòr êsy yw, dell usons pùbonen ow leverel dhybm. Hag yma an cowethlyver genef!"

Chaptra IX

Ober yw presentys dhe Jory

Ober yw presentys dhe Jory.—Anyen bagan an lovonow tedna.—
Omdhegyans ùngrassyùs scath scav dew rêvador.—Tenoryon ha'n re
tednys.—Ûsyans dyscudhys rag caroryon.—Câss stranj a'n arlodhes coth
gyllys in kerdh.—Dhe voy hast, dhe le spêda.—Pàn vo nebonen tednys
gans mowysy; experyens pigus.—An lock kellys poken an ryver troblys
gans spyryjyon.—Mûsyk.—Selwys!

Ny a wrug dhe Jory lavurya, awos y vos dalhednys genen. Nyns
o va whensys dhe lavurya, heb mar; nyns yw res campolla
hedna. Dell dherivas ev y honen, ev a gafas termyn cales i'n Cyta.
Harrys, neb yw avlethys y nas, ha heb meur a byteth, a leverys: "Â!
Ha lebmyn te a gav termyn cales wàr an ryver avell chaunjyans. Dâ
yw chaunjyans rag kenyver onen. In mes genes!"

Ny ylly ev settya orthyn gans conscians dâ—conscians Jory y
honen kyn fe—saw ev a gomendyas, y fedha gwell ragtho remainya
i'n scath ha parusy an tê, pàn vo Harrys ha me ow tedna, drefen bos
meur a ancombrynsy in preparacyon an tê, hag yth hevelly Harrys
ha me dhe vos pòr sqwith. Ny wrussyn ny y wortheby bytegyns, saw
hedhes dhodho an lovan tedna; ev a's recêvas ha
kemeres stap in mes a'n scath.

Yma teythy coynt ha kevrînek dhe lovan
tedna. Otta jy worth y rollya in bàn gans
kebmys rach hag a wrusses ûsya in udn
blegya lavrak nowyth, ha pymp mynysen

moy adhewedhes, pàn wrylly y dherevel dhywar an dor, nyns yw hy marnas udn vagel uthyk kemyskys.

Nyns oma whensys dhe dhespîtya tra vëth i'n bës, saw me a grës hebma yn certan: mar teffes ha kemeres lovan tedna ûsys, ha'y istyna in mes dres pras, hag ena trailya dha geyn warnedhy rag hanter-mynysen, pàn wrylly trailya arta dhe veras, te a vynsa cafos an lovan cùntellys oll warbarth in cres an pras, ha hy dhe vos maglys, ha kelmys in colmow ha'y dew bedn dhe vos gyllys mes a wel, ha na via an lovan marnas sygednow yn tien; te a godhvia spêna hanter-our, esedhys wàr an gwels, hag ow cùssya heb hedhy, erna wrylly dygelmy an lovan dhia bedn dhe bedn.

Hèm yw ow opynyon vy dre vrâs ow tùchya lovonow tedna. Heb mar, yma lovonow usy ow terry an rewl; ny lavaraf nag usy. Yma lovonow tedna martesen, hag ymowns y ow try onour wàr aga galow—lovonow tedna wordhy hag dywysyk—lovonow tedna nag usy ow tesmygy y dhe vos crochetweyth, ha nag usy ow qwia aga honen in bàn avell antymacassars, kettel vowns gesys aga honen oll. Me a lever, y halsa lovonow a'n par-na bos i'n bës, ha govenek gwir a'm beus aga bos i'n bës wosa pùptra. Saw ny wrug vy bythqweth metya gans onen vëth anodhans.

Me a gemeras wàr an scath an lovan tedna-ma termyn cot kyns ès ny dhe dhrehedhes an lock. Ny wrug avy alowa dhe Harrys mellya gensy, rag ev yw dybreder. Me a's troyllyas in bàn yn lent ha gans rach, ha'y helmy i'n cres ha'y flegya in dyw radn, ha'y settya yn cosel wàr stras an scath. Harrys a's derevys yn sciensek ha'y settya inter dewla Jory. Jory a's recêvas yn fyrm, ha'y sensy in kerdh dhyworto, ha dallath hy dydroyllya, kepar ha pàn ve va ow kemeres an padnow dhywar gorf baby nowyth-genys; ha kyns ès ev dhe dhysplegya moy es dewdhek lath, yth o an dra moy haval dhe strail daras tebel-wrës ès dhe gen tra vëth.

Y fêdh an mater indelma pùpprës, hag yma an keth tra ow wharvos pùb termyn gans lovan. Yma an den wàr an ladn, usy ow whelas hy dygelmy, ow predery an den neb a's rollyas in bàn dhe vos dhe vlâmya; ha pàn vo den an ryver in bàn ow predery neppyth, ev a'n lever.

"Pandr'eses ow whelas gwil gensy, gwil roos pùscas anedhy? Te re wrug magel uthyk in gwir. Prag na ylta jy hy throyllya yn ewn, te bedn brâs?" yn medh ev in udn renky dhia dermyn dhe dermyn, hag ev ow strîvya gwyls gensy. Yma va worth hy dysplêtya wàr an trûlergh, hag ow ponya adro hag adro dhedhy owth assaya trouvya hy fedn.

Wàr an tu aral, an den neb a wrug hy therhy in bàn, ev a dëb fatell usy caus an gabûlva ow powes gans hedna usy ow whelas hy dygelmy.

"Perfeth o hy pàn wrusta hy recêva!" ev a lever yn serrys. "Prag na wrêta predery adro dhe'n dra esta ow qwil? Yth esta ow qwil kenyver tra mar whym whàm. Te a alsa kemysky gwelen scaffot, ha hèn yw gwir!"

Hag ymowns y aga dew mar serrys an eyl gans y gela, mayth yns y parys aga dew dhe gregy an eyl y gela gans an dra. Yma deg mynysen ow passya, hag otta an kensa den ow cria in mes hag ow muskegy, hag ow tauncya wàr an lovan hag owth assaya hy lowsya dre sêsya an kensa darn a dheffa bys in y dhorn ha'y dedna yn crev. Heb mar, ny wra hedna ma's gwil an vagel tydnha ès bythqweth. Ena yma an secùnd den ow crambla in mes a'n scath rag gwil gweres dhodho, hag ymowns y owth ancombra an eyl y gela. Ymowns y ow talhedna an keth darn a'n lînen, ha'y thedna bys in qwartrons dyvers, ha govyn ple ma hy kechys. Wàr an dyweth ymowns y ow soweny dh'y lowsya hag ena y a wel bos an scath neyjys in kerdh dhywortans, ha hy dhe vos ow nessa dhe'n gores.

Hedna a wharva in gwrioneth, mar bell dell worama. Y wharva wàr vàn ryb Boveny, udn myttyn gwynsek. Yth esen ny ow tedna an ryver wàr nans, ha pàn dheuthon ny adro dhe'n pleg, ny a verkyas dew dhen ow sevel wàr an ladn. Yth esens y ow meras an eyl orth y gela ha'ga semlant o mar ancombrys ha mar drist dell welys vy wàr fâss tus in oll ow dedhyow. Yth esa lovan tedna intredhans. Apert o fatell o neppyth wharvedhys. Rag hedna ny a wrug lent'he ha govyn ortans pëth o an mater.

"Dar, gyllys yw agan scath ny!" y a worthebys gans anger i'ga lev. "Ny a gramblas in mes rag dygelmy an lovan tedna, ha pàn wrussyn ny meras, gyllys o hy!"

Hag yth havalsens hùrtys gans gwrians bylen hag ùngrassyùs aga scath.

Ny a drouvyas an foesyk hanter-mildir pella wàr nans, ha hy kechys i'n porv. Ny a's dros arta in bàn dhedhans. Ow gaja dhywgh, na wrussons ry chauns aral dhe'n scath-na bys pedn seythen.

Nefra ny vanaf vy ankevy an syght a'n dhew dhen-na ow kerdhes in bàn ha wàr nans, lovan i'ga dewla hag y ow whelas aga scath.

Yma nebonen ow qweles meur a daclow wharthus wàr an ryver ow tùchya tedna scathow. Onen a'n câssys moyha kebmyn yw dew dednor ow kerdhes scav in rag, ow kestalkya yn tywysyk, pàn usy an den i'n scath, cans lath wàr aga lergh, ow cria in vain dhedhans dhe sevel, hag ow qwil sînys frantyk gans rev dhe dhysqwedhes y vos in anken. Yma neppyth gyllys cabm, yma an lew codhys dhywar  an scath, pò an scath-hig re godhas dres tenewen an scath, pò y hot re dhroppyas i'n dowr hag yma va ow mos yn uskys gans an fros wàr nans.

Yma va ow kelwel dhedhans dhe sevel, kyns oll yn clor ha cortes.

"How! Sevowgh tecken, a wrewgh why?" a gry ev yn fery. "Me re dhroppyas ow hot i'n dowr."

Ena: "How! Tobm—Hecka! A ny yllowgh why clôwes?" heb bos mar garadow an treveth-ma.

Ena: "How! Mollath Duw warnowgh, why vobbys gocky! How! Sevowgh! Ogh, why—!"

Wosa hedna yma va ow sevel in bàn hag ow tauncya adro, in udn uja erna vo va rudh y fâss, hag ow cùssya kenyver tra aswonys dhodho. Hag yma an vebyon vian wàr an ladn ow stoppya rag gwil gês anodho ha rag tôwlel meyn orto, hag ev ow pos tednys drestans peder mildir i'n our hag ev heb gallos dhe asa an scath.

Meur anken a'n par-ma a via gohelys, mar teffa an re-na a vo ow tedna kemeres with dhe berthy cov aga bos ow tedna, ha dhe veras adro yn fenowgh may hallens gweles fatl'yw an den i'n scath. Gwell yw gasa udn den dhe dedna. Pàn vo dew orth y wil, ymowns y ow tallath kestalkya, hag ankevy a wrowns, ha'n scath hy honen, drefen hy dhe vos scav hag êsy dhe dedna, nyns usy hy ow remembra dhedhans fatell usons y ow tedna.

Avell exampyl a'n fowt remembrans a'ga ober a yll dos wàr dednoryon, Jory a dherivas dhyn an câss-ma holergh gordhuwher, ha ny ow côwsel adro dhe'n negys-ma wosa soper.

Yth esa ev ha tredden moy, dell leverys ev, ow rêvya scath cargys poos gordhuwher dhia Maidenhead, ha pols a-ugh Lock Cookham y a verkyas gwas ha mowes, ow kerdhes an trûlergh ahës, hag y aga dew budhys in kescows pigus ha meur a les. Yth esens y ow ton scath-hig intredhans, hag yth o lovan tedna kelmys war an hig, saw yth esa an lovan ow traylya wàr aga lergh, hy fedn i'n dowr. Nyns esa scath vëth dhe weles nag in aga ogas. Res yw scath dhe vos kelmys dhe'n lovan tedna neb termyn, hèn o certan; saw pandra wharva dhedhy, pana dhestnans uthyk a dheuth warnedhy, ha wàr an re-na o gesys inhy, o mystery pur. Pynag oll a veu an drog-labm, ny wruga ancombra poynt an bobel yonk, esa ow tedna. Y a's teva

an scath-hig ha'n lovan whath, hag yth hevelly y dhe bredery an dhew dra-na dhe vos lowr ragthans.

Yth o Jory porposys dhe gria in mes ha'ga dyfuna, saw i'n very prës-na tybyans skentyl a dheuth dhodho, ha ny wrug ev gelwel poynt. In le a hedna ev a dhalhednas scath-hig y scath y honen ha posa wàr denewen an scath ha hâlya pedn an lovan dhodho. Y a wrug colm re inhy, ha'y slyppya dres aga gwern aga honen. Ena y a worras oll an rêvow warbarth yn kempen, ha mos hag esedha in delergh an scath hag anowy aga fîbow.

Ha'n den yonk-na ha'n venyn yonk-na warbarth a dednas an peswar qwallok ha'ga scath boos bys in Marlow.

Jory a leverys na welas ev bythqweth kyns kebmys tristans ha preder warbarth in udn wolok dell welas in fâss an bobel yonk-na, pàn wrussons y convedhes orth an lock y dhe vos ow tedna an dhyw vildir dhewetha an scath gabm. Jory a gresy, na ve an venyn wheg yonk ryptho, martesen y whrussa an den yonk omry dhe lavarow crev.

An vaghteth a veu an kensa anodhans dhe dôwlel hy sowthan dhywarnedhy, ha pàn wrug hy indella, hy a worras hy dewla warbarth hag a grias yn whyls:

"Ogh, Henry, ple ma modryp dhana?"

"A wrussons y bythqweth trouvya an arlodhes coth?" a wovydnas Harrys.

Jory a worthebys na wodhya ev.

Exampyl aral a'n fowt a gescowedhyans inter tednor ha'n re tednys a veu gwelys gans Jory ha genef vy udn jorna wàr vàn ogas dhe Walton. Y wharva i'n tyller may ma an trûlergh ow skydnya yn clor bys i'n dowr. Yth esen nyny ow campya wàr an ladn aral hag ow merkya meur a daclow. Wosa termyn scath vian a dheuth dhyrag agan lagasow, hag yth esa margh crev barj orth hy thedna toth men der an dowr, gans maw bian esedhys wàr geyn an margh. Yth esa pymp gwas ow crowedha in radnow dyvers a'n scath ha leun powes ha hunek o aga semlant. An lewyas a apperyas cosel dres ehen kepar ha pàn ve va ow tergùsca.

"Me a garsa y weles ow tedna an lînen gabm," a whystras Jory dhybm, hag y ow mos dreson. Hag i'n very prës-na an den a'n gwrug, ha'n scath a fystenas an ladn in bàn gans tros kepar ha dew ugans lien gwely ow sqwardya warbarth. Adhesempys dew dhen, hanafer ha teyr rev a asas an scath aglêdh, ha powes wàr an ladn, ha secùnd ha hanter wosa hedna, dew dhen aral a asas an scath adhyhow, hag esedha in mesk scath-higow ha golyow ha seghyer ha botellow. An den dewetha êth ugans lath pella hag ena ev a asas an scath wàr y bedn.

Yth hevelly fatell wrug hedna scafhe an scath, ha hy êth in rag dhe êsya, ha'n maw bian ow carma mar uhel dell ylly, hag owth inia y stêda dhe bonya. An wesyon a esedhas in bàn ha meras an eyl orth y gela. Nebes termyn a bassyas kyns ès y dhe gonvedhes an pëth a wharva dhedhans, saw pàn wrussons y bercêvya, y a dhalathas cria yn freth may whrella an maw stoppya. Ev, bytegyns, o re vysy gans an margh rag aga clôwes, ha ny a's aspias ow ponya scaffa gyllens wàr y lergh, ernag êthons in mes a wel i'n pellder.

Ny allama leverel fatell o cas dhybm aga drog-labm. In gwir, trueth yw na wher taclow a'n par-na dhe genyver onen a'n fôlys yonk a vo aga scathow tednys indelma—hag yma lies onen anodhans. Tu avês dhe'n peryl usons y ow causya dhedhans aga honen, y yw peryl hag ancombrynsy dhe bùb scath aral a wrellens passya. Dre rêson y dhe vos mar uskys, ny yllons y goheles scath vëth aral, na ny yll scath vëth aral aga goheles y. Aga lînen a wra mos dres dha wern jy, ha'th omwheles, poken yma hy ow cachya nebonen i'n scath, ha'y dôwlel aberth i'n dowr, pò sqwardya y fâss. An gùssul wella yw sevel fast ha bos parys dh'aga herdhya dhyworthys gans pedn dylym gwern.

In mesk oll an prevyansow ow tùchya tedna scath an moyha pigus yw dhe vos tednys gans mowysy. Sensacyon ywa na godhvia dhe dhen vëth kelly. Res yw pùpprës dhe deyr mowes tedna; dyw anodhans dhe sensy an lovan, hag yma an vowes aral ow ponya adro hag adro in udn folwherthyn. Dell yw ûsys, pàn wrellens y dallath, y a vydn kelmy aga honen in bàn. Otta an lovan ow trailya adro dh'aga garrow, ha res yw dhedhans esedha wàr an trûlegh may hallens y dygelmy an eyl hy ben. Ena ymowns y ow terhy an lovan adro dh'aga hodna ha namna vedhons tegys. Wàr an dyweth an lovan a vëdh restrys gansans, hag ymowns y ow tallath in udn bonya, hag ow tedna an scath gans toth peryllys. Orth dyweth cans lath cot

yw aga anal heb mar, hag ymowns y ow stoppya adhesempys, owth esedha wàr an gwels hag ow wherthyn. I'n termyn-na dha scath a vydn mos yn lent dhia an ladn bys in cres an ryver ha trailya adro, kyns ès te dhe wodhvos pandra wharva pò spêdya dhe dhalhedna rev. Ena ottensy ow sevel in bàn sowthenys brâs.

"Ô, merowgh!" yn medhons y, "ev res êth in mes bys in cres an dowr."

Ymowns ow tedna fest lowr rag tecken wosa hedna, hag ena yma onen anodhans ow tetermya dhe drussa hy fows in bàn, hag ymowns y ow lent'he rag an porpos-na. I'n mêntermyn yma an scath ow tos dhe'n tir hag ow clena orto.

Yth esta ow lebmel in bàn rag hy herdhya aberth i'n dowr arta, hag ow cria dhedhans na wrellens hedhy.

"Ea. Pëth yw an mater?" yn medhons y in udn arma.

"Na wrewgh stoppya" te a lever gans uj.

"Na wrewgh pandra?"

"Na wrewgh stoppya. Kewgh in rag—kewgh in rag!"

"Gwra dewheles, Emyly, rag desky pëth usons y ow tesîrya," yn medh onen anodhans; hag otta Emyly ow tewheles rag govyn pyth ywa.

"Pandr'esowgh why ow tesîrya?" yn medh hy; "yw tra vëth wharvedhys?"

"Nag yw," te a worthyp, "yth yw pùp tra compes. Saw, te a wor, na wrewgh stoppya."

"Prag nâ?"

"Ny yllyn ny lewyas, mar tewgh why ha stoppya. Res yw dhywgh sensy nebes toth gans an scath."

"Sensy pandra?"

"Nebes toth—res yw dhywgh sensy an scath ow môvya in rag."

"Ô, dâ lowr, me a vydn leverel dhedhans. Eson ny worth y wil yn ewn?"

"Ô, esowgh, pòr deg, saw na wrewgh stoppya."

"Ny hevel bos cales wàr neb cor. Me a gresy y fedha pòr gales."

"Nâ, sempel lowr ywa. Res yw dhywgh sensy ow mos in rag heb cessya, hèn yw oll."

"Me a wel. Hedh dhybm ow whytel rudh. Yma va in dadn an bluvak."

Yth esta ow trouvya an whytel, hag orth y hedhes in mes, ha warbydn an termyn-na yma mowes aral dewhelys, ha hy a garsa cafos hy whytel hy inwedh, hag ymowns y ow kemeres gansans whytel Maria kefrës, rag martesen y fëdh othem dhedhy anodho. Saw nyns usy Maria ow tesîrya hy whytel, rag hedna ymowns y worth y dhry arta ha kemeres crib pocket in y le. Yma adro dhe ugans mynysen ow passya erna wrellons dallath arta, hag ena, orth an nessa cornel, ymowns y ow qweles buwgh dhyragthans, ha res yw dhis tira dhywar an scath rag drîvya an vuwgh in kerdh.

Pùb mynysen yw leun a froth i'n scath pàn vo mowysy worth hy thedna.

Jory a wrug restry an lovan wàr an dyweth hag ev a'gan tednas yn cres bys in Penton Hook. Ena ny a dhebâtyas an qwestyon poos a gampya. Ny o determys dhe gùsca wàr an scath an nos-na, hag ytho res o dhyn ny stoppya i'n tyller-na, pò mos in rag bys in Staines. Yth hevelly an termyn re avarr bytegyns rag cessya, pàn esa an howl whath i'n ebron, ha ny a erviras herdhya in rag heb let dhe Rùnymêd, teyr mildir ha hanter pella, radn dhelyowek a'n ryver, le may ma goskes dâ.

Ellas na wrussyn ny stoppya in Penton Hook. Nyns yw teyr mildir pò peder mildir tra vëth i'n myttyn abrës, saw tedna sqwith yw orth dyweth dëdh hir. Ny yllowgh why merkya an vu dres an mildiryow dewetha-ma. Nyns esowgh why ow kestalkya nag ow wherthyn. Yma kenyver hanter-mildir owth apperya kepar ha dyw vildir. Scant

ny yllowgh why cresy why dhe vos i'n tyller mayth esowgh, ha
certan owgh why an mappa dhe vos cabm; ha pàn wrussowgh why
mos deg mildir dhe'n lyha heb cafos golok vëth a'n lock, yth esowgh
why ow kemeres own nebonen dhe slynkya dy ha'y dhon in kerdh.

Yma cov dhybm me dhe vos ancombrys brâs udn jëdh wàr an
ryver. Yth esen in mes gans arlodhes yonk—cosyn dhybm o hy wàr
denewen ow mabm—hag yth esen ny ow rêvya wàr nans dhe
Goryng. An prës o nebes holergh dohajëdh, ha whensys en ny—
dhe'n lyha, whensys o hy—dhe vos tre. Yth o hanter wosa whegh
eur pàn wrussyn ny drehedhes Lock Benson hag yth esa an
tewlwolow ow tos, hag i'n tor'-na hy a dhalathas frobma. Res o
dhedhy, yn medh hy, bos in hy chy rag soper. Me a leverys me dhe
dhesîrya ow soper inwedh, hag indella me a dednas in mes ow mappa
rag gweles pana bellder o va. Me a welas nag esa ma's mildir ha
hanter bys i'n nessa lock—Wallyngford—ha pymp mildir alena bys
in Cleeve.

"Ô, yma pùptra dâ lowr!" yn medhaf vy. "Ny a vëdh gyllys der an
nessa lock kyns seyth eur hag ena ny vëdh ma's onen moy," ha me a
settyas ow honen dhe rêvya yn crev.

Ny a bassyas an pons, hag yn scon wosa hedna me a wovydnas orty
esa hy ow qweles lock vëth. Hy a worthebys nag esa, ha me a leverys
"Ô!" ha rêvya in rag. Pymp mynysen moy a bassyas, ha me a's pesys
dhe veras arta.

"Nâ," yn medh hy. "Ny welaf vy sin vëth a lock."

"Te yw—te yw certan y whrelles aswon lock, mar teuta ha gweles
onen?" me a wovydnas in udn hockya, rag ny garsen hy offendya.

An qwestyon a wrug he offendya in gwir, bytegyns, ha hy a
gomendyas dhybm meras ragof ow honen. Ytho me a settyas an
rêvow adenewen ha meras. Yth esa an ryver owth istyna adro dhe
vildir strait dhyragon i'n tewlwolow. Nyns esa hynt a lock dhe weles
in tyller vëth.

"A nyns esta ow cresy ny dhe vos gyllys in sowthan, esta?" a
wovydnas ow howethes.

Ny welyn in pana vaner a alsa hedna bos gwir; kyn whrug vy profya martesen ny dhe vos gwandrys aberth in fros an gores, hag ow nessa dhe'n dowrlabm.

Ny wrug an tybyans-na hy honfortya poynt, ha hy a dhalathas ola. Hy a leverys y fedhen ny budhys agan dew, hag yth o va breus Duw warnedhy drefen he dhe dhos in mes genef.

Yth hevelly hedna dhe vos breus re gales, i'm brës vy, saw ow hosyn a leverys nag o, ha govenek a's teva y fedha pùptra dewedhys yn scon.

Me a assayas hy chersya, ha gwil ges a'n mater. Apert o, yn medhaf vy, nag esen ow rêvya mar uskys dell esen ow tesmygy, saw certan o ny dhe dhrehedhes an lock heb let, ha me a rêvyas genef udn vildir moy.

Ena fienasow a dhalathas ow sêsya vy inwedh. Me a whythras an mappa unweyth arta. Otta Lock Wallyngford, merkys cler, mildir ha hanter in dadn Lock Benson. Mappa dâ lel o va, ha pella, me a berthy cov a'n lock ow honen. Me o gyllys dredho dywweyth. Pleth esen ny? Pandr'o wharvedhys dhyn? Me a dhalathas predery nag o pùptra ma's hunros, hag in gwrioneth yth esen in cùsk i'm gwely, ha y whren vy dyfuna kyns na pell, ha nebonen dhe leverel dhybm an termyn dhe vos wosa deg eur myttyn.

Me a wovydnas orth ow hosyn esa hy ow cresy y halsa pùptra bos hunros, ha hy a worthebys hy hy honen dhe wovyn an keth tra orthyf vy. Hag ena ny a wovydnas orthyn agan honen esen ny in cùsk agan dew; ha mars esen pyneyl ahanan esa ow qwil hunros, ha pyneyl ahanan nag o ma's hunros. An negys a veu a les brâs.

Me a bêsyas ow rêvya, bytegyns, ha ny dheuth lock vëth in agan golok. Hag yth esa an ryver ow tevy dhe dewlha ha dhe dewlha ha dhe voy kevrînek in dadn skeusow an nos, esa ow cùntell adro dhyn, hag yth hevelly dhyn bos taclow ow tevy coynt ha stranj. Yth esen ow predery a vùckyas nos, a dan nos, a debel-spyryjyon hag a'n drog-vowysy-na usy esedhys wàr garrygy dres nos rag dynya tus aberth in pollow tro ha taclow kepar; hag ellas, yn medhaf dhybm ow honen, na veuma den gwell, hag aswon moy a hympnys. Hag in

99

cres oll an ombrederyans-ma me a glôwas an sonow benegys a *"He's got 'em on"* tebel-senys wàr acordyon bian; hag ena my a wodhya agan bos selwys.

Nyns usy mûsyk an acordyon bian orth ow flêsya, dell yw ûsys; saw, ô! ass o teg an sonow-na dhyn ny i'n tor'-na—liesgweyth tecka ès lev Orfeùs po lût Apollo, pò tra vëth a'n sort-na. Mar teffen ha clôwes ilow Gwlascor Nev ena, ny wrussa hedna ma's agan grêvya pella. Melody rag môvya an enef, melody performys yn perfeth, ny a wrussa y gemeres avell gwarnyans dhyworth an spyryjyon, hag indella dascor pùb govenek. Saw tonyow *"He's got 'em on"* senys gans jaggys avrewlys ha gans varyansow a anvoth an menstrel in mes a acordyon ronk, yth esa neppyth a dhensys hag a gonfort ow longya dhe'n re-na.

An mûsyk wheg a wrug nessa, hag yn scon yth esa rybon an scath esa an sonyow ow tos in mes anedhy.

Yth esa bùsh a *'Arrys* hag a *'Arryets* a'n pow-na inhy hag y in mes rag golya in dadn wolow an loor (Nyns esa loor vëth i'n ebron, saw nyns êns y dhe vlâmya rag hedna.). Ny welys vy pobel moy garadow ha moy dynyak in oll ow dedhyow. Me a's dynerhys ha govyn ortans a yllens y dysqwedhes dhybm an fordh dhe Lock Wallyngford; me a dheclaryas fatell esen ny worth y whelas nans o dew our.

"Lock Wallyngford!" y a worthebys. "Re Dhuw a'm ros, a sera, hèn yw gyllys lebmyn moy ès bledhen. Nag eus lock vëth in Wallyngford namoy, a sera. Th'erowgh why ogas dhe Cleeve i'n tor'-ma. Wàr ow fèdh, ma den jentyl obma, Wella, ha ma va whelas Lock Wallyngford!"

Bythqweth ny wrug vy predery a hedna. Me a garsa codha wàr aga hodna ha'ga benega, saw yth esa an fros ow resek re grev rag alowa hedna. Ytho res veu dhybm contentya ow honen gans geryow grassow, hag y a sowndyas yêyn lowr.

Ny a ros grassow dhedhans arta hag arta ha leverel an nos dhe vos pòr deg, ha ny dhesîryas viaj plêsont ragthans, ha me a grës, me dh'aga gelwel dhe spêna seythen genef, ha'm cosyn a leverys y fedha hy mabm hy plêsys brâs dh'aga gweles. Ha ny a ganas kescan an soudoryon in mes a *Faust*, hag a dhrehedhas an chy in termyn rag soper wosa pùptra.

Chaptra X

Agan kensa nos

Agan kensa nos.—In dadn ganfas.—Galow rag gweres.—Natur treus caltoryow, an fordh rag y overcùmya.—Soper.—Fatl'yll den omglôwes glân dhyworth pegh.—Desîrys! Enys dyfeyth, desehys dâ ha gans oll comodytas, in Soth an Mor Cosel preferrys.—Tra wharthus neb a wharva dhe das Jory.—Nos dybowes.

Yth esen ny, Harrys ha me, ow tallath predery fatell o Lock Cores Bell kemerys in kerdh in kepar maner. Jory a wrug agan tedna bys in Staines. Harrys ha me, ny a dednas an scath dhia an tyller-na. Yth hevelly dhyn ny the vos ow tedna hanter-cans tòn wàr agan lergh, ha dhe vos ow travalya dewgans mildir. An termyn o hanter wosa seyth, pàn en ny gyllys dredho, ha ny oll a gramblas aberth i'n scath ha rêvya ogas dhe'n ladn gledh in udn whelas spot dhe bowes ino.

Porposys en ny wostallath dhe brocêdya bys in Enys Magna Charta, radn sêmly wheg a'n ryver, le may ma va ow troyllya dre nans medhel gwer, ha dhe gampya in onen a'n lies logh usy kefys adro dhe'n cost munys-na. Saw wàr neb fordh, nyns esen ny ow whansa tecter an lyver lywys mar grev avell moy avarr i'n jêdh. Spâss a dhowr inter barj glow ha gweythva gass a via lowr ragon an nos-na. Ny'gan bo othem a vuys teg. Ny a garsa debry agan soper ha mos dh'agan gwely. Ny a stoppyas bytegyns ryb an poynt—"Poynt Croust" yw y hanow—hag entra in cornel blesont lowr in dadn elowen vrâs. Ny a golmas agan scath dh'y gwredhyow.

Ena ny a bredery y fedhen ny ow tebry soper (ny wrussyn ny debry tê, may hallen ny sparya termyn), saw Jory a leverys nâ; gwell o dhyn gorra an canfas in bàn kyns oll, kyns ès an tewolgow dhe godha yn tien, ha pàn yllyn ny gweles an pëth esen ny ow qwil. Ena, yn medh ev, y fedha oll agan lavur dewedhys, ha ny a yllyn esedha dhe dhebry ha ny attês in agan brës.

Yth o derevel an canfas-na moy lavur ès dell wrug onen vëth ahanan bargenya ragtho. Yth o an dra owth apperya mar sempel i'n sens abstract. Res o dhe nebonen kemeres pymp gwarek a horn, kepar ha kelhow cowrek crokê, ha'ga fyttya in bàn dres an scath, hag ena lêsa an canfas drestans, ha'y fastya. Hedna a vydna kemeres pymp mynysen, dell esen ny ow predery.

Re got o an termyn desmygys-na.

Ny a gemeras in bàn an kelhow ha dallath aga droppya aberth i'n morters dyghtys ragthans. Ny wrussa den vëth soposya hedna dhe vos ober peryllys, saw ow meras wàr dhelergh lebmyn, marth yw genef bos onen vëth ahanan whath yn few. Kelhow nyns êns y poynt, saw dewolow. Ny vydnens fyttya i'ga morters in fordh vëth oll, ha res vedha dhyn lebmel warnodhans, aga fôtya ha'ga mortholya gans an scath-hig; ha pàn vowns y settys i'n morters, apert veu aga bos an kelhow cabm rag an morters arbednek-na, ha res veu dhyn aga hemeres in mes arta.

Saw nyns êns y whensys dhe dhos in mes, erna wrug dew ahanan strîvya gansans dres pymp mynysen, hag ena y a wre lebmel in bàn adhesempys, ha whelas agan tôwlel i'n dowr rag agan budhy. Y a's teva bahow i'n cres kenyver onen, ha pàn nag esen ny ow meras, an kelhow a wre agan pynchya gans an bahow-ma in radnow tender agan corfow. Pàn esen ny ow qwrydnya udn tenewen a gelgh, in udn assaya dhe wil dhodho collenwel y dhevar, an tenewen aral a vydna lebmel in bàn wàr agan lergh kepar ha coward, ha'gan cronkya wàr an pedn.

Ny a's fastyas wàr an dyweth, hag ena nyns o dhe wil ma's araya an gorher warnodhans. Jory a wrug y dysplegya ha kelmy udn tenewen dres pedn arag an scath. Yth esa Harrys ow sevel i'n cres rag y gemeres dhyworth Jory ha'y rollya in rag bys dhybmo vy. Me a remainyas in delergh an scath rag y recêva. Yth esa an canfas termyn pell ow tos wàr nans dhybm. Jory a wrug y dhevar dâ lowr, saw ober nowyth o negys dhe Harrys ha ny spêdyas y lavur poynt.

Ny worama fatla spêdyas ev dh'y wil; ny ylly y glerhe y honen; saw dre neb power mystycal pò y gela ev o abyl, wosa deg mynysen a ober colodnek dres ehen, dhe vailya y honen yn tien i'n canfas. Yth o va mar dydn mailys ha trussys ha plegys ajy, ma na ylly dos in mes. Ev, dell yllyr gwetyas, a strîvyas yn maner frantyk dhe gafos y franchys—gwir genesyk kenyver Sows—ha pàn wrug ev indella, ev a dysevys Jory, hag ena Jory, in udn gùssya Harrys, a dhalathas strîvya inwedh hag spêdya dhe vailya y honen in bàn kefrës.

Me ow honen, ny wodhyen tra vëth a hebma pàn esa ow wharvos. Me re bia comondys dhe sevel le mayth esen, ha gortos erna dheffa an canfas dhybm. Ha me ha Montmorency, ny a savas ena ha gortos, maga tâ avell owr. Ny a wely jaggys garow an canfas, ha fatell vedha tossys adro yn frâs, saw yth esen ny ow cresy hedna dhe vos radn a'n ober, ha ny wrussyn ny mellya ganso.

Ny a glôwas lowr a gôws tegys ow tos adhadno, hag a dhesmygyas y dhe gafos an ober dhe vos cales lowr. Ny a dhetermyas ytho y fedha gwell dhyn gortos erna ve taclow nebes moy cosel, kyns ès ny dhe gemeres part ino.

Ny a wrug gortos termyn hir, saw yth hevelly fatell esa an negys ow tevy dhe voy ha dhe voy completh, hag ena wàr an dyweth pedn Jory a dheuth ow qwydyla in mes dres tenewen an scath, hag a gowsas.

An pedn a leverys: "Gwra gweres dhyn obma, a ny ylta jy, te idyot, ow sevel ena kepar ha mùmy stoffys? Yth on ny agan dew megys ogasty, te bedn brâs!"

Bythqweth ny yllyn sconya galow rag gweres. Me êth ytho ha'ga dygelmy. Ha ny veu hedna dhyrag an prës naneyl, rag namnag o Harrys du i'n fâss.

Res o dhyn spêna hanter-our moy wosa hedna, kyns ès an canfas dhe vos gorrys in bàn yn ewn. Ena ny a wrug kempedna an flùr rag cafos agan soper. Ny a worras an galtor wàr an tan dhe vryjyon in pedn arag an scath, ha mos wàr nans dhe'n delergh hag omwil nag esen ny ow predery adro dhedhy; ny a fystenas dhe gemeres in mes an taclow erel.

Hòn yw an udn fordh dhe wil dhe galtor bryjyon wàr an ryver. Mar teu hy ha gweles why dhe vos worth hy gortos ha dhe vos prederus, ny wra hy nefra cana. Res yw dyberth yn tien dhyworty ha dallath an prës boos, kepar ha pàn na ve othem vëth a dê genowgh. Res yw sevel orth trailya adro rag meras orty kyn fe. Ena why a's clowvyth ow whethfy, ha'n dowr muscok dhe wil tê ragowgh.

Towl dâ yw kefrës, mars esowgh why ow fystena, dhe gôwsel yn uhel an eyl orth y gela, fatell nag esowgh why ow cara tê, ha nag owgh why porposys dh'y eva. Res yw dos nes dhe'n galtor, may halla hy agas clôwes, hag ena otta why ow carma: "Nyns oma whensys a dê vëth, osta jy, a Jory," hag yma Jory, ow cortheby in udn gria, "Nag ov, nyns oma màn. Nyns eus tê worth ow flêsya. Ny a vydn eva lemonâd in y le—nyns eus tê owth acordya gans ow fengasen." Ha gans hedna, otta an galtor ow pryjyon hag ow tyfudhy an forn.

Ny a ûsyas an wrynch sempel-ma hag ytho, pàn veu pùptra aral parys, yth esa an tê ow cortos. Ena ny a wrug anowy an lantern ha plattya dhe dhebry soper.

Ass o dâ genen cafos an soper-na!

Dres pymthek mynysen warn ugans ny veu clôwys dres oll an scath marnas lestry, fergh ha kellyl ow clattra ha melyas fest peswar bagas kyldens. Wosa pymthek mynysen warn ugans, Harrys a leverys "Â!", kemeres y arr gledh adhadno ha settya y arr dhyhow in hy le.

Pymp mynysen wosa hedna, Jory a leverys "Â!" inwedh ha tôwlel y blât in mes wàr an ladn; ha teyr mynysen moy adhewedhes,

Montmorency a ros an kensa tôkyn a'y vos contentys dhia bàn wrussyn ny dallath. Ev a rollyas wàr y denewen, ha spredya y arrow alês. Ena me a leverys "Â!" ha posa ow fedn wàr dhelergh, ha'y gronkya warbydn onen a'n kelhow; saw ny veu bern dhybm. Ny wrug avy unweyth cùssya.

Ass eus nebonen owth omglôwes yn tâ pàn vo leun y bengasen— ass on ny contentys genen ny agan honen ha gans an bës! An re-na neb a assayas an conscians glân, ymowns y ow leverel dhybm fatell usy worth dha lowenhe hag orth dha gontentya; saw yma torr leun ow qwil an negys mar dhâ in pùb poynt, hag a brîs isella, hag êsya ywa dhe gafos. Yma nebonen owth omglôwes mar barys dhe ava ha mar larch y golon warlergh prës boos brâs usy ow skydnya yn êsy. Pòr nôbyl ha mar dender yw colon den warlergh debry.

Coynt yw hedna, agan brës dhe vos controllys gans agan pengasen. Ny yllyn ny lavurya, ny yllyn ny predery, mar nyns yw agan pengasen whensys indella. Yma hy ow rewlya agan emôcyons, agan passyons. Wosa oyow ha backen, hy a lever: "Gwra gonys!" Wosa kig bowyn ha coref, yma hy ow leverel "Cùsk!" Wosa hanaf a dê (dew loas rag kenyver hanaf ha na alow dhodho sevel moy ès teyr mynysen), yma hy ow leverel dhe'n empydnyon, "Lebmyn sa'bàn, ha dysqwa dha nerth. Bëdh helavar, ha down, ha tender; mir, cler dha lagas, aberth i'n Natur hag aberth i'n bêwnans; gwra lêsa dha eskelly gwydn a dybyans tremblus, rag neyja in bàn avell spyrys kepar ha duw, dres an bës ow troyllya in dadnos, in bàn dre vownderyow hir an ster bys in yettys an eternyta!"

Wosa fûgednow tobm hy a lever, "Bëdh talsogh, kepar ha best a'n gwel—lodn heb empydnyon, lent y lagas, heb bos anowys gans golowyn vëth a fancy, govenek, own, kerensa pò bêwnans ino." Ha wosa dowr tobm Frynkek hy a lever, "Lebmyn, deus, te fol, ha gwra folwherthyn ha trebuchya, may halla dha hynsa wherthyn—gwra devera trew dha foly. Bëdh ow clappya flows heb styr, ha dysqwa dhe'n bës fatell yw gocky dyweres an den truan, mayth yw y vrës ha'y volùnjeth budhys warbarth kepar ha cathygow, in hanter-mêsva a wyras."

Ny yw kethyon dh'agan pengasen. Na wra strîvya rag moralyta hag ewnhenseth, sos; gwra gwardya dha dorr yn tywysyk, ha gwra y sostena gans rach ha gans breus dâ. Ena vertu ha confort a vydn dos ha rewlya i'th colon, heb te dh'aga whelas. Ena te a vëdh bùrjes dâ, gour kerenjedhek ha tas cuv—den nôbyl ha cryjyk.

Dhyrag agan soper, Harrys ha Jory ha me, ny o crowsek, strîfgar ha serrys; warlergh agan soper yth esen ny esedhys ow minwherthyn an eyl orth y gela hag orth an ky kefrës. Yth esen ow cara an eyl y gela, yth esen ow cara kenyver onen i'n bës. Pàn esa ev ow qwaya adro Harrys a stankyas orth calesen wàr droos Jory. Mar teffa hedna ha wharvos dhyrag an soper, Jory a vynsa declarya whans ha desîr ow tùchya destnans Harrys i'n bës-ma hag i'n bës dhe dhos, ha hedna a vynsa gwil dhe dhen temprys trembla rag ewn scruth.

Kepar dell o taclow ny leverys ev ma's: "Kebmer with, sos. Calesen."

Ha Harrys, insted a leverel in geryow bylen, na alsa den goheles neb tabm a droos Jory, mars o res dhodho dos ajy dhe dheg lath dhia an tyller mayth esa Jory esedhys, hag addya na dalvia dhe Jory bythqweth dos wàr scath a'n myns ûsys gans treys a'n hirder-na, hag y codhvia dhodho posa wàr denewen an scath, kepar dell wrussa ev dhyrag soper, ny leverys ev lebmyn marnas, "Ô, pòr dhrog yw genef, sos. Yma govenek dhybm na wrug vy dha hùrtya."

Ha Jory a leverys, "Na wrussys poynt," fatell o va y honen dhe vlâmya. Ha Harrys a leverys, nâ, ev a veu dhe vlâmya.

Pòr deg o aga clôwes.

Ny a wrug anowy agan pîbow, hag esedha ow meras orth an nos cosel hag ow kestalkya.

Jory a wovydnas prag na alsen ny bos kepar ha hedna pùpprës—pell dhyworth an bës, gans y begh ha'y demptacyon, ow pewa yn sad hag yn cosel hag ow qwil dâ. Me a leverys hedna dhe vos an dra esen ow tesîrya ragof ow honen; ha ny a dhebâtyas o va possybyl ragon ny agan peswar dhe dhyberth bys i'n neb enys dyfeyth, ogas dhyn ha gans pùb êsyans inhy, ha bos tregys ena i'n cosow.

Harrys a leverys bos peryl ow longya dhe enesow dyfeyth, kepar dell o clôwys ganso ev: aga bos mar lëb. Saw Jory a leverys na viens, a pêns y desehys dâ.

Hag ena ny a dùchyas orth an mater a dhesehans, ha hedna wrug dhe Jory perthy cov a dra goynt a wharva unweyth dh'y das. Ev a leverys y das dhe vos ow viajya gans den aral dre Gembra hag udn nos y a stoppyas in tavern bian, le mayth esa gwesyon erel owth ôstya. Hag y a jùnyas ortans ha spêna an gordhuwher gansans.

Pòr jolyf o aga gordhuwher warbarth, hag y a remainyas heb mos dh'aga gwely bys holergh i'n nos. Pàn êthons y dh'aga gwely (hebma a wharva pàn o pòr yonk tas Jory), y o jolyf lowr kefrës. Yth êns y (tas Jory ha cothman tas Jory) dhe gùsca i'n keth chambour saw in dyvers gweliow. Y a gemeras an gantol hag ascendya an stairys. Pàn wrussons drehedhes an chambour, an gantol a veu herdhys warbydn an fos ha dyfudhy. Res veu dhedhans ytho disky aga dyllas ha mos in aga gwely i'n tewolgow hag in dadn dava. Y a wrug indella, saw in le a grambla aberth in dyvers gweliow, kepar dell esens y ow cresy, y aga dew a wrug crambla aberth in udn gwely heb y wodhvos—an eyl anodhans i'n gwely gans y bedn awartha, ha'y gela ow cramyas ajy dhia an tenewen aral hag ow crowedha gans y dreys tro ha'n bluvak.

Y feu taw rag pols, hag ena tas Jory a leverys: "Jô!"

"Pandr'yw an mater, Tobm?" a worthebys voys Jô dhyworth pedn aral an gwely.

"Dar, yma den i'm gwely vy," yn medh tas Jory; "otta y dreys wàr ow fluvak."

"Wèl, tra pòr goynt ywa, Tobm," a worthebys y goweth, "saw re byma benegys, mar nyns eus den i'm gwely vy kefrës!"

"Pandr'osta porposys dhe wil?" a wovydnas tas Jory.

"Me a vydn y dôwlel in mes," a worthebys Jô.

"Ha me inwedh," yn medh tas Jory, brâs y golon.

Y feu strîf cot, hag ena y feu clôwys dew vonk poos wàr an leur. Ena lev nebes trist a leverys: "Goslow, Tobm!"

"Ea!"

"Fatla wrusta spêdya?"

"Wèl, rag leverel an gwrioneth, ow den vy re wrug ow thôwlel vy in mes."

"Ow den vy a wrug an keth tra! Nyns oma re gemerys gans an tavern-ma, osta jy?"

"Pandr'o hanow an tavern-na?" a wovydnas Harrys.

"An Porhel ha'n Whybonol," yn medh Jory. "Prag?"

"Â, nâ, nag ywa an keth plâss," a worthebys Harrys.

"Pandr'esta ow mênya?" a wovydnas Jory.

"Dar, pòr goynt yw," a whystras Harrys, "saw an keth tra poran a wharva dhe'm tas vy unweyth in tavern keyn pow. Me a'n clôwas ow terivas an whedhel yn fenowgh. Me a gresy martesen y halsa bos an keth tavern."

Ny êth dh'agan gwely orth deg eur an nos-na, ha me a gresy y whren cùsca yn tâ, dre rêson me dhe vos sqwith. Saw ny wrug. Dell yw ûsys, me a gebmer ow dyllas dhywarnaf ha gorra ow fedn wàr an bluvak, hag ena yma nebonen ow cronkya an daras rag leverel an termyn dhe vos hanter wosa eth. Saw haneth, yth hevelly pùptra dhe vos wàr ow fydn. Nowedhynsy pùptra, caletter an scath, ow stauns omgelmys (yth esen vy ow crowedha gans ow threys in dadn eseth ha'm pedn wàr eseth aral), an sownd a'n dowr ow lagya adro dhe'n scath, ha'n gwyns i'n scorednow, y oll a'm sensy dyfun hag ancresys.

Me a gùscas nebes ourys, hag ena radn a'n scath, neb a devys in bàn dres nos—rag certan yw nag esa hy ena pàn wrussyn ny dallath, ha gyllys o hy warbydn myttyn—a bêsyas ow fechya i'm keyn. Me a gùscas dre hedna pols ha me ow qwil hunros fatell o bath sovran lenkys genef, hag yth esa pobel ow trehy toll i'm keyn gans tardar, may hallens y drouvya. Me a brederys hedna dhe vos ùnkynda dres ehen, hag a leverys dhedhans y fedhen in kendon dhedhans ragtho, hag y dhe gafos an mona orth pedn an mis. Saw ny vydnens agria dhe hedna, ha leverel y fedha gwell y gafos stag ena. Me a sorras gansans ha declarya ow breus anodhans, hag ena y a wrestyas an tardar mar gales, may whrug vy dyfuna.

An scath a hevelly pòr glos, hag yth esa pain i'm pedn; rag hedna me a erviras mos in mes aberth in air fresk an nos. Me a worras adro dhybm a gefys vy a'm dyllas—radn o ow dyllas vy, ha radn dyllas Jory ha Harrys—ha cramyas in dadn an canfas in mes bys i'n ladn.

Nos gloryùs o hy. Esedhys o an loor, ha hy a asas an nor cosel hy honen oll gans an ster. Yth hevelly kepar ha pàn ve an ster i'n cosoleth hag i'n taw ow côwsel gans an nor, aga whor, pàn esen nyny, hy flehes in cùsk. Yth esa an ster ha'n norvës ow kestalkya adro dhe vysterys galosek in levow re vrâs ha re dhown rag flehes mebyon tus dhe gachya an styr.

An ster stranj-ma, mar yêyn, mar gler, ymowns y ow corra own inon. Yth on ny kepar ha flehes, a wrug aga threys bian gwandra aberth in neb templa a'n duw a wrussyn desky dhe wordhya, kyn nag ywa aswonys dhyn; ha ny, ow sevel may ma nen an ebron, clor y dhasson, spredys alês dres spâss hir an golow skeusek, yth eson ny ow meras in bàn, hanter ow qwetyas ha hanter ow perthy own, dhe weles neb vesyon uthyk ow terneyja dhyragon.

Yth hevel an nos, bytegyns, dhe vos leun a gonfort hag a nerth. Dhyrygthy, yma agan tristans trufyl ow cramyas in kerdh rag ewn meth. An jëdh re beu mar leun a anken hag a breder, hag agan colodnow re beu mar leun a brederow vylen ha wherow, ha'n bës re apperyas mar gales ha mar gamhensek dhyn. Ena yma an Nos, kepar ha mabm vrâs gerenjedhek, ow settya hy dorn wàr agan pedn tobm, hag ow trailya agan fâss mostys gans dagrow tro ha'y fâss hy, hag ow minwherthyn; ha kyn nag usy hy ow côwsel, ny a wor an pëth a wrussa hy leverel, ha ny a set agan bogh wresus warbydn hy brodn hy, ha gans hedna gyllys yw an pain.

Traweythyow yth yw pòr dhown agan pain ha gwir, hag yth eson ny ow sevel dhyrygthy heb ger vëth, rag nyns eus yêth vëth rag agan pain, marnas uj a dhyspêr. Yth yw colon an Nos leun a byteth ragon; ny yll hy êsya agan gloos, saw yma hy ow kemeres agan dorn aberth in hy dorn hy, hag yma an bës bian ow lehe hag ow tyberth pell

dhyworthyn, ha degys wàr hy eskelly tewl yth eson ny owth entra
aberth in Presens moy galosek whath ages hy fresens hy, hag in
golow wondrys an Presens-na, yma oll bêwnans mab den alês
dhyragon, ha ny a wor nag yw Pain ha Moreth marnas eleth Duw.

Ny yll den vëth meras orth an golow wondrys-na, saw an re-na a
wyscas an gùrun a sùffrans; ha pàn wrellens dewheles, ny yllons
côwsel anodho, naneyl derivas an mystery yw gwelys gansans.

I'n termyn eus passys, nebes marhogyon nôbyl a wrug marhogeth
dre bow astranj; hag yth esa coos down a'y wroweth wàr aga fordh,
mayth esa dreys cabm-nedhys ow tevy crev ha tew, ha'n dreys a
sqwardya kig an re-na a vedha ow mos wàr stray i'n coos. Delyow
an gwëdh o mar dewl ha mar dew, na ylly dewyn vëth a wolow dos
der an branchys rag anowy an tewolgow ha'n tristans.

Pàn esens ow passya ryb an coos tewl-na, onen a'n varhogyon-na
êth in stray dhyworth y gowetha ha gwandra abell, ma na wrug ev
dewheles dhedhans; hag y, in moreth brâs, a wrug marhogeth in rag,
orth y vùrnya ev kepar ha nebonen marow.

Now, pàn wrussons drehedhes an castel teg esens y ow travalya
bys dhodho, y a dregas ena lies dëdh, ha lowenhe; hag udn gordhu-
wher, pàn esens esedhys attês adro dhe'n etewy ow lesky wàr olas an
hel brâs hag owth eva coref yn kerenjedhek warbarth, an coweth
kellys a entras ha'ga salujy. Pylednek o y dhyllas kepar ha beggyer,
hag yth esa lies goly in y gig wheg, saw yth esa golowydnow a joy
brâs ow spladna wàr y vejeth.

Hag y a wovydnas pandra wharva dhodho: hag ev a dherivas fatell
êth ev in stray i'n coos tewl, ha gwandra lies dëdh ha lies nos, erna
wrug ev, sqwardys ha gosek y gig, growedha wotyweth wàr an dor
rag merwel.

Pàn esa an mernans ogas dhodho, mir! maghteth stâtly a dheuth
bys dhodho, ha'y gemeres er an dorn ha'y lêdya in trûlerhow gwiùs,
ùncoth dhe genyver onen, erna dardhas golowyjyon wàr an coos
tewl, ha dhyrag an splander-na y fia golow an jëdh kepar ha cantol
vian. I'n golow wondrys agan marhak sqwith a welas, kepar hag in
hunros, vesyon; hag yth o an vesyon mar deg ha mar gloryùs, na

wruga remembra y woliow gosek namoy, saw gortos a'y sav ena in dadn hus. Y joy o mar dhown avell an keynvor, na yll den vëth rekna an downder anodho.

Ha'n vesyon a wedhras ha mos mes a wel, ha'n marhak, wàr y dhewlin wàr an dor, a ros grassow dhe'n sans dâ, a wrug dhodho mos in sowthan bys i'n coos-na, may halla ev gweles an vesyon esa in dadn gel ino.

Ha Tristans o hanow an coos tewl-na; saw an vesyon a welas an marhak dâ ino, ny yllyn ny naneyl derivas na côwsel anodho.

Chaptra XI

Fatla wrug Jory unweyth sevel myttyn re avarr

Fatla wrug Jory unweyth sevel myttyn re avarr.—Ny bleg syght an dowr yêyn dhe Jory, dhe Harrys ha dhe Montmorency.—Porpos crev ha colon stowt in party J.—Jory ha'y hevys: whedhel a yllyn ny desky dhyworto. —Harrys avell cog.—Ow meras wàr dhelergh orth an istory, addys obma spessly rag scolyow.

Me a dhyfunas orth whegh eur an nessa myttyn, hag a gafas Jory yn tyfun kefrës. Ny agan dew a trailyas adro ha whelas cùsca arta, saw ny yllyn. A pe neb rêson arbednek ragon dhe sconya dhe gùsca arta, saw sevel in bàn heb let ha gorra agan dyllas adro dhyn, ny a vynsa codha in cùsk ha ny whath ow meras orth agan euryor, ha ny a vynsa remainya ow cùsca bys deg eur. Drefen nag esa skyla vëth ragon dhe sevel bys pedn dew our dhe'n lyha, ha foly brâs dhyn veu sevel in bàn, ny veu marnas natur treus an taclow dre vrâs, ny dhe gresy mar teffen ha gorwedha pymp mynysen moy, y whre hedna agan ladha.

Jory a leverys fatell wharva an keth tra dhodho, ha lacka whath, neb êtek mis alebma, pàn esa ev oth ôstya y honen oll in chy benyn henwys Mêstres Gyppyngs. Ev a leverys y euryor dhe fyllel gordhuwher ha stoppya qwarter wosa eth. Ev ny'n godhya i'n termyn-na, dre rêson ev dhe ankevy rag neb rêson pò y gela, dhe wia y euryor kyns mos dh'y wely (tra warbydn ûsadow ragtho), hag ev a'n crogas in bàn a-ugh y bluvak heb meras orto kyn fe.

An gwâv o, pàn wharva hebma, ogas lowr dhe dhëdh cotta an vledhen, ha seythen a nywl o kefrës. Indella pàn welas Jory an jëdh dhe vos tewl wàr ves pàn dhyfunas, ny dheclaryas an tewolgow tra vëth dhodho ow tùchya an termyn. Ev a istynas y dhorn in bàn ha kemeres y euryor. Qwarter wosa eth o va.

"Eleth hag argheleth intredhon ny ha'n drog!" a grias Jory; "ha res yw dhybm bos i'n Cyta warbydn naw eur. Prag na wrug den vëth ow gelwel? Ogh, rag meth!" Hag ev a dôwlas y euryor dhe'n dor ha lebmel in mes a'n gwely. Ev a vadhyas y honen in dowr yêyn, ha golhy y honen, hag omdhyvarva in dowr yêyn, dre rêson nag esa termyn dhodho dhe dobma an dowr. Ena ev a fystenas ha meras orth y euryor arta.

Pynag oll dra a'n gwrug, y shakya pò y dôwlel wàr an gwely, ny wodhya Jory pandra, saw certan o y whrug an euryor dallath obery orth qwarter wosa eth, hag i'n tor'-ma yth esa ow tysqwedhes ugans mynysen bys naw eur.

Jory a gîbyas an euryor in bàn, ha fysky an stairys wàr nans. I'n rom esedha yth o pùptra tewl ha cosel; nyns esa tan wàr an olas, na haunsel wàr an bord. Jory a leverys y vos shâm uthyk in party Mêstres G., hag ev a dhetermyas y whre va leverel dhedhy pandr'o y estymacyon anedhy pàn dheffa ev tre gordhuwher. Ena ev a wyscas y vantel vrâs ha'y hot, sêsya y lawlen, ha fysky tro ha daras an strêt. Yth o an daras barrys whath. Jory a gùssyas Mêstres G. avell venyn goth diek, ha predery y vos pòr goynt na ylly pobel sevel in bàn orth eur onest ha wordhy. Gans hedna ev a gemeras an barr dhywar an daras, y dhialwhedha ha ponya in mes.

Ev a bonyas qwarter mildir dhe'n lyha, ha wàr an dyweth ev a gonvedhas fatell o va coynt ha stranj bos mar vohes pobel adroos, ha nag o shoppa vëth egerys. Myttyn tewl ha nywlek o heb dowt vëth oll, saw yth hevelly dhodho warbydn ûsadow cessya negys dre rêson a hedna. Res o dhodho ev mos dh'y negys; prag y fia alowys dhe bobel aral gortos i'ga gwely yn udnyk dre rêson an myttyn dhe vos tewl ha nywlek?

Wàr an dyweth ev a dhrehedhas Holborn. Nyns o keas fenester vëth kemerys wàr nans! Nyns o kyttryn dhe weles in tyller vëth! Yth o try den dhe weles, hag onen anodhans o creswas; kert marhas leun a gavach, ha càb dyfygys o an dhew erel. Jory a dednas in mes y euryor ha meras orto: pymp mynysen dhe naw o va! Ev a savas heb gwaya ha rekna y bols. Ev a blegyas rag tava y arrow. Ena, gans y euryor in y dhorn whath, ev êth in bàn bys i'n creswas, ha gofyn orto mar codhya ev pandr'o an eur.

"Pëth yw an eur?" yn medh an den, ow meras orth Jory dhia y bedn dh'y dreys hag ev nebes skeusek; "dar, mar tewgh why ha golsowes, why a'n clôwvyth ow qweskel."

Jory a woslowas, ha clock in y ogas a weskys ragtho.

"Saw nyns yw ma's teyr eur!" yn medh Jory yn offendys, pàn o an clock dewedhys.

"Wèl, pygebmys eur esewgh why ow tesîrya?" a worthebys an creswas.

"Dar, naw eur," yn medh Jory in udn dhysqwedhes y euryor.

"A wodhowgh why pleth esowgh why tregys?" yn medh gwethyas an cres yn sevur.

Jory a brederys ha ry y drigva.

"Ô, hèn yw an tyller, ywa?" a worthebys an creswas. "Wèl, ow hùssul dhywgh yw mos dy yn cosel ha kemeres agas euryor genowgh. Ha bydner re wrellen clôwes moy a hebma."

Jory a dhewhelys tre, in udn ombredery hag ev ow kerdhes. Ev a dhialwhedhas an daras hag entra i'n chy.

Kyns oll, pàn entras ev, porposys o disca ha mos arta dh'y wely; saw pàn brederys a omwetha hag omwolhy arta, hag badhya unweyth moy, ev a dhetermyas na wre va, saw gortos a'y eseth ha cùsca i'n chair medhel.

Saw ny ylly ev cùsca: bythqweth in y vêwnans ny omglôwas ev mar dhyfun; rag hedna ev a wrug anowy an lantern, kemeres in medh an checker, ha gwary gwëdhpoll ganso y honen. Saw ny wrug hedna y dhydhana; yth hevelly mar lent; ev a cessyas gwary gwëdhpoll hag assaya redya. Ny ylly ev kemeres les vëth in lyver naneyl. Rag hedna ev a worras y vantel adro dhodho arta ha mos in mes rag walkya.

Ev o uthyk dygoweth ha trist, hag oll an greswesyon a vetyas ev gansans a veras orto gans skeus egerys, ha trailya aga lanterns warnodho ha'y sewya adro. Ha hedna a'n dysconfortyas kebmys, may talathas predery fatell o neppyth cabm gwrës ganso in gwrioneth, hag ev a slynkyas an kilstrêtys wàr nans ha keles y honen in porthow, pàn glôwa stankya treys an creswas ow tos.

Heb mar ny wrug hedna ma's gwil dhe'n greswesyon perthy moy skeus anodho ès bythqweth, hag y a wre dos ha'y dedna in mes ha govyn orto pandr'esa ev ow qwil ena. Hag ev a wortheby, "Tra vëth," na wrug ev marnas dos in mes rag kerdhes adro (yth o i'n prës-na peder eur myttyn). An greswesyon a apperya kepar ha tus nag esa worth y gresy, ha dew greswas in dyllas plain a dheuth tre ganso, may hallens gweles esa ev tregys in gwir i'n tyller a leverys. Y a'n gwelas owth entra i'n chy gans y alwheth, hag ena y a gemeras aga stauns adâl an chy ha meras fest orto.

Ev a erviras y whrella anowy an tàn pàn vedha wàr jy ha gwil haunsel dhodho y honen, yn udnyk rag gwil dhe'n termyn passya; saw yth hevelly na ylly handla tra vëth be va bùcket an glow pò lo tê, heb y dhroppya pò trebuchya dresto, hag indella gwil kebmys troos may whrella dyfuna Mêstres G. Ena hy a vydna cresy y vos ladron chy hag a wre gelwel "Creslu!" hag ena an dhew helerghyas-na a vydna fysky ajy ha carhara y dhewla, ha'y dhon gansans bys in lÿs an jùstysyow.

Warbydn an termyn-na Jory o clâv gans fienasow; ev a ylly desmygy y drial, hag ev ow whelas clerhe an negys dhe'n dhewdhek ha fatell na vydna den vëth y gresy, hag ev dhe vos dampnys dhe ugans bledhen prysonyans cales, ha'y vabm ow merwel, trogh hy holon. Rag hedna ev a cessyas whelas gwil haunsel, hag a wrappyas

y vantel vrâs adro dhodho hag esedha i'n chair medhel erna dheuth
Mêstres G. dhe'n dor orth hanter wosa seyth eur.

Ev a leverys na wrug ev sevel in bàn re avarr dhia an myttyn-na;
an ocasyon a veu gwarnyans dhodho.

Yth esen owth esedha gyllys in gròn in agan strailyow pàn esa Jory
ow terivas an whedhel gwir-ma dhybm, ha pàn wrug ev gorfedna,
me a assayas dhe dhyfuna Harrys gans rev. Me a spêdyas gans an
tressa pock; ev a drailyas wàr y denewen aral, ha leverel y fedha in
nans yn scon; hag ev dhe wysca y votas lâssys. Ny a dherivas
dhodho, bytegyns, heb let pleth esa ev gans an scath-hig, hag ev a
esedhas yn bàn adhesempys, hag indella tôwlel Montmorency, esa
ow cùsca in cres clos dywvron Harrys, ow neyja an scath ahës.

Ena ny a dednas an canfas in bàn, ha ny agan peswar a worras agan
pedn dres tenewen an scath, meras orth an dowr ha crena. An
tybyans newher o ny dhe sevel yn avarr ternos myttyn, tôwlel
dhywarnan agan strailyow ha whytels, herdhya an canfas wàr
dhelergh, lebmel aberth i'n ryver gans cry a joy, hag enjoya neyj hir
ha wheg. Nyns o an tybyans-na mar dhynyak lebmyn, pàn o
devedhys an myttyn. An dowr a apperyas glëb ha yêyn; sherp o an
gwyns.

"Wèl, pyw a vëdh an kensa ahanan dhe lebmel i'n dowr?" Harrys
a wovydnas wàr an dyweth.

Nyns esa den vëth ow fysky dhe vos an kensa. Jory a erviras an
negys ragtho y honen: ev a gildednas bys i'n scath ha gorra y
bawgednow adro dh'y dreys. Montmorency a ujas yn wherow, kepar
ha pàn ve an preder y honen lowr rag gorra scruth ino; ha Harrys a
leverys y fedha pòr gales crambla wàr an scath arta, hag ev a
dhewhelys rag araya y lavrak.

Nyns en vy whensys dhe omry yn tien, kyn nag esa an tybyans a
sedhy i'n dowr orth ow flêsya. Y hylly whedn pò taclow erel bos i'n
dowr. Pòrposys en rag kesassoylyans, hèn yw dhe gerdhes bys in
amal an dowr ha tôwlel dowr warnaf ow honen yn udnyk. Rag hedna
me a gemeras towal ha cramyas in mes wàr an ladn. Ena me a

slynkyas kepar ha prëv branch a wedhen ahës, esa cregys a-ugh an dowr ha'y bedn ino.

Yêyn wherow o. Yth esa an gwyns orth ow threhy kepar ha collel. Me a erviras ena na wren vy tôwlel dowr warnaf wosa pùptra. Me a vydna dewheles dhe'n scath ha gorra ow dyllas adro dhybm. Me a drailyas dhe wil indella, sow pàn esen ow trailya, an branch gocky a dorras in dadnof, ha me ha'm towal a godhas i'n dowr gans lagyans

uthyk brâs, hag y feuma in cres an fros ha gallon a dhowr an Tamys inof, kyns ès me dhe gonvedhes pandra wharva.

"Re Sen Jovyn! Yma J. coth gyllys aberth," a veu geryow Harrys, pàn dheuth vy in udn whetha bys i'n bejeth an dowr. "Nyns esen ow cresy y'n jevedha an golon dh'y wil. Eses jy?"

"Yw an dowr dâ?" Jory a ganas.

"Spladn," me a worthebys in udn trewa dowr an ryver in mes a'm ganow ha'm frigow. "Felyon owgh why, mar ny wrewgh why dos aberth. A ny wrewgh why y assaya? Ny res marnas nebes determyans."

Saw ny yllyn aga inia.

Neppyth wharthus lowr a wharva pàn esen owth corra ow dyllas adro dhybm an myttyn-na. Me o pòr yêyn pàn wrug avy crambla i'n scath arta, hag in udn fystena dhe omwysca i'm hevys, me a'n sqwychyas dre wall aberth i'n dowr. Hedna a wrug ow ania yn frâs, spessly dre rêson Jory dhe skydnya in wharth. Ny welys vy tra vëth wharthus i'n mater, hag a leverys hedna dhe Jory, saw ny wrug ev ma's wherthyn dhe voy. Bythqweth ny welys vy den ow wherthyn kebmys. Me a sorras ganso wàr an dyweth, hag a dheclaryas ev dhe vos muscok dybreder hag idyot pur; saw ny wrug ev ma's wherthyn dhe greffa. Hag ena, pàn esen ow tedna an hevys aberth i'n scath, me a verkyas nag o va ow hevys vy wàr fordh vëth oll, saw hevys Jory, a gemerys vy rag ow hevys ow honen. Gans hedna ges an negys a'm gweskys rag an kensa prës ha me a dhalathas wherthyn. He dhe voy a wrug vy meras orth hevys glëb Jory hag ena orth Jory y honen, ha me prest owth uja gans wharth, dhe voy yth esa an dra worth ow dydhana, ha me a wharthas kebmys, may wrug vy droppya an hevys i'n dowr arta unweyth.

"A ny vynta jy y dedna in mes?" yn medh Jory in udn scrija rag ewn solas.

Ny yllyn y wortheby rag tecken, rag yth esen ow wherthyn kebmys, saw wàr an dyweth inter ow ujow, me a spêdyas dhe leverel: "Nyns yw hedna ow hevys vy. Dha hevys jy ywa!"

Ny welys vy bythqweth in oll ow bêwnans fâss nebonen ow chaunjya dhyworth bewek dhe sevur mar adhesempys.

"Pandra?" ev a scrijas in udn lebmel in bàn. "Te fol gocky! Prag na ylta jy kemeres moy rach gans an pëth esta ow qwil? In hanow an jowl prag na wrusta omwysca wàr an ladn? Nyns osta wordhy dhe vos in scath, hèm yw an gwrioneth. Hedh dhybm an scath-hig."

Me a assayas gwil dhodho gweles pana wharthus o an dra, saw ny yllyn. Yma Jory pòr dalsogh traweythyow ow qweles an ges in taclow.

Harrys a gomendyas y whrellen ny debry oyow scramblys rag haunsel. Ev a leverys y whre va aga darbary. Yth hevelly dhyworth y eryow, ev dhe vos pòr dhâ ow scrambla oyow. Ev a's gwre yn fenowgh rag croust pò wàr lestry gwary. Ev o gerys dâ ragthans. An re-na a wrug tâstya y oyow scramblys ev, kepar dell wrussyn ny desky dhyworth y lavarow, ny vedhens whensys a gen sort vëth a sosten wosa hedna, saw y fedhens ow longya ragthans hag ow merwel, pàn na yllens aga hafos.

Yth esa dowr i'gan ganow ha ny ow coslowes orto ow côwsel adro dh'y oyow scramblys. Ny a hedhas dhodho an forn, an badel fria hag oll an oyow na veu sqwattys in udn vostya pùptra i'n hanafer. Ny a'n pesys dhe dhallath.

Ev a gafas nebes ancombrynsy in udn derry an oyow—nâ, êsy lowr o aga therry, saw cales o aga gorra i'n badel fria pàn vowns terrys, ha'ga sensy dhywar y lavrak ha'ga gwetha dhyworth resek y vrehel in bàn. Saw ev a spêdyas dhe settya neb whegh oy anodhans i'n badel wàr an dyweth, hag ena ev a blattyas ryb an forn, hag a's herdhyas adro gans forgh.

Yth hevelly an ober dhe vos pòr gales, kepar dell yllyn ny, Jory ha me, jùjya an mater. Peskytter mayth êth ev ogas dhe'n badel, ev a loscas y honen. Ena ev a dhroppyas ha dauncya adro dhe'n forn in udn lyckya y vesîas hag ow cùssya an taclow. In gwir, pùb termyn may whrug Jory ha me meras adro, sur o Harrys dhe vos ow performya an prat-ma. Ny a gresy wostallath fatell o hedna res avell radn a'n gegynieth.

Ny wodhyen ny yn certan pëth o oyow scramblys, hag yth esen ny ow tesmygy aga bos neb sant a'n Amereyndans pò dhyworth Enesow Sandwich, may rêsa dauncya ha leverel gorhanow rag y dharbary yn ewn. Montmorency êth unweyth rag gorra y frigow a-ughto, ha'n blonek a labmas in bàn ha'y scaldya, hag ena ev a dhalathas dauncya ha molethy. Kemerys warbarth an dra o onen an negyssyow moyha pigus hag a'n moyha les a welys vy bythqweth. Jory ha me, ny a'gan be edrek pàn veu gorfednys.

Nyns o dyweth an dra an spêda brâs esa Harrys ow qwetyas. Yth hevelly bos bohes dhe dhysqwedhes wosa oll an ober. Y feu whegh oy gorrys i'n badel fria, na ny dheuth in mes marnas loas bian a yos leskys dyvlas.

Harrys a leverys yth o an badel fria dhe vlâmya, hag y fia gwell a pe dhyn padel dorn vrâs ha forn gass. Ny a erviras na wrellen assaya an sant-na arta, erna vo genen an taclow-na avell gweres tiogeth.

An howl o tevys creffa warbydn an termyn mayth o gorfednys haunsel, ha'n gwyns o gyllys gwadn. An myttyn o mar deg dell ylly nebonen desîrya. Yth esa bohes in agan kerhyn dhe wil dhyn perthy cov a'n nawnjegves cansvledhen. Kepar dell esen ny ow meras orth an ryver in golow howl an myttyn, ny a alsa desmygy ogasty fatell o an cansvledhydnyow intredhon ny ha'n myttyn-na, meur y glos, in Metheven an vledhen 1215, tednys adenewen, hag fatell esen ny, mebyon yêmans Sowsnek, dyllas gwias tre adro dhyn, dagyer i'n grugys genen, ow cortos ena rag bos dùstuniow a screfa an folen vrâs dres ehen a'n istory, mayth o hy styr dhe vos trailys rag les an bobel gebmyn neb peswar cans bledhen ha neppyth moy adhewedhes gans nebonen, Olyver Cromwell y hanow, rag ev a's studhyas yn town.

Yth yw ɱyttyn brâv in hâv—howlek, medhel ha cosel. Saw yma sens a dervans dhe dhos ow resek der an air. Jowan Mytern re gùscas in Hel Dùncroft, hag oll an jëdh kyns lebmyn tre vian Staines re wrug dasseny dhe'n sownd a dus ervys ow clattra, a stankya mergh brâs wàr hy meyn garow, a alow an captens hag a volothow grysyl a waregoryon varvek, a wydhyvoryon, a bigoryon hag a dus spera estren, stranj aga yêth.

Companys a varhogyon hag a sqwierryon, gay aga mentylly, re dhrehedhas an tyller wàr geyn margh, hag y mostys dhyworth doust an fordh. Oll an gordhuwher res veu dhe drigoryon ownek an dre egery aga darasow rag alowa ajy bùshys a soudoryon arow; hag y a dal provia ragthans boos ha gwely, ha'n radn wella a'n dhew, poken re wrella Duw gweres oll an mêny; rag an cledha yw jùj ha dewdhek, plaintyf ha den pol i'n termydnyow troblys-ma. Yma an cledha ow tylly rag a vo kemerys ganso dre sparya hedna usy ev ow kemeres dhyworto, mars yw dâ ganso gwil indella.

Yma moy whath a soudoryon an Barons ow cùntell adro dhe'n tansys in plâss an varhas, hag ymowns y ow tebry, owth eva yn town, owth uja canow gwyls evoryon, owth hapwary hag ow strîvya, kepar dell usy an gordhuwher ow tevy hag ow tewlhe bys i'n nos. Ass usy golow an tan ow tôwlel skeusow coynt wàr an crugyow a'ga arvow ha wàr aga formys garow aga honen! Yma flehes an dre ow slynkya in mes rag meras ortans hag y ow qwil marthùjyon. Yma meghtythyon stowt a'n côstys-na ow tos nes in udn wherthyn rag keschaunjya wharthow ha ges an tavern gans an soudoryon, meur aga mêstry. Nyns yw an soudoryon haval dhe wesyon dhespîtys an dreveglos, usy i'n tor'-ma ow sevel adhelergh, ow meras gans scrynk fol cog wàr aga fâss. Hag i'n prasow ader dro y hyll bos gwelys ow spladna golow gwadn an campys pella, may ma cùntellys sewysy neb arlùth brâs, hag yma soudoryon gober Jowan French, traitour, ow plattya kepar ha bleydhas fel ajy dhe'n dre.

Hag indella gans gwethyas in kenyver strêt tewl, ha gans tansys gwith ow tewynya wàr bùb bre ader dro, an nos yw gyllys in kerdh, ha wàr an valy teg-ma a Dhowr Tamys coth re dardhas myttyn an jëdh brâs, neb yw dhe dhewedha hag in y dorr an destnans a osow nag yw genys whath.

Dhia bàn dardhas an jëdh i'n enys isella a'n dhyw enys, pols dhyworth an tyller mayth eson ny ow sevel lebmyn, yma clôwys tros ha tervans brâs, ha'n sownd a lies gonesyas. Y feu pavylyon brâs drës obma gordhuwher de hag ymowns y worth y dherevel hedhyw. Yma carpentoryon ow kentrewy renkyow a formys hag yma prentysyow dhyworth Loundres obma ha gansans padnow lieslyw, owrlyn ha qweth a owr hag a arhans.

Ha lebmyn, merowgh! yma ow tos tro ha ny deg halberdyas—tus a'n Barons yw an re-ma—wàr an fordh usy ow troyllya gladn an ryver ahës dhyworth Staines, hag y ow kestalkya in levow down isel. Ymowns y ow stoppya cans lath ader dro a-uhon, wàr an ladn in hans, hag ow posa wàr aga arvow in udn wortos.

Hag indella, our wosa our, yma moy soudoryon in bagasow ha companys nowyth ow kerdhes in bàn an trûlergh ahës, aga basnettys ha'ga brestplâtys ow dastewynya golow isel howl an myttyn, ernag usy oll an fordh owth apperya leun gans glyttrans dur ha gans stêdys ow stankya. Yma marhogyon ow kelwel hag ow ponya dhia vagas dhe vagas. Yma banerow bian ow terneyja yn syger i'n gwyns mygyl. Par termyn, y wher gwayans moy hag yma an renkyow a bùb tu ow kildedna rag alowa neb Baron wàr y vargh a werryans hag in y gerhyn y sqwierryon orth y wardya, dhe bassya dredhans, ha dhe gemeres y dyller orth pedn y servysy ha'y dus keth.

Yma an diogow, meur aga marth, cùntellys wàr ledrow Bre Cooper, adâl dhyn poran, ha gansans an burjysy, whansek dhe wodhvos, hag y devedhys in udn bonya dhia Staines. Ny wor den vëth pëth usy ow wharvos, hag yma styryans dyffrans gans kenyver onen anodhans ow tùchya an wharvedhyans brâs a dheuthons dhe weles. Yma radn ow leverel fatell wra dos meur a dhâ dhe'n gemynyon dhyworth ober an jëdh hedhyw; saw yma an dus coth ow shakya aga fedn, rag y re glôwas whedhlow kepar kyns lebmyn.

Hag yth yw oll an ryver wàr nans bys in Staines breyth gans gorholyon bian, gans scathow ha gans coreglow munys—a'n gîs coth yw an re dewetha-na lebmyn, ha nyns yns y ûsys lebmyn ma's gans bohosogyon. Y re beu herdhys pò tednys gans aga rêvadoryon grev dres an dowrlabmow, le may fëdh lock Cores Bell ow sevel i'n termyn usy ow tos. Ymowns y lebmyn ow hêsya warbath mar ogas dell usons y ow lavasos dhe'n barjys gorherys brâs, a'ga groweth yn parys dhe dhon Jowan Mytern dhe'n tyller may fëdh res dhodho gorra y dhorn dhe'n Chartour anfusyk.

Hanter-dëdh ywa, ha ny, pobel an pow, re beu ow cortos, hir agan perthyans lies our, hag yma an whedhel gyllys adro fatell wrug Jowan slynk scappya unweyth arta in mes a dhewla an Barons, ha fatell ywa slyppys in kerdh dhyworth Hel Dùncroft ha'y soudoryon gober wàr y lergh, ha fatell vëdh ev ow qwil ken ober yn scon ès sîna chartours rag franchys y bobel.

Nyns yw gwir an whedhel! An prës-ma y feu va dalhednys mar dydn avell horn, hag ev re wrug slynkya ha gwydyla in vain. Pell an fordh wàr nans yma derevys cloud bian a dhoust, hag yma va ow tos nessa hag owth encressya, ha creffa yw an son a garnow mergh ow trettya, hag aberth hag in mes a'n bagasow scattrys a dus ervys yma ow herdhya in rag rew spladn a arlydhy hag a varhogyon in dyllas gay. Adhelergh hag arag, hag a bùb tu, otta yêmans an Barons ow marhogeth, hag in aga mesk Jowan Mytern.

Yma va ow marhogheth bys i'n le may ma an barj parys. Yma an Barons brâs ow kerdhes in rag rag metya ganso. Otta va worth aga salujy gans wharth ha geryow plegadow wheg, kepar ha pàn ve neb fest in y onour ev mayth ywa gelwys dhedhy. Saw pàn usy ev ow terevel dhe skydnya dhywar y vargh, ev a vir yn uskys dhyworth y soudoryn gober dhia Frynk bys in renkyow grysyl tus ervys an Barons usy oll adro dhodho.

Ywa re holergh? Udn strocas gwyls wàr an marhak dybreder ryptho, udn galow dh'y soudoryon Frynkek, udn omherdhyans pednscav warbydn an lînednow dygùssul dhyragtho, ha'n Barons rebel-ma a alsa martesen kemeres edrek rag an jëdh a wrussons lavasos dh'y jalynjya! Den moy bold a alsa trailya an gwary i'n prës-na kyn fe. A pe Rychard i'n tyller-na! an hanaf a franchys a also bos tôwlys dhe'n dor dhywar wessyow Pow an Sowson, ha'n sawour a franchys gwethys wàr dhelergh bys pedn cans bledhen.

Saw yma colon Jowan Mytern ow sedhy dhyrag fâssow serth tus ervys Pow an Sowson, hag yma bregh Jowan Mytern ow codha wàr y frodn arta. Wosa skydnya ev a eseth i'n kensa barj. Yma an Barons orth y sewya ajy, pùb dorn in manek plât wàr dhornla y gledha, ha rës yw an arhadow dhe dhygelmy an barj.

Yn lent yma an barjys poos, gay aga flûr, ow casa wàr aga lergh gladn Rùnymêd. Yn lent ymowns y ow strîvya wàrbydn an fros uskys. Hag ena gans renkyas isel ymowns y ow rùttya wàrbydn gladn an enesyk vian-na, a vëdh an hanow a Enys Magna Carta glenys orty alebma rag. Jowan Mytern re stapyas wàr an tir, hag yth eson ny ow cortos, i'n taw dianal, erna wrella galow brâs falja an air, ha'n men cornel a dempla franchys Pow an Sowson re beu settys yn fast in y le.

Chaptra XII

Henry VIII hag Ann Boleyn

Henry VIII hag Ann Boleyn.—An anles a vos tregys in chy gans pair a garoryon.—Termyn cales rag nacyon an Sowson.—Whelas tyller teg i'n nos.—Heb aneth ha heb chy.—Harrys owth ombarusy dhe verwel.—El ow tos dh'agan selwel.—An pëth a wher pàn dheffa joy adhesempys wàr Harrys.—Nebes soper.—Ly.—Kedhow a brîs uhel.—Strîf uthyk.— Maidenhead.—Ow colya.—Try fûscador.—Ny yw molethys.

Yth esen owth esedha wàr an ladn, ow tesmygy an wolok-na i'm brës, pàn leverys Jory, wosa me dhe bowes lowr, martesen y halsen bos mar guv dhe weres ow colhy an lestry. Indella ev a'm somonas dhyworth dedhyow an termyn gloryùs o passys bys i'n termyn present dyfreth, gans oll y anken ha pegh, ha me a slynkyas aberth i'n scath ha glanhe an badel fria gans gwelen vian a bredn ha gans nebes gwels; wàr an dyweth me a wrug hy folsya gans hevys glëb Jory.

Ny êth in hans dhe Enys Magna Carta, hag a veras orth an men usy i'n chy bian ena, a lever an bobel adro dhodho fatell veu an Chartour brâs sînys warnodho. Saw gwell yw genef sconya dhe dhetermya a veu va sînys in gwrioneth i'n tyller-na pò wàr an ladn aral in Rùnymêd. Ow tùchya ow opynyon ow honen, bytegyns, me a vynsa cresy whedhel an enys, rag hedna yw cresys gans an bobel. In gwir, a pen vy onen a'n Barons i'n termyn-na, me a vynsa inia ow howetha yn crev dhe dhry Jowan, an mytern slynk, bys i'n enys, le na via kebmys chauns ragtho dh'agan sowthan pò gwil prattys.

Yma magoryow a briorjy coth wàr diryow Chy Ankerwyke, hag yma hedna ogas dhe Poynt Croust. Yth yw leverys y whre Henry VIII gortos Ann Boleyn ha metya gensy wàr diryow an priorjy coth-ma. Ev a ûsyas metya gensy in Castel Hever in Kynt hag in neb tyller kefrës ogas dhe Sen Alban. Res yw fatell vedha cales rag pobel Pow an Sowson i'n dedhyow-na trouvya tyller na vedha an bobel yonk dybreder-ma ow tanta ino.

A veusta bythqweth i'n chy mayth esa copel ow tanta? Yma an dra ow vexya. Yth esta ow consydra mos hag esedha i'n parleth, hag otta jy ow kerdhes dy. Kepar dell esta owth egery an daras, te a glôw tros kepar ha pàn ve neppyth remembrys adhesempys gans nebonen, hag ena pàn wrelles entra, yma Emyly in hans ryb an fenester, ha hy ow meras orth tenewen aral an fordh gans meur a les, hag yma dha gothman, Jowan Edward, orth pedn aral a'n rom hag ev ow whythra gans oll y golon skeusednow a gerens pobel erel.

"Ô!" te a lever, ow sevel i'n daras, "ny wodhyen den vëth dhe vos obma."

"Ô! A ny wodhyowgh?" yn medh Emyly nebes yêyn, hag i'n fordh a wra dhis predery nag usy hy worth dha gresy.

Yth esta ow remainya tecken, hag ena te a lever:

"Ass ywa tewl obma. Prag na wrewgh why anowy an gass?"

Jowan Edward a lever, "O!", ny wrug ev y verkya, hag Emyly a lever na gar Tasyk an gass dhe vos anowys dohajëdh.

Te a dherif dhedhans nebes nowodhow, hag yth esta ow ry dhedhans dha dybyansow adro dhe gwestyon Wordhen, saw yth hevel nag yw hedna a les dhedhans. Ny leverons avell worthyp dhe vater vëth oll marnas "Ô!", "Ywa?", "A wrug ev?", "Ea", hag "Yw hedna an gwrioneth?" Wosa deg mynysen a gescows a'n par-na, yth esta ow nessa yn lent bys i'n daras, hag ena slynkya in mes. Sowthenys osta pàn welta fatell usy an daras ow qwaya wàr dha lergh, ha degës yw heb te dhe settya bës warnodho.

Hanter-our moy adhewedhes, yth esta ow predery y fedha dâ genes tùchya pib i'n losowjy. Saw nyns eus marnas udn chair i'n tyller hag yma Emyly owth esedha ino; ha Jowan Edward, mar kyllyr trestya dhe yêth an dyllas, re beu esedhys wàr an dor. Nyns usons ow côwsel, saw ymowns y ow meras orthys gans mir a lever pùptra a allo bos leverys in cowethas cyvyl. Rag hedna yth esta ow kildedna heb let ha degea an daras wàr dha lergh.

Lebmyn te a'th eus own a herdhya dha frigow aberth in rom vëth i'n chy. Ytho wosa ascendya ha skydnya an stairys rag termyn, otta jy ow mos dhe esedha in dha jambour dha honen. Hedna a vëth dylês wosa près, bytegyns, ha te a worr dha hot wàr dha bedn ha kerdhes in mes i'n lowarth; kepar dell esta ow passya an chy hâv, yth esta ow meras ajy, hag ot an dhew idyot yonk-na clos an eyl dh'y gela in udn gornel; hag ymowns y worth dha weles, hag apert yw y dhe gresy te dh'aga sewya adro rag neb porpos vylen.

"Prag nag eus rom specyal rag negys a'n par-ma, ha prag na vëdh pobel constrînys dhe wil devnyth anodho?" te a lever dhis dha honen in dadn dha anal, hag ena yth esta ow fystena wàr dhelergh dhe'n portal rag cafos dha lawlen, ha te â in mes.

Res yw yth o taclow kepar ha hedna pàn esa an maw gocky-na Henry VIII ow tanta y Ann vian. Ena pobel in Bùckynghamshîr a vynsa metya gansans dre jauns pàn esens y ow slynkya warbarth adro dhe Wyndsor ha Wraysbùry, ha cria, "Ô, whywhy obma!" ha Henry a vynsa rudhya ha leverel, "Ea, me yw nowyth devedhys rag gweles den obma;" hag Ann a vynsa leverel, "Ô, ass yw dâ genama agas gweles why! A nyns ywa coynt? Me re vetyas namnygen gans Mêster Henry VIII i'n vownder, hag yma va ow mos an keth fordh avelof."

Ena an bobel-na a vynsa dyberth ha leverel dhedhans aga honen. "Ô! gwell via dhyn departya alebma, pàn vo oll an cows caroryon ha tantans ow mos in rag. Gesowgh ny mos wàr nans dhe Kynt."

Hag y a vynsa mos dhe Kynt, ha'n kensa tra a vynsens gweles in Kynt a vedha Henry hag Ann ow qwary warbarth adro dhe Gastel Hever.

"Mollatuw warnodho!" y a vynsa leverel. "Dar, gesowgh ny dyberth. Ny allama y berthy na fella. Gesowgh ny mos dhe Sen Alban—tyller teg cosel yw Sen Alban."

Ha pàn wrussons y drehedhes Sen Alban, y fedha an copel melegys-na owth abma in dadn fosow an Abaty. Ena an bobel-na a vynsa mos ha gwil morladron anodhans aga honen, erna ve an maryach gorfednys.

An ryver dhyworth Poynt Croust dhe Lock Wyndsor Coth yw teg dres ehen. Yma fordh skeusek, ha treven bian dainty obma hag ena warnedhy, ow resek ryb an ladn bys in "Clegh Ousely", tavern sêmly, kepar dell yw an radn vrâssa a daverns ryb an uhella radn a Dhowr Tamys, hag y hyll gwedren a goref pòr dhâ bos evys ino— kepar dell lever Harrys. In maters a'n par-ma ger Harrys a yll bos trestys. Tyller gerys dâ yw Wyndsor Coth. Edward Confessour a'n jeva palys obma, hag obma y feu Yùrl Godwyn brâs prevys gylty dre jùstys an oos-na, wosa ev dhe dharbary mernans broder an mytern. Yûrl Godwyn a dorras darn bara ha'y sensy in y dhorn.

"Mars oma cablus," yn medh an yùrl, "re wrello an bara-ma ow thaga pàn wryllyf y dhebry!"

Ena ev a worras an bara in y anow, y lenky ha'n bara a'n tagas.

Wosa te dhe bassya Wyndsor Coth, yma an ryver heb meur a daclow a les, ha nyns ywa y honen arta erna wrelles dos nes dhe Boveney. Jory ha me ny a dednas an scath in bàn dre Home Park, usy owth istyna an ladn dhyhow ahës dhia Bons Albert dhe Bons Vyctorya; ha kepar dell esen ny ow passya Datchet, Jory a wovydnas orthyf esen vy ow remembra agan kensa viaj an ryver in bàn, pàn wrussyn ny tira in Datchet orth deg eur gordhuwher, ha ny whensys dhe vos dhe'n gwely.

Me a worthebys me dhe berthy cov dâ anodho. Y fëdh termyn pell kyns ès me dh'y ankevy.

An Sadorn o dhyrag Degol Bank mis Est. Ny, an keth tredden, o sqwith ha gwag, ha pàn wrussyn drehedhes Datchet, ny a gemeras in mes an hanafer, dew sagh, an strailyow ha'n côtys ha taclow kepar, ha dallath wàr agan fordh rag cafos tyller dhe ôstya. Ny a bassyas ostel bian ha pòr sêmly, esa barv an cothwas hag idhyow ow tevy dres y bortal; saw nyns esa gwyfosen vëth dhe weles adro dhodho, ha rag neb rêson pò y gela ow holon vy o settys wàr wyfosen, ha me a leverys: "Ô, na esyn ny entra i'n ostel-na! Gesowgh ny mos nebes pella rag gweles mar pëdh ostel a vëdh gwyfosen dresto."

Ny êth in rag ytho erna dheuthon ny dhe gen ostel. Ostel pòr deg o hedna kefrës, hag yth esa gwyfosen war an fos adenewen; saw ny blegyas dhe Harrys syght an den esa ow posa warbydn daras an strêt. Ev a leverys na hevelly ev dhe vos plesont in fordh vëth oll, hag yth esa hager-votas adro dhy dreys. Rag hedna ny êth in rag. Ny a gerdhas pell lowr heb cafos ostel vëth moy, hag ena ny a vetyas gans den hag a'n pesys dh'agan gêdya dhe nebes anodhans.

Ev a leverys: "Dar, yth esowgh why worth aga gasa wàr agas lergh. Res yw dhywgh trailya adro ha dewheles, hag ena why a vydn dos dhe'n Carow."

Ny a leverys: "Ô, ny re beu ena, ha ny wrug an tyller agan plêsya—nyns esa gwyfosen vëth dresto."

"Wèl, dhana," yn medh ev, "yma Chy an Manor adâl dhodho. A wrussowgh why assaya hedna?"

Harrys a worthebys nag en ny whensys dhe vos dy—ny blegyas dhyn syght an den esa owth ôstya ena—ny blegyas lyw y vlew dhe Harrys, na'y votas naneyl."

"Wèl, ny worama pëth a yllowgh why gwil, why a wor," yn medh agan kevarwedhor; "rag nyns eus marnas an dhew davern-na i'n tyller-ma."

"Nyns eus marnas an dhew davern-na!" a grias Harrys.

"Nag eus ken ostel vëth," a worthebys an den.

"Pandra yllyn ny gwil?" yn medh Harrys.

Ena Jory a gowsas. Ev a leverys y hyllyn ny, Harrys ha me, gwil dhe ostel bos byldys ragon, mars en ny whensys, ha gwil dhe nebes tus bos gorrys ino. Rag y bart ev, ev a vydna dewheles dhe'n Carow.

Nyns usons an bresyow brâssa ow spêdya dhe gollenwel aga forpos in mater vëth; Harrys ha me ny a lamentyas uvereth whansow an bës-na hag ena sewya Jory.

Ny a gemeras agan fardellow dhe'n Carow, ha'ga settya dhe'n dor i'n portal.

Ost an chy a dheuth in bàn ha leverel: "Gordhuwher dâ dhywgh, a dus jentyl."

"Ô, gordhuwher dâ," yn medh Jory; "ny a garsa try gwely, mar pleg."

"Pòr dhrog yw genef, a sera," yn medh ost an chy, "saw own a'm beus na yllyn ny y wil."

"Wèl, wèl, na fors," yn medh Jory, "lowr vëdh dew wely. Y hyll dew ahanan cùsca in udn gwely, a ny yll?" ev a bêsyas in udn trailya dhe Harrys ha dhybmo vy.

Harrys a leverys, "Gyll, heb dowt;" ev a gresy y hylly Jory ha me cusca in keth gwely heb caletter vëth.

"Pòr dhrog yw genef, a sera," yn medh ost an chy arta: "saw in gwir nyns eus gwely gwag in oll an chy. Rag leverel an gwrioneth, yth eson ny ow corra dew dhen ha tredden kyn fe in udn gwely solabrës."

Hedna a'gan sowthanas rag tecken.

Saw Harrys, neb yw viajor coth, o lowr dhe'n ocasyon, hag in udn wherthyn yn jolyf ev a leverys: "Wèl, wèl, na fors. Res vëdh dhyn bewa yn cales. Res yw ry dhyn gwely rag tro in rom an bylyard."

"Pòr dhrog yw genef, a sera. Yma try den jentyl ow cùsca wàr vord an bylyard solabrës, ha dew dhen i'n rom an coffy. Ùnpossybyl yw agas recêva haneth."

Ny a gemeras agan taclow in bàn ha mos in hans dhe Jy an Manor. Tyller teg bian o va. Me a leverys y whre va ow flêsya moy ès an chy aral. Ha Harrys a leverys, "Ô, in gwir," y fia dâ lowr, ha ny vëdh res dhyn meras orth an den, rudh y vlew; ha wàr neb fordh, nyns o an gwas dhe vlâmya y vlew dhe vos rudh.

Geryow Harrys o cuv ha skentyl adro dhe'n mater.

Ny wrug pobel Chy an Manor gortos dh'agan clôwes. Ôstes an chy a'gan metyas wàr an truthow ha derivas dhyn ny dhe vos an peswardhegves party o trailys in kerdh gensy i'n dewetha our ha hanter. Hag ow tùchya stâblys, rôm an bylyard pò selder an glow, hy a wharthas gans scorn pàn vowns y campollys. Oll an cornettowna re bia kemerys pell alena.

A wodhya hy a dyller vëth in oll an dreveglos may hallen ny ôstya an nos-na?

Wèl, mar nyns o bern dhyn bewa yn cales—ny ylly hy y gomendya—yth esa shoppa coref bian hanter-mildir Fordh Eton wàr nans.

Ny wrussyn gortos dhe glôwes tra vëth moy, saw kemeres an hanafer ha'n seghyer in bàn, an strailyow, côtys ha fardellow ha ponya a wrussyn. Yth hevelly an pellder dhe vos moy ogas dhe vildir ès dhe hanter-mildir, saw ny a dhrehedhas an tyller wàr an dyweth, ha fysky in udn dhiena aberth i'n barr.

Pobel an shoppa coref o dyscortes. Ny wrussons mès wherthyn orthyn. Nyns esa marnas try gwely yn unsel in oll an chy hag yth esa seyth den jentyl dydhemeth ha dew gopyl demedhys ow cùsca inhans solabrës. Den barj cuv, bytegyns, esa in barr an coref, a gomendyas dhyn assaya shoppa an spîcer nessa dhe davern "an Carow", hag ytho ny a dhewhelys.

Chy an spîcer o leun. Benyn goth a wrussyn ny metya gensy i'n shoppa a'n kemeras yn cuv gensy rag qwarter mildir bys in arlodhes ha cowethes dhedhy, esa traweythyow ow settya rômys dhe dus jentyl.

An venyn goth-ma a gerdhas pòr lent, ha ny a spênas ugans mynysen ow trehedhes chy an arlodhes, hy howethes. Hy a wrug cot'he an kerdh in udn dherivas dhyn, ha ny ow cramyas in rag, adro dhe'n dyvers painys a's teva hy i'n keyn.

Leun o chambours hy howethes. Alena y feu comendys dhyn assaya Nùmber 27. Nùmber 27 o leun hag y a'gan danvonas dhe Nùmber 32. Nùmber 32 o leun.

Ena ny a dhewhelys dhe'n fordh uhel, ha Harrys a esedhas wàr an hanafer ha leverel na wre va mos na fella. Ev a leverys an tyller-na dhe vos cosel lowr, hag y carsa ev merwel stag ena. Ev a'n pysys, Jory ha me, dhe abma dh'y vabm ragtho, ha dhe dheclarya dh'y woos nessa ev dhe ava dhedhans ha'y vos lowen pàn verwys.

An very prës-na el a dheuth tro ha'n plâss-na gwyskys i'n tùllwysk a vaw bian (ha ny allama desmygy tùllwysk gwell a alsa el gorra adro dhodho), cana a goref i'n eyl dorn ha neppyth in y gela orth pedn corden. An maw a asas an dra-na dhe godha wàr genyver men plat a vetyas ev ganso, hag indella gwil sownd anwhek, kepar ha'n sownd a nebonen ow sùffra torment.

Ny a wovydnas orth an messejer-ma dhyworth nev (kepar dell wrussyn ny dhyscudha y vos moy adhewedhes) o chy dyberthys vëth aswonys dhodho, nag esa tregys ino ma's bohes tus hag y gwadn pò coth (gwell via genes arlodhesow coth pò tus jentyl paljies), a alsa bos kebmys ownekhës may whrellens hepcor aga gweliow rag udn nos dhe dredden dyglon; poken, mar nyns o hedna possybyl, a alsa ev comendya dhyn crow mogh gwag, pò forn lîm forsâkys, pò tra vëth a'n par'-na. Ev a leverys na wodhya ev a dyller kepar ha hedna—dhe'n lyha ogas lowr dhyn; saw ev a leverys y halsen ny dos ganso ev, a pen ny whensys, rag yth esa chambour dh'y vabm, ha hy a ylly ry ôstyans dhyn an nos-na.

Ny a godhas wàr y godna stag ena in golow an loor ha'y venega; ha hedna a via pyctour pòr deg, na ve an maw y honen dhe vos mar overcùmys gans agan emôcyon, na ylly ev gortos a'y sav, saw droppya dhe'n dor in dadno, ha'gan gasa ny dhe godha warnodho. Harrys a veu kebmys fethys gans joy, may whrug ev clamdera, ha res veu dhodho sêsya cana coref an maw, hag eva hanter an coref, erna wrella dos dh'y vrës ewn arta. Ena ev a dhalathas ponya, ha'gan gasa ny, Jory ha me, dhe dhon an fardellow ha'n seghyer.

Chy bian peswar rom o an tyller mayth esa tregys an maw, ha'y vabm—an venyn dhâ—a ros dhyn backen dobm rag soper, ha ny a'n debras yn tien—pymp puns, ha dew bot a dê, hag ena ny êth dh'agan gwely. Yth esa dew wely i'n chambour; onen o gwely plegya dew dros'hës ha hanter, ha me ha Jory a gùscas ino, hag a wethas agan honen i'n gwely dre gelmy agan honen an eyl dh'y gela gans lien gwely; an gwely aral o gwely an maw bian, ha Harrys a gafas hedna dhodho y honen. Ny a'n trouvyas nessa myttyn gans dew dros'hës a arrow in mes a'n gwely awoles. Jory ha me a ûsyas an garrow-na rag cregy agan towals warnodhans pàn esen ny ow padhya agan honen.

Pàn ethon ny dhe Datchet an nessa termyn, ny veun ny mar dhainty ow tùchya an sort a ostel a wrellen ôstya ino.

Rag dewheles dh'agan present viaj: ny wharva tra vëth pigus, ha ny a dednas an scath yn fest bys in tyller nebes in dadn Enys an Symas, le may whrussyn ny tedna bys i'n ladn rag debry agan ly. Ny a dhetermyas debry an bowyn yêyn, hag ena ny a dhyscudhas fatell wrussyn ny ankevy dhe dhry kedhow vëth genen. Yth hevel dhybm nag o kebmys othem a gedhow bythqweth in oll ow bêwnans. Dre vrâs nyns eus kedhow worth ow flêsya, saw i'n termyn-na me a vynsa ry ragtho tra vëth in oll an bës.

Ny worama pes bës eus i'n ûnyvers, saw den vëth a wrella dry dhybm loas a gedhow i'n prës-na a alsa aga hafos kettep onen. Yth esof ow tevy dygabester indella pàn vo othem dhybm a neb tra na allama cafos.

Harrys inwedh a leverys y whre va ry bësow rag kedhow. Rial dra via mar teffa nebonen dos dhyn i'n prës-na ha cana kedhow ganso; ev a via rych lowr rag an remnant a'y dhedhyow.

Saw ny worama! Dre lycklod me ha Harrys kefrës a vynsa kildedna dhyworth an ambos, wosa ny dhe gafos an kedhow. Yma den ow promyssya re in termyn a othem brâs, saw pàn vo va ow meras orth an dra moy adhewedhes, ev a wel nag yw valew an dra reqwîrys ow cortheby dhe'n ambos. Me a glôwas den unweyth, pàn esa ev owth ascendya meneth in Swystir, ow leverel y whre va ry an bës yn tien rag gwedren a goref. Ha pàn dheuth ev dhe grow bian may fedha coref gwerthys, ev a sordyas kedrydn, dre rêson y feu res dhodho tylly pymp frank rag bottel a *Bass*. Ev a leverys an negys dhe vos bysmêr brâs, hag ev a screfas lyther dhe'n *Times* adro dhodho.

An fowt a gedhow a dhros tristans wàr an scath. Ny a dhebras agan kig bowyn heb leverel ger vëth. Yth hevelly agan bêwnans dhe vos dystyr ha dylês. Ny a remembras dedhyow agan yowynkneth ha hanaja. Ny a veu nebes lowenhës bytegyns gans an tart avalow, ha pàn dednas Jory cana pînaval in mes dhyworth goles an hanafer, ha'y rollya aberth in cres an scath, ny a gresy bos porpos dhe'n bêwnans wosa pùptra.

Yth eson ny oll agan try ow cara pînaval yn frâs. Ny a veras orth an pyctour wàr an cana, ha predery a'n sûgan. Ny a vinwharthas an eyl orth y gela, ha Harrys a wrug parusy lo.

Ena ny a whelas an gollel rag egery an cana. Ny a drailyas pùptra in mes a'n hanafer. Ny a sarchyas an seghyer. Ny a dednas in bàn estylednow stras an scath. Ny a gemeras pùptra in mes wàr an ladn ha'y shakya. Ny veu kefys egerel vëth.

In eur-na Harrys a assayas y egery gans kellyllyk, ha terry an gollel ha trehy y honen yn town. Jory a drias gweljow, ha'n gweljow a labmas in bàn ha namna wrussons y dhallhe. Pàn esens ow corra lysten adro dh'aga goly, me a whelas telly an cana gans pedn lybm an scath-hig, ha'n scath-hig a slynkyas ha'm tedna in mes inter scath ha gladn aberth in dew dros'hës a dhowr lîsak, ha'n cana a rollyas adro heb bos shyndys, ha terry hanaf tê.

Ena ny oll a sorras. Ny a gemeras an cana in mes wàr an ladn ha Harrys êth in bàn bys in gwel ha cafos men brâs lybm, ha me a dhewhelys dhe'n scath ha don an wern in mes anedhy. Jory a sensys an cana ha Harrys a sensys an tu lybm a'y ven. Me a gemeras an wern ha'y lyftya uhel i'n air, ha cùntell oll ow nerth ha dry dhe'n dor.

Hot cala Jory a selwys y vêwnans an jëdh-na. Yma va ow qwetha an hot lebmyn (remnant an hot in gwir) ha gordhuwher gwâv, pàn vo anowys an pîbow, ha'n vebyon ow terivas whedhlow angresadow adro dhe'n peryllyow a wrussons dos dredhans, yma Jory ow kemeres an hot dhe'n dor hag orth y dhysqwedhes adro, ha'n whedhel pigus yw derivys anowyth, ha'n gorlywans ow tevy kenyver termyn.

Harrys a scappyas heb tra vëth moy ès goly scav.

Wosa hedna me a gemeras an cana genama ow honen, ha'y vortholya gans an wern, erna veuma sqwith, ûsys ha clâv i'm colon. Ena Harrys a'n assayas.

Ny a'n cronkyas plat; ny a'n cronkyas pedrak. Ny a wrug y weskel bys in pùb form aswonys dhe'n vynsonieth—saw ny yllyn gwil toll ino. Ena Jory a'n assaultyas ha'y gnoukya dhe shâp mar goynt, mar stranj ha mar ùncoth y hacter, may kemeras own ha tôwlel an wern in kerdh. Ena ny oll a esedhas adro dhodho wàr an gwels ha meras orto.

 Yth esa udn brall brâs dres top an cana o kepar ha scrynk leun ges, ha hedna a wrug dhyn conery mar vrâs, may codhas Harrys wàr an dra, y sêsya ha'y dôwlel abell aberth in cres an ryver. Ha'n cana a wrug sedhy kepar dell esen ny worth y gùssya ha'y volethy. Ny a ascendyas i'n scath ha rêvya dhyworth an tyller-na, ha ny wrussyn stoppya erna dheuthon ny dhe Maidenhead.

Yth yw Maidenhead y honen re snobbek dhe vos plesont. Menowghva payon an ryver ywa ha'y gowethes in hy dyllas re vryntyn. Tre yw a ostelyow costek, may fëdh spessly tus rych ha daunsoresow owth ôstya inhans. Maidenhead yw kegyn a wragh

mayth usy an dhewolow-na a'n ryver ow tallath dhyworty—
launchys êthen. Y fëdh "tyller bian" pùpprës dhe dhûk *Jornal
Loundres* hag y fëdh benyn yonk an novel teyr radn ow kynyewel
ena pùb termyn, pàn wrella hy mos in mes rag enjoya bêwnans gans
gour ty benyn aral.

Ny êth yn uskys dre Maidenhead, hag ena lent'he ha mos heb
fystena der an radn deg a'n ryver usy in hans dhe Lockys Boulter ha
Cookham. Yth esa dyllas sêmly an gwaynten adro dhe Gosow
Cliveden whath, hag yth esens ow terevel in bàn dhywar amal an
dowr in udn gescân a dhyvers lywyow a wer. In oll y gowl-decter
hèm yw martesen an tyller whecka ryb ladn an ryver, hag in udn
strechya ny a dednas agan scath vian dhyworth y gosoleth down.

Ny a stoppyas i'n merdhowr, nebes in dadn Cookham, ha debry
tê. Pàn en ny gyllys der an lock gordhuwher o. Yth esa gwyns ow
whetha—wàr agan lergh, marthys dhe dherivas; rag dre vrâs wàr an
ryvyer y fëdh an gwyns wàr dha bydn poran, ny fors pynag oll fordh
a wrelles mos. Yma va wàr dha bydn i'n myttyn, pàn esta ow tallath
viaj jorna, hag yth esta ow tedna termyn hir in udn bredery assa vëdh
êsy dewheles gans an gool! Saw ena wosa tê, otta an gwyns ow trailya
adro, ha res yw dhis tedna wàr y bydn oll an fordh tre.

Pàn wrylly ankevy dhe gemeres an gool genes wàr neb cor, ena y fëdh an gwyns wàr dha lergh an dhyw fordh. Wèl, ny vern. Nyns yw an bës-ma marnas prevyans, hag y feu an den genys dhe anken, kepar dell usy an gwrîhon ow neyja in bàn.

An gordhuwher-ma, bytegyns, apert o errour dhe vos gwrës, hag yth esa an gwyns wàr agan keyn in le a vos wàr agan pydn. Ny wrussyn ny leverel ger vëth adro dhe'n mater, ha derevel an gool kyns ès an errour dhe vos dyscudhys. Ena ny a spredyas agan honen in mes adro dhe'n scath ha ny ow predery yn frâs, ha'n gool a wrug whedhy, ha tedna ha croffolas, ha'n scath a neyjas in rag.

Me a lewyas.

Nyns eus sensacyon moy pigus aswonys dhybm ès golya. Golya yw mar ogas dhe neyja i'n air dell yw possybyl rag mebyon tus— saw unsel in hunrosow. Yth hevel dhys bos eskelly an gwyns scav dhe vos worth dha dhon in rag, ny wodhesta dhe byle. Nyns osta na fella an dra wadn lent a bry, in udn gramyas gans caletter wàr an dor. Yth osta radn a Natur! Yma dha golon jy ow qweskel warbydn hy holon hy! Yma hy dywvregh gloryùs adro dhis, orth dha dherevel in bàn warbydn hy holon. Onen yw dha spyrys jy ha'y spyrys hy; otta dha esely ow scafhe! Yma levow an air ow cana dhis; ha'n cloudys, mar ogas a-uhos, yw dha vreder, hag yth esta owth istyna dha dhywregh tro hag y.

Yth en ny agan honen oll wàr an ryver, saw i'n pellder hir dhyworthyn ny a wely pùnt pyskessa, ancorys in cres an dowr, hag yth esa try fùscador esedhys warnodho; ny a neyjyas dres an dowr, hag a passyas an gladnow delyowek, ha ny gowsas den vëth.

Yth esen vy ow lewyas.

Kepar dell esen ny ow nessa dhedhans, ny a wely an try fùscador dhe vos tus coth ha solem. Yth esens esedhys wàr dry chair i'n pùnt, hag y ow whythra aga lînednow yn tywysyk. Yth esa an howlsedhas rudh ow tôwlel golow mystycal wàr an dowrow, ow lywa an cosow uhel gans tan, hag ow qwil glory owryek a grugyow an cloudys. Termyn o a hus down, leun a awen, govenek ha hireth. An gool bian a ylly bos gwelys warbydn an ebron a bùrpùr, yth esa an tewlwolow a'y wroweth adro dhyn, ow cudha an bës in skeusow a'n camdhavas, hag yth esa an nos ow cramyas in rag wàr agan lergh.

Ny o haval dhe varhogyon in neb henwhedhel, ow colya dres neb logh kevrînek in gwlascor ùncoth a dewlwolow aberth in tir brâs an howlsedhas.

Ny wrussyn ny entra in gwlascor an tewlwolow; ny êth gans bobm brâs warbydn an pùnt-na, le mayth esen an try hothwas ow pyskessa. Wostallath ny wodhyen pandr'o wharvedhys, rag yth esa an gool intredhon ny ha'n wolok, saw dhyworth an lavarow a dheuth dhyn der air an gordhuwher, ny a dheskys fatell en ny devedhys in ogas mebyon tus, ha nag ens y pës dâ na contentys.

Harrys a dednas an gool dhe'n dor, ha ny a welas pandra wharva. Ny a gnoukyas an tredden jentyl coth-na dhywar aga chairys in grahell gemyskys wàr stras aga scath; hag yth esens y ow tygemesky aga honen an eyl dhyworth y gela, hag ow kemeres pùscas in mes a'ga dyllas. Kepar dell esens ow conys, y a'gan cùssyas—ha nyns o hodna mollath gebmyn scav, saw mollath hir, leun ha composys dâ, a gampollas pùptra adro dh'agan bêwnans ha taclow i'n dedhyow dhe dhos, ha comprehendys inhy yth o agan kerens ha kenyver tra ow longya dhyn—molothow tew fest ha crev.

Harrys a leverys y codhvia dhedhans grassa dhyn rag provia nebes froth dhedhans, hag y esedhys ena dres oll an jëdh in udn byskessa. Ev a leverys inwedh ev dhe vos sclandrys ha vexys ow clôwes tus a'ga oos y dhe omry kebmys dhe sorr.

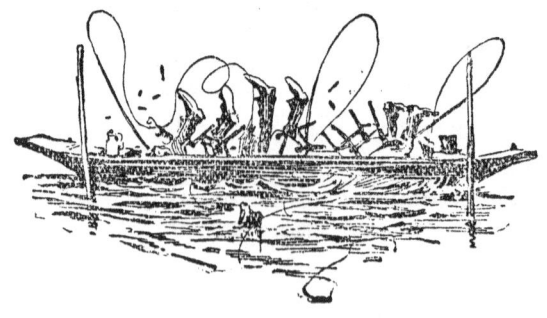

Saw ny wrug hedna amendya aga stât.

Jory a leverys y whre va lewyas wosa hedna. Ny ylly bos gwetys, yn medh ev, brës kepar ha'm brës vy dhe wastya y honen in udn lewyas scathow—gwell via alowa dhe neb den kebmyn a bùb dëdh oll kemeres with a'n scath, kyns ès ny oll dhe vos budhys. Ev a gemeras an lînednow ha'gan dry in bàn bys in Marlow.

In Marlow ny a asas an scath ryb an pons, ha mos dhe ôstya an nos-na i'n tavern gelwys "An Gùrun."

Chaptra XIII

Marlow

Marlow.—Abatty Bisham.—Menegh Medmenham.—Yma Mont-morency ow cresy y whra va moldra Gourgath coth.—Saw wàr an dyweth ervirys yw ganso sparya y vêwnans.—Omdhegyans dyvlas a vroghky lowarn in Gwerthjy an Servys Cyvyl.—Ny ow tyberth dhyworth Marlow.—Processyon meur y roweth.—An launch êthen, comendyansow a brow rag y angra ha'y lettya.—Yth eson ny ow sconya eva an ryver.—Ky cosel.—An coyntys a Harrys ow tysapperya ha pasty in y dhewla.

Yth yw Marlow onen a gresednow moyha plesont aswonys dhybm wàr oll an ryver. Tre vian vysy ha bewek yw hy; rag leverel an gwiryoneth nyns yw hy re deg dre vrâs, saw yma lies sorn coynt ha cornel goynt inhy, bytegyns—gwaregow a'ga sav whath in pons sqwattys an Termyn, hag yma agan desmygyans ow viajya drestans bys i'n dedhyow mayth o Algar, an Saxon, arlùth Manor Marlow, kyns ès Wella Conqwerrour dh'y sêsya, may halla va y ry dhe'n Vyternes Matylda, kyns ès an maner dhe bassya inter dewla Yùrlys Warwyck pò dhe'n Arlùth Paget, fur in fordhow an bës, consler dhe beswar sovran an eyl wosa y gela.

Yma pow sêmly dres ehen adro dhedhy inwedh, mars osta whensys, wosa bos in scath wàr an ryver, dhe gerdhes nebes, ha'n ryver y honen obma yw tecka martesen ès in ken tyller vëth. Bys in Cookham wàr nans, dres Cosow an Mengledh ha'n prasow, an radn-ma a'n ryver yw pòr sêmly. Cosow coth an Mengledh! Ass owgh why meurgerys gans agas trûlerhow idn serth, ha'gas lanerhy bian gwiùs! Ass yw wheg agas saworen bys i'n jëdh hedhyw ha why ow qwil dhybm remembra dedhyow howlek hâv! Ass yw leun aga vuys skeusek a'n spyryjyon a fâssow prest ow wherthyn! Ass usy levow medhel an dedhyow coth ow codha dhywar whystrans agas delyow!

Tecka whath yw radn an ryver dhia Marlow bys in Sonyng. Abatty Bisham coth ha spladn, esa y fosow meyn ow tasleva i'n termyn eus passys gans criow Marhogyon an Templa; yth esa Ann Clêves tregys obma unweyth i'n dedhyow coth ha Myternes Elysabeth unweyth aral. Yma a'n abatty settys wàr an ladn dhyhow mildir a-ugh Pons Marlow. Rych yw Abatty Bisham in taclow melodramatek. Yma

chambour tapît ino, ha rôm sêcret kelys i'n fosow tew avàn. Yma spyrys Arlodhes Hoby, ow walkya ena whath i'n nos, rag hy a gronkyas hy mab bian dhe'n mernans, hag y fëdh an tarosvan ow whelas golhy y dhewla in bason avreal.

Yma Warwyck, gwrior myterneth, ow powes ena, hag ev dybreder lebmyn ow tùchya taclow kepar ha myterneth ha gwlascorow an bës; hag yma Salisbùry, neb a wrug servys dâ in Poitiers, ow powes ena inwedh. Kyns ès viajor dhe dhos dhe'n abatty, ev a welvyth wàr ladn an ryver poran Eglos Bisham, ha mars yw gwyw whythra bedhow vëth, y tal whythra an bedhow ha'n veyn cov in Eglos Bisham. Pàn esa ev ow mos gans an dowr in y scath in dadn fawwëdh Bisham, hag ev tregys i'n tor'-na in Marlow (yma y jy dhe weles lebmyn in Strêt West), Shelley a screfas *Rebellyans Islam*.

Nebes uhella, ryb Cores Hùrley, me a brederys yn fenowgh y hyllyn trega mis heb cafos termyn lowr dhe lenky tecter an vu yn tien. Treveglos Hùrley, kerdh pymp mynysen dhyworth an lock, yw màr goth avell tyller bian wàr oll an ryver, rag y feu va fùndys dell lever lavarow coynt an dedhyow pell-na "in oos Sebert Mytern hag Offa Mytern." Nebes pella ès an gores (ow mos an ryver in bàn) yma Gwel an Dânys, may whrug an Dânys campya unweyth hag y ow kerdhes bys in Conteth Kerlew. Nebes pella whath, neythys in cornel wheg a'n dowr, yma magoryow Abatty Medmenham.

Menegh Medmenham, meur aga hanow, pò "Clùb Tan Iffarn" dell vedhens henwys gans an comen voys, mayth o Wilkes drog-gerys esel anodhans, o brodereth neb a's teva an lavar coth "Gwra oll dha vodh," hag yma an galow-ma whath dhe weles a-ugh daras sqwattys an abatty. Lies bledhen kyns ès an fug-abatty-ma ha'y gùntellva a lordens dydhuw dhe vos fùndys, yth esa ow sevel i'n keth tyller-ma managhty a sort moy stroth, ha dyhaval o y venegh dhyworth an dus omgerensedhek a wre aga sewya pymp cans bledhen wàr aga lergh.

Ny ûsya avell dyllas an venegh Cystercyan, esa aga abatty ow sevel i'n tyller-na i'n tredhegves cansvledhen, marnas powsyow ha cûgollow a ganfas garow, ha ny wrêns debry kig na pysk nag oyow vëth. Yth esens ow crowedha wàr gala, hag y sevens hanter-nos rag clôwes offeren. Y a spêna an jorna ow lavurya, ow redya hag ow pesy; hag y fedha taw kepar ha taw an ancow wàr aga bêwnans, rag ny gôwsy den vëth.

Yth esa bredereth sevur ow pewa bêwnans sevur dres ehen i'n tyller wheg-na, formys mar spladn gans Duw! Coynt yw na wrug levow an Natur oll adro dhodhans—cân vedhel an dowrow, whystra an cors, mûsyk an gwyns ow fysky—na wrug an re-na desky dhedhans mênyng downha an bêwnans ès hedna. Y a woslowa ena, dres oll an dedhyow hir heb leverel ger, in udn wortos lev dhyworth nev; ha dres an jëdh hag i'n nos solem inwedh an lev a gôwsy ortans in lies fordh, saw y ny'n glôwens màn.

Leun yw an ryver a decter hag a gres dhyworth Medmenham bys in Lock Hambledon, saw wosa tremena Greenlands, trigva nebes dyfreth a'm gwerthor jornalys vy—den jentyl coth ha sempel—a yllyr metya ganso yn fenowgh i'n côstys-ma, in mîsyow an hâv, ow rêvya attês saw gans nell, poken ow kestalkya gans neb gwethyas coth lock, hag ev ow passya dredho—yth yw an ryver nebes lobm ha heb meur a les erna dhyffy in hans dhe Henley.

Ny a savas in bàn avarr lowr myttyn de Lun ryb Marlow, ha mos dhe omvadhya dhyrag haunsel, saw wàr an fordh arta dhe'n scath, Montmorency a wrug fol uthyk anodho y honen. Nyns eus ma's udn

mater nag on ny, Montmorency ha me, acordys adro dhodho: cathas. Me a gar cathas. Ny's car Montmorency poynt.

Pàn wryllyf metya gans cath, me a lever, "Cathyk Druan!" ha plegya ha cosa tenewen hy fedn; hag otta an gath ow herdhya hy lost in bàn yn serth kepar ha horn, ow qwil gwarek a'y heyn hag ow clanhe hy frigow wàr ow lavrak; yth yw pùptra jentylys ha cres. Pàn vo Montmorency ow metya gans cath, oll an strêt a wor adro dhe'n negys; hag y fëdh lowr a debel-gows gwastys in deg secùnd rag contentya den kebmyn onest oll an remnant a'y dhedhyow—mar qwra va erbysy.

Me a grës nag yw an ky dhe vlâmya (ny wrama dell yw ûsys ma's cronkya y bedn pò tôwlel meyn orto), dre rêson ow bos certan hedna dhe vos y natur ev. Pàn vo genys dorgy lowarn, ev a'n jeva adro dhe bedergweyth moy a begh oryjynal ino ès pùb ky aral, ha ny Cristonyon a dal lavurya lies bledhen yn tywysyk gans hirberthyans, erna vo tervuster natur an dorgy lowarn amendys in poynt vëth y honen.

Yma cov dhybm a vos jorna in portal Gwerthjiow Marhas an Gora; yth esa keun oll adro dhybm, hag y ow cortos erna wrella dewheles aga ferhenogyon, esa ow prena taclow wàr jy. Me a welas gwylter, copel a geun deves, ky Sen Bernard, nebes keun dowr ha keun Pow an Pùscas, ky badh, pûdel Frynkek, esa lowr a vlew adro dh'y bedn saw ev dyvlew adro dh'y gres; ky tarow, nebes keun a'n sort a vedha gwelys in Arcâd Lowther ha myns logos brâs inhans, ha dew vùngrel Conteth Evrok.

Yth esens y esedhys ena, owth omdhon yn tâ, gyllys in prederow, hir aga ferthyans. Yth hevelly bos cosoleth solem ow rainya i'n portal-na. Yth hevelly an rom-na bos leun a galmynsy, a obedyens— hag a dristans clor.

I'n tor'-na arlodhes yonk wheg a entras, ha hy ow lêdya dorgy lowarn, medhel y semlant. Hy a'n gasas ena chainys inter an ky tarow ha'n pûdal. Ev a remainyas esedhys udn vynysen ha meras adro. I'n eur-na ev a dowlas y lagasow in bàn ha meras orth an nen, ha dhyworth y dremyn nebonen a vynsa cresy ev dhe bredery a'y vabm. Ena dianowy a wrug. Ena ev a veras adro orth an keun erel, y oll tawesyk, sad ha leun a dhynyta.

Ev a veras orth an ky tarow, ow cùsca dyhunros adhyhow dhodho. Ev a veras orth an pûdel, serth ha hautyn, aglêdh dhodho. Ena heb bos provôkys in maner vëth oll, ev a dhynsys an pûdel i'n arr arag nessa dhodho, hag uj a bain a sowndyas dre skeusow cosel an portal.

Sewyans an kensa prevyans-na a apperyas pòr dhâ dhodho, hag ev a erviras pêsya ha bewhe taclow oll adro. Ev a labmas dres an pûdel hag assaultya ky deves; an ky deves a dhyfunas hag adhesempys a dhalathas strîvya yn whyls ha gans meur a dros gans an pûdel. Ena Dorgy Lowarn a dhewhelys dh'y dyller y honen, cachya an ky tarow er an scovarn ha whelas y dôwlel dhe ves; an ky tarow (coynt dhe leverel ev o best heb faverans vëth) a assaultyas pùptra a ylly, porthor an portal comprehendys. Hedna a ros chauns dhe'n dorgy bian wheg dhe lowenhe in udn omlath heb cessya gans mùngrel Conteth Evrok, neb o lowen dhe strîvya ganso.

Nyns yw res dhybm derivas dhe dhen vëth a vo natur an keun aswonys dhodho, fatell esa oll an keun i'n tyller warbydn an termyn-na owth omlath kepar ha pàn ve sawment aga theyluyow ha'ga threven ow cregy i'n vantol. Yth esa an keun brâs owth omlath an eyl gans y gela; yth esa an keun bian owth omlath an eyl gans y gela; hag ow spêna aga thermyn frank in udn dhynsel garrow an keun brâs.

Yth esa hùbbadùllya uthyk i'n portal, ma na ylly den vëth perthy an tros. Bùsh a bobel a gùntellas wàr ves in Marhas an Gora, ha govyn esa Consel an Bluw ow metya; poken pyw esens y ow moldra, ha praga? Tus a dheuth ha postow ha lovonow gansans, hag y a assayas dybarth inter an keun; y feu ger danvenys dhe'n creslu.

Hag in cres oll an tervans-na an arlodhes yonk wheg a dhewhelys ha sêsya in bàn hy dorgy bian cuv in hy dywvregh (kyn whrug an dorgy shyndya an mùngrel màr dhrog may feu va in y wely bys pedn peder seythen, i'n tor'-na yth o semlant y fâss kepar ha semlant on nowyth-genys) ha hy a wovydnas orth an dorgy, o va marow, ha pandra wrug an bestas uthyk grysyl-na dhodho. Ev a neythyas y honen in hy dywvregh ha meras orth hy fâss gans mir a hevelly bos ow leverel, "Ô, ass oma lowen te dhe dhos rag ow selwel dhyworth an tyller sclandrus-ma!"

Hy a leverys na's teva an Gwerthjiow an gwir dhe alowa bestas brâs ha gwyls kepar ha'n keun erel-na warbarth gans keun pobel onest, hag ervirys o hy dhe ry somons dhe nebonen.

Yth yw natur an dorgeun indella; ha rag hedna ny vanaf vy consydra Montmorency dhe vos dhe vlâmya mars yw ev whensys dhe strîvya gans cathas. Saw gwell via genef na ve ev dhe omry dhe'n desîr-na an myttyn-na.

Yth esen ny, kepar dell leverys vy solabrës ow tewheles dhyworth omvadhya, ha hanter an fordh an Strêt Uhel in bàn cath a fystenas in mes a onen a'n treven dhyragon ha dallath ponya dres an fordh. Montmorency a ros cry rag ewn joy—an cry a werrour grym ow qweles y escar delyvrys inter y dhewla—an sort a gry a alsa Cromwell ry pàn esa an Scots ow skydnya an vre—hag ev a neyjas warlergh y bray.

Vyctym Montmorency o gourgath vrâs dhu. Bythqweth ny welys vy brâssa cath, na cath moy pylyak. Gyllys o hanter y lost, onen a'y scovarnow ha radn vrâs a'y frigow. Best hir ha giewek o va. Cosel ha contentys o y omdhegyans.

Montmorency a jâcyas an gath druan-ma ugans mildir i'n our, saw ny wrug an gath fystena poynt—yth hevelly na wrug an gath ùnderstondya y vêwnans dhe vos in peryl. An gath a bêsyas ow ponya in rag yn cosel, erna veu y voldror devedhek le ès udn lath dhyworto. Ena an gath a drailyas hag esedha in cres an fordh ha meras orth Montmorency. Clor ha govydnus o y dremyn, esa ow leverel: "Ea! Esta worth ow whelas?"

Yma meur a goraj dhe Montmorency; saw yth esa neppyth in semlant an gath-na a wrussa rewy an golon i'n ky moyha bold. Ev a stoppyas yn sodyn, ha meras orth an Gourgath.

Ny gowsas naneyl an Gath na Motmorency, saw an kescows a alsa den desmygy yn êsy; y fia kepar dell usy ow sewya:—

AN GATH: "A allama agas gweres why?"

MONTMORENCY: "Na yllowgh, na yllowgh, gromercy dhywgh."

AN GATH: "Why a yll côwsel yn fre, mars eus othem dhywgh a dra vëth oll, why a wor."

MONTMORENCY (*in udn gildedna an Strêt Uhel wàr nans*): "Nâ, nâ,—nyns eus othem a dra vëth in oll an bës—na wrewgh trobla agas honen. Drog yw genama me dhe wil errour. Me a gresy why dhe vos aswonys dhybm. Drog yw genef me dh'agas ania."

AN GATH: "Na wra y gampolla—plêsour veu. Owgh why certan nag eus othem vëth dhywgh a dra vëth?"

MONTMORENCY (*ow kildedna whath*): "Nag eus, gromercy dhywgh—nyns eus othem a dra vëth—why yw pòr guv. Myttyn dâ dhywgh."

AN GATH: "Myttyn dâ."

An gath a savas in bàn i'n eur-na ha dallath ponya arta; ha Montmorency a fyttyas an pëth usy ev owth henwel y lost gan rach aberth in y drogh, ha dewheles dhyn ha kemeres tyller uvel wàr agan lergh.

Bys i'n jëdh hedhyw mar teuta ha leverel "Cathas!" dhe Montmorency, ev a wra plynchya yn apert ha meras yn truan orthys, kepar ha pàn ve va ow leverel: "Na wrâ, dell y'm kyrry."

Ny a wrug shoppya wosa haunsel, ha cafos lowr boos rag try dëdh. Jory a leverys y talvia dhyn kemeres losow kegyn—nag o yagh sconya dhe dhebry losow kegyn. Ev a leverys inwedh y dhe vos êsy dhe barusy, ha fatell wre va gwil hedna. Ny a bernas ytho deg puns a avallow dor, bùshel a bîs, ha nebes cavach. Ny a gafas pasty kig bowyn, nebes tartys grows, mordhos kig davas dhyworth an ostel; ha frûtys ha câkys, bara, amanyn ha kefeyth, backen hag oyow ha nebes taclow erel a wrussyn ny trouvya in dyvers tyleryow adro dhe'n dre.

Me a grës agan dyberth dhyworth Marlow dhe vos nyverys in mesk agan spêdys brâssa. Leun dynyta ha roweth o va, saw nyns o bobans ino. Ny a inias oll an shoppys a wrussyn ny perna taclow inhans dhe dhanvon an gwara genen i'n very termyn-na. Ny vien ny contentys gans, "Ea, a sera, me a vydn aga danvon in kerdh heb let; an maw a vëdh in nans ena kyns ès why dhe dhrehedhes, a sera!" Ena ny a vynsa gwary adro wàr an iskynleur; ha dewheles dhe'n shoppa dywweyth rag sordya kedrydn dre rêson nag o an gwara devedhys. Nâ, ny a wortas erna veu an basket trussys, ha kemeres an maw genen.

Ny êth dhe lies shoppa, ha hèn o an dra a wrussyn ny in kenyver onen anodhans. Dre rêson a hedna, pàn o pùptra gorfednys, ny a'gan be cùntellyans a gebmys mebyon orth agan sewya adro dell ylly agan colon whansa; ha res yw agan keskerdh dewetha ow mos cres an Strêt Uhel wàr nans bys i'n ryver, dhe vos solempnyta màr vryntyn ha màr vrâs dell veu gwelys in Marlow nans o termyn hir.

Yth o ordyr an processyon kepar dell sew:—

Montmorency ha predn in y anow.

Dew vrathky, pylednek aga semlant, cowetha dhe Montmorency.

Jory, ow ton mentylly ha strailyow, hag ev ow tùchya pîb got.

Harrys ow wheles kerdhes attês hag yn êsy, hag ev ow carya sagh Gladstone i'n eyl dorn ha bottel lymonâd in y gela.

Maw an gwerthor losow ha maw an pebor gans baskettys i'ga dewla.

Maw dhyworth an ostel, hag ev ow ton hanafer.

Maw gwerthor gwara wheg, ha basket ganso.

Ky, hir y vlew.

Maw gwerthor keus, ha basket ganso.

Den aral ow ton sagh.

Cothman dâ an den aral, y dhewla in y bockettys
hag ev ow tùchya pîb got a bry.

Maw gwerthor frûtys, ha basket ganso.

Me ow honen, gans try hot ha pair a eskyjyow in ow dewla,
ha me ow whelas apperya na wodhyen tra vëth adro dhodho.

Whegh maw bian, ha peswar ky stray.

Pàn wrussyn drehedhes an iskynleur, den an scathow a wovydnas:
"Gesowgh ny dhe weles, a sera; o agas scath launch êthen pò scath
chy?"

Pàn wrussyn ny derivas agan scath dhe vos scath peder rev, ev a
apperyas nebes sowthenys.

Ny a gafas lowr a anken gans launchys êthen an myttyn-na. Yth o
an prës-na termyn cot kyns ès seython Henley, hag yth esa lowr
anodhans ow mos in bàn dy, radn aga honen oll, radn ow tedna
scathow chy. Cas yw genef launchys êthen: me a grës kenyver
rêvador dh'aga hâtya. Ny welaf vy launch êthen in termyn vëth oll,
saw me a glôw whans inof y dhynya bys in radn dhygoweth a'n ryver
hag ena, i'n taw hag i'n tyller clos, y lyndaga.

Yma honenbosecter apert ow longya dhe launch êthen, ha lowr yw
hedna dhe sordya pùb tebel-anyen i'm natur; yma hireth dhybm a'n
dedhyow dâ coth, pàn y'n jeva den an cubmyas dhe vos adro ha
derivas dhe bobel pandr'o y dybyans adro dhodhans dre vain bool
pò gwarek ha sethow. Tremyn an den neb a wrella sevel ryb delergh
an launch, in udn vegy cygar, yw lowr ino y honen rag ascûsya
torrva an cres; ha'n whyban hautyn dhe leverel dhis gasa fordh dhe'n
launch êthen, me yw certan, a vynsa surhe an vreus i'n cort a laha a
"denlath alowadow" dhyworth dewdhek vëth a dus a'n ryver.

Y a rêsa whybana orthyn may whrellen ny gasa fordh dhedhans.
Mar pedhama alowys, heb apperya dhe vos ow qwil bôstys, me a grës

148

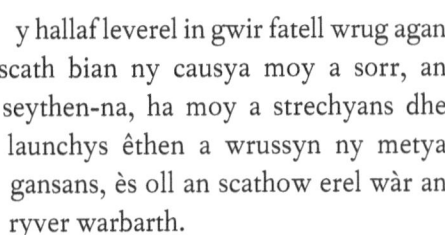

y hallaf leverel in gwir fatell wrug agan scath bian ny causya moy a sorr, an seythen-na, ha moy a strechyans dhe launchys êthen a wrussyn ny metya gansans, ès oll an scathow erel wàr an ryver warbarth.

"Launch êthen ow tos!" a levery onen ahanan, pàn vedha an escar gwelys i'n pellder; ha dystowgh y fedha kenyver tra parusys rag y recêva. Me a wre kemeres an lînednow, ha Harrys ha Jory a wre esedha rybof, keyn an try ahanan tro ha'n launch, ha'n scath a wre dryftya yn cosel in mes bys in cres an ryver.

An launch a wre dos, in udn whybana, hag yth esen ny whath ow mos gans an dowr. Pàn vedha an launch cans lath dhyworthyn, hy a wre dallath whybana yn fol, ha'n bobel warnodho ow tos hag ow posa dres an tenewen hag owth uja orthyn. Ny wrussyn ny bythqweth aga clôwes y! Y fedha Harrys ow terivas whedhel dhyn adro dh'y vabm, ha ny vynsen den vëth ahanan kelly udn ger anodho rag oll an bës.

I'n eur-na an launch a wre ry scrij dewetha a whyban, màr uhel may whre terry an caudarn ogasty, ha gorra an jyn i'n vaglen wàr dhelergh, ha whetha lowr a êthen, ha troyllya adro ha sensy fast wàr an tir. Pùbonen wàr an launch a wre fysky dhe'n delergh ha cria orthyn, ha'n bobel wàr an ladn a sevy ha gelwel orthyn, hag oll an scathow erel a vedha ow passya a stoppya ha jùnya gansans, erna vedha oll an ryver mildiryow in bàn ha wàr nans in stât a dervans frantyk. Hag ena Harrys a wre goderry y whedhel in part moyha a les, ha meras in bàn nebes sowthenys ha leverel dhe Jory:

"Dar, a Jory, Duw dhe'm blessya, mar nyns eus launch êthen obma!"

Ha Jory a wre gortheby:

"Wèl, a wodhesta, me a gresy y clôwys vy neppyth!"

Hag ena ny a vedha frobmys ha kemyskys, ha ny wodhyen in pana vaner a alsen ny herdhya an scath in mes a'n fordh, ha pobel an launch a wre cùntell ha desky an mater dhyn:

"Gwra tedna adhyhow—te idyot! Wàr dhelergh aglêdh. Nâ, nâ, nyns eson y orth dha vênya jy. An den aral. Gas cres dhe'n lînednow, a ny ylta jy? Lebmyn an dhyw anodhans warbarth. Nâ, nâ, an fordh aral. Ogh, te—!"

Ena y a wre iselhe scath dhyn ha dos rag agan gweres; ha wosa qwarter our a ober, y a spêdya dh'agan kemeres glân in mes a'ga fordh, may hallens procêdya; ha ny a wre aga grassa yn frâs. Ha ny a's pesy pùpprës may whrellens agan tedna, saw bythqweth ny wrussons acordya dhe hedna.

Ny a dyscudhas fordh aral rag serry an sort bryntyn a launch êthen: aga hemeres rag launch plesour oberwesyon, ha govyn ortans êns y Gonesyjy Mêstrysy Cûbyt poken Temploryon Dhâ Bermondsey, hag a yllens lendya padel fria dhyn.

Yth yw arlodhesow coth, nag yw ûsys dhe'n ryver, êsy dhe frobma pùpprës ow tùchya launchys êthen. Yma cov dhybm mos dhia Staines dhe Wyndsor—darn a'n ryver neb yw rych dres ehen i'n euthvilas mecanek-ma—gans party esa teyr arlodhes a'n sort-ma ino. Pòr bigus o va. Kettel vedha gwelys kenyver launch êthen, ny vedha an arlodhesow contentys erna wrellens tira hag esedha wàr an ladn erna ve an launch mes a wel arta. Y a leverys fatell o pòr dhrog gansans, saw y a bromyssyas dh'aga theylu kemeres with anodhans aga honen.

Orth Lock Hambledon ny a fanjas nag esa lowr a dhowr genen; ny a gemeras agan jorryk ha mos in bàn bys in chy gwethyas an lock rag pesy nebes dowr orto.

Jory a gowsas ragon. Ev a worras minwharth plesont wàr y fâss ha leverel: "Ô, mar pleg dhywgh, a alsewgh why sparya nebes dowr ragon?"

"Yn certan," an den jentyl coth a worthebys, "kemerowgh kebmys a vo othem dhywgh anodho, ha gesowgh an remnant."

"Gromercy dhywgh a hedna," yn medh Jory, in udn veras adro. "Pleth esowgh why worth y sensy?"

"Yma an dowr pùpprës i'n keth tyller, a vab," a dheuth an gorthyp talsogh; "wàr agas lergh poran."

"Ny'n gwelaf," yn medh Jory, in udn drailya adro.

"Re wrello Duw agas blessya, saw ple ma agas lagajow?" yn medh an den hag ev a drailyas Jory adro ha dysqwedhes an ryver wàr nans hag in bàn. "Yma lowr anodho dhe weles ena, a nyns eus?"

"O!" Jory a grias ow convedhes an tybyans, "saw ny yllyn ny eva an ryver, why a wor!"

"Na yllowgh, saw why a yll eva nebes anodho," a worthebys an cothwas. "Hèn yw an pëth esoma owth eva nans yw pymthek bledhen."

Jory a leverys nag o argebmyn dâ lowr wosa pùptra rag an dowr-na y semlant ev, ha gwell via ganso dowr in mes a bùmp.

Ny a gafas nebes dowr dhyworth an dregoryon a jy bian nebes pella in bàn. Dre lycklod nag o an dowr-na ma's dowr a'n ryver, a pe hedna godhvedhys dhyn. Saw ny ny'n godhyen, hag ytho pës dâ veun ny. An pëth nag usy an lagas ow qweles, ny wra an bengasen trobla y honen adro dhodho.

Ny a assayas dowr an ryver unweyth, moy adhewedhes an sêson-na, saw ny spêdyas hedna. Yth esen ny ow tos an ryver wàr nans, ha ny a stoppyas rag kemeres tê in merdhowr ogas dhe Wyndsor. Gwag o agan jorryk, ha ny a ylly hepcor tê pò kemeres dowr in mes a'n ryver. Harrys a leverys dhyn y jauncya, ow leverel y fedha an dowr degemeradow, mar teffen ha'y vryjyon. Y leverys y fedha an egydnow i'n dowr ledhys der an bryjyon. Rag hedna ny a lenwys agan caltor a Dhowr Tamys ha'y vryjyon. Ha ny a gemeras with dhe surhe y whrug an dowr bryjyon in gwrioneth.

Yth o an tê gwrës genen, hag yth esen ny owth esedha wàr nans attês rag y eva, pàn stoppyas Jory, ha'n hanaf hanter-fordh bys in y wessyow, ha gelwel:

"Pandr'yw hedna?"

"Pandr'yw pandra?" a wovydnas Harrys ha me warbarth.

"Dar, hedna!" yn medh Jory ow meras tro ha'n west.

Harrys ha me, ny a sewyas y wolok, ha gweles ky ow tos an merdhowr wàr nans wàr an fros syger. Ev o onen a'n keun moyha cosel ha moyha clor a welys vy bythqweth. Ny vetys vy gans ky vëth in oll ow bêwnans a hevelly bos moy contentys—moy êsy in y vrës. Yth esa ev ow tos gans an dowr wàr y geyn kepar hag in hunros, y beder garr herdhys serth in bàn i'n air. Yth o va an pëth a vynsen

gelwel ky leun y gorf, ha vrest o whethfys yn tâ. Ev a dheuth in rag, cosel, calm ha gans dynyta brâs, erna veu va adâl agan scath ny, hag ena in mesk an cors ev a cessyas y viaj, ha powes rag an gordhuwher.

Jory a leverys nag esa va ow whansa tê vëth hag a dheveras y hanaf aberth i'n dowr. Nyns esa sehes dhe Harrys naneyl, hag ev a wrug an keth tra. Hanter ow hanaf vy o evys genef vy, soweth.

Me a wovydnas orth Jory esa ev ow cresy y fedha tîfoyd ino.

Ev a leverys: "Nag usy." Ev a gresy y fedha chauns pòr dhâ genef scappya dhyworth an tîfoyd. Wàr neb cor y fydnen godhvos kyns pedn dyw seythen pò ader dro, a veuma tùchys ganso pò na veuma.

Ny êth an merdhowr in bàn arta bys in Wargrave. Scochfordh yw hodna, usy owth hùmbronk in mes a'n ladn dhyhow adro dhe hanter-mildir a-ugh Lock Marsh, hag a brow yw mos an fordh-na, rag radn skeusek deg a'n fros yw hy, ha moy ès hedna yma va ow selwel hanter-mildir a bellder ogasty.

Heb mar, yma an entrans anodho breyth gans postow ha chainys hag yma avîsyansow oll adro, ow codros lies sort a dorment, a brysonyans ha mernans dhe bynag oll a wrella settya y rêvow wàr y dhowrow—yth esoma ow qwil marthùjyon nag eus radn a jorlys-ma an ladn ow clêmya posessyon a air an ryver, ha bragya spal dew buns orth pùbonen a wrella y anella—saw êsy lowr o goheles an postow ha'n chainys rag an den a'n jeffa nebes skians; hag ow tùchya an estylednow, mara'th eus pymp mynysen dhe sparya, ha mar nyns eus den vëth dhe weles, kebmer onen pò dyw anodhans dhe'n dor ha gwra aga thôwlel aberth i'n ryver.

Hanter-fordh an merdhowr in bàn, ny êth wàr an tir ha cafos agan ly. Pàn esen ny ow lyvya indella Jory ha me ny a sùffras jag ankensy lowr.

Harrys a gafas jag inwedh; saw ny gresaf vy jag Harrys dhe vos mar dhrog avell an jag a wrussyn ny cafos, Jory ha me, ow tùchya an negys.

An dra a wharva kepar dell sew: yth esen ny esedhys in prâs adro dhe dheg lath dhyworth amal an dowr, hag yth en ny attês rag dallath debry. Yth esa an pasty kig bowyn inter dewlin Harrys, hag yth esa ev orth y gervya. Jory ha me, yth esen ow cortos gans agan plâtyow parys i'gan dewla.

"Eus lo genes ena?" yn medh Harrys: "me a garsa lo rag gweres gans an sûgan."

Yth esa an hanafer in agan ogas wàr agan lergh, ha me ha Jory agan dew a drailyas rag cafos lo. Ny veun ny pymp secùnd kyn fe ow trouvya lo. Pàn wrussyn ny meras adro arta, Harrys ha'n pasty o gyllys.

Gwel ledan egerys o va. Nyns esa naneyl gwedhen na ke bys pedn lies cans lath. Ny alsa ev codha aberth i'n ryver rag yth esen ny inter an ryver hag ev, ha res via dhodho crambla drestyn rag y wil.

Jory ha me a veras oll dro. Ena ny a veras an eyl orth y gela.

"A veu ve kechys in bàn bys in nev?" me a wovydnas.

"Scant ny wrussens kemeres an pasty ganso inwedh," yn medh Jory.

Yth hevelly an tybyans-na dhe vos skentyl lowr, ha ny a dowlas dhyworthyn damcanieth an nevow.

"Me a sopos in gwir," Jory a leverys, ow skydnya bys in taclow kebmyn ha hewul, "y wharva dorgis."

Hag ena ev a addyas, hag yth esa nebes tristans in y lev, "trueth yw fatell esa va ow kervya an pasty-na."

Ny a hanajas ha trailya agan lagasow unweyth arta tro ha'n tyller may feu Harrys ha'n pasty gwelys rag an dewetha prës wàr an norvës; hag ena, kepar dell esa agan goos ow rewy inon ha'gan blew ow sevel serth in bàn wàr agan corf, ny a welas pedn Harrys—heb ken tra vëth—herdhys in bàn in mesk an gwels hir, an fâss pòr rudh hag ev ow meras serrys brâs.

Jory a veu an kensa dhe dhos dhodho y honen.

"Cows!" a grias ev, "ha lavar dhyn osta bew pò marow—ha ple ma an remnant ahanas?"

"Ogh, na vëdh pedn brâs gocky!" yn medh pedn Harrys. "Me a grës why dh'y wil dre dowl."

"Pandra wrussyn ny?" a wrussyn ny cria.

"Dar, ow gorra obma—prat porra gocky! Tàn, kemerowgh an pasty."

Hag in mes a gres an dor, kepar dell apperyas dhyn ny, an pasty a dherevys—kemyskys dres ehen ha trogh; ha wàr lergh an pasty, Harrys a gramblas in bàn, hag ev mostys glëb.

Yth esa va esedhys, heb y wodhvos, wàr an very amal a dhyppa down i'n dor, neb o cudhys dhyworthyn in dadn an gwels hir. Pàn wrug ev posa nebes wàr dhelergh ev a godhas ino, ev y honen ha'n pasty ganso.

Ev a leverys nag omglôwas ev bythqweth màr sowthenys in oll y vêwnans, dell veu va pàn bercêvyas kensa ev dhe godha, heb gallos desmygy pëth esa ow wharvos. Ev a brederys kyns oll fatell o dyweth an bës devedhys.

Harrys a grës bys i'n jëdh hedhyw me ha Jory dh'y dôwlel dhyrag dorn. Indella yma skeus ow sewya an den moyha dyvlam kyn fe. Rag kepar dell lever an prydyth, "Pyw a yll goheles cabel?"

Pyw in gwir!

Chaptra XIV

Wargrave

Wargrave.—Corva.—Sonyng.—Agan scabygùlyon.—Wherowder Montmorency.—Montmorency owth omlath gans caltor tê.—Studhyansow Jory ow tùchya an banjo.—Dyglon i'n mater.—Caletterow in fordh an mûsycyen amateur.—Desky an pîbow sagh.—Yma Harrys owth omglôwes trist wosa soper.—Jory ha me ow mos dhe gerdhes.—Ow tewheles gwag ha glëb.—Fara coynt Harrys.—Harrys ha'n swanys, whedhel marthys.—Troblys yw nos Harrys.

Ny a gachyas gwyns wosa ly, ha hedna a'gan dros yn clor in bàn dres Wargrave ha Shiplake. Kepar ha pyctour wheg coth yw Wargrave ha te ow mos dresto, hag ev athvejys in golow hunek an howl dohajëdh hâv, neythys le may ma an ryver ow cabma. Y fëdh an pyctour-na ow remainya wàr lagasow an cov.

Yma sîn cregys dhyrag tavern "Sen Jory ha'n Dhragon" a veu paintys wàr an eyl tenewen gans Leslie, Academy Rial, ha wàr y gela gans Hodgson a'n keth plâss. Leslie re baintyas an omlath; Hodgson re dhesmygyas an wolok "Wosa an Omlath"—Sen Jory wosa gwil y ober owth enjoya pynt a goref.

Yth esa Day, auctour *Sandford ha Merton*, tregys in Wargrave, ha dhe voy onour rag Wargrave, ev a veu ledhys ena inwedh. Yma men cov i'n eglos dhe Vêstres Sara Hyll, neb a gemynas udn puns pùb bledhen, dhe vos rydnys prës Pask inter an dhew vaw ha'n dhyw vowes "na veu bythqweth dysobedyent dh'aga thas ha mabm; nag o aswonys bythqweth dhe gùssya pò leverel gow, dhe ladra pò dhe derry fenestry." Prederowgh a hepcor oll hedna rag pymp sols i'n vledhen! Ny dal an mona an coll.

Son a yll bos clôwys i'n dre, lies bledhen alebma, y feu kefys maw na wrug onen vëth a oll an taclow-ma—poken, wàr neb cor, an pëth o reqwîrys pò a ylly bos gwetys, na wrug onen vëth anodhans herwyth godhvos an bobel—hag indelma ev a wainyas cùrun an glory. Y fedha ev dysqwedhys dres teyr seythen warlergh hedna in Hel an Dre in dadn gâss a weder.

Ny wor den vëth pandra wharva dhe'n mona wosa hedna. Ymowns y ow leverys fatell veu delyvrys dhe'n gorva nessa dhedhans.

Treveglos yw Shiplake, saw ny yllyr y weles dhywar an ryver, rag yma hy wàr an vre. Y feu Tenyson demedhys in Eglos Shiplake.

Yma an ryver bys in Sonyng ow troyllya ajy hag in mes a lies enys, ha pòr gosel, tawesyk ha dygoweth. Nyns eus ma's bohes tus ow kerdhes hy gladnow ahës: copel a garoryon trevesyk i'n tewlwolow. 'Arry hag Arlùth Fitznoodle re beu gesys wàr agan lergh in Henley, ha nyns yw Redyng plos ha truesy drehedhys whath. Hèm yw radn an ryver may hyllyr hunrosa a'n dedhyow coth, a formys ha fâssow gyllys, hag a daclow a alsa bos wharvedhys, saw na wharva màn, mollath Duw warnodhans.

Ny a diras ryb Sonyng hag êth ow kerdhes adro dhe'n dreveglos. An tyller-ma yw an gornel moyha kepar ha pow an fayes wàr oll an ryver. Moy haval yw Sonyng dhe dreveglos gwaryva ès dhe dreveglos gwrës a vryckys hag a lim ha pry. Yma pùb chy cudhys in dadn rosednow, hag i'n tor'-ma in mis Efen avarr, yth esens ow terry in mes in cloudys a reowta dainty. Mar teuta ha stoppya in Sonyng, gwra ôstya i'n "Tarow" adrëv an eglos. Pyctour gwir yw a davern gwir trevesyk, yma cort wer dhyragtho, le may whra an gothwesyon cùntell wàr esedhow in dadn an gwëdh, dhe eva aga horef ha dhe gestalkya adro dhe wlasegeth an dreveglos; yma rômys coynt isel i'n tavern, fenestry clojow, stairys cledhek ha tremenvaow cabm.

Ny a wandras adro dhe Sonyng wheg our pò dew, hag ena, dre rêson an eur dhe vos re adhewedhes ragon dhe herdhya in rag bys in Redyng, ny a erviras dewheles dhe onen a enesow Shiplake ha remainya ena dres nos. Avarr lowr o pàn wrussyn ny powes ena, ha Jory a leverys, abàn esa meur a dermyn genen, chauns marthys o ragon dhe wheles gwil soper bryntyn brâs. Ev a leverys y whre va dysqwedhes dhyn pandra ylly bos gwrës wàr an ryver ow tùchya parusy boos. Ev a gomendyas ev dhe wil scabygùlyon Godhalek gans remnant an kig bowyn yêyn, ha ken taclow gesys.

Yth hevelly hedna dhe vos tybyans meur y les. Jory a gùntellas cunys ha gwil tan, ha Harrys ha me a dhalathas dyrusca an avallow dor. Ny wrussen bythqweth predery y fedha dysrusca avallow mar gales. Me a dhyscudhas fatell o an ober-na an dra vrâssa a'y sort bythqweth a veu radn genef ino. Ny a dhalathas yn lowen, den a alsa leverel ny dhe dhallath yn jolyf, saw gyllys o agan lowender pàn o gorfednys an kensa aval dor. Dhe voy y whren ny dyrusca, dhe voy rusk a hevelly bos gesys wàrnodho; pàn o oll an rusk kemerys dhywarnodho ha'n skyll kemerys in mes, nyns o aval dor vëth gesys—dhe'n lyha nyns o aval dowr wordhy a'n hanow. Jory a dheuth rag meras orto—an aval dor o mar vrâs avell knofen dor. Yn medh ev: "Ogh! Nyns yw hedna vas! Yth esowgh why worth aga wastya. Res yw dhywgh aga cravellas."

Rag hedna ny a's cravellas, ha hèn o moy cales ages aga dyrusca. Ass yw coynt shâp an avallow dor—y yw garow, leun gwenogednow ha cowyow. Ny a lavuryas pymp mynysen warn ugans ha gwil peswar aval i'n termyn-na. Ena ny a wrug astel lavurya. Ny a leverys y whren ny reqwîrya an gordhuwher rag cravellas agan honen.

Ny welys vy bythqweth tra vëth a ylly strolla nebonen mar uskys. Cales o dhyn cresy y teuth an cravyon, mayth esa Harrys ha me ow sevel inhans, yn udnyk dhyworth peswar aval dor. Yma hedna ow prevy pandr'yll bos collenwys gans rach ha gans erbys.

Jory a leverys y fedha wharthus mar ny via ma's peswar aval dor in scabygùlyon Godhalek. Rag hedna ny a wolhas adro dhe whegh aval dor ha'ga gorra aberveth heb aga dyrusca. Ny a worras cavach gansans kefrës hag adro dhe eth qwart pîs. Jory a gemyscas pùptra warbarth, hag ena yn medh ev yth hevelly bos lowr a spâss whath ino. Rag hedna ny a sarchyas an dhew hanafer, kemeres in mes an dyflan, ha'n gesyon ha'ga addya dhe'n scabygùlyon. Yth o hanter pasty kig mogh ha nebes backen yêyn gesys ha ny a's gorras aberveth. Ena Jory a drouvyas hanter-stên a sowman, hag ev a dôwlas hedna aberth i'n pot inwedh.

Ev a leverys hedna dhe vos an prow a scabygùlyon Godhalek; te a yll ryddya dha honen a gebmys taclow. Me a dednas in mes nebes oyow, o crackys, ha'ga gorra aberveth. Jory a leverys y dhe dewhe an sûgan.

Ankevys yw genama an devnydhyow erel, saw me a wor na veu wastys tra vëth. Yth esoma ow remembra inwedh tro ha dyweth an negys, Montmorency, neb a dhysqwedhas meur a les i'n dra dhia an dallath, fatell wrug ev dyberth dywysyk ha prederus tremyn y fâss. Wosa nebes mynys ev a apperyas unweyth arta, hag yth esa logosen dhowr varow in y anow. Apert o ev dhe dhesîrya hy fresentya avell y gesran y honen dhe'n kydnyow. O va in sevureth pò ow qwil ges ahanan, ny allama leverel.

Ny a dhebâtyas an qwestyon mar qwren ny gorra an logosen dhowr aberveth pò sconya dh'y wil. Harrys a leverys fatell esa va ow cresy y fedha dâ lowr kemyskys gans an taclow erel, ha fatell o gweres pùb tebmyk. Saw yth esa Jory ow favera an samplys kyns. Ny glôwas ev bythqweth a logos dowr in scabygùlyon Godhalek, ha gwell o ganso bos saw ès assaya taclow nowyth.

Harrys a leverys: "Mar ny teuta hag assaya tra nowyth, fatl'ylta jy leverel pana sort tra ywa? Yma tus kepar ha te ow lettya avauncyans an bës. Preder adro dhe'n den a assayas selsygen Almaynek kyns oll!"

Spêda brâs o an scabygùlyon Godhalek-na. Nyns esoma ow cresy me dhe enjoya prës boos dhe voy bythqweth. Yth esa neppyth màr fresk ha mar sherp adro dhodho. Yma an stevnyk ow sqwîtha a'n taclow ûsys coth. Ot obma sant gans saworen nowyth, saworen nag o haval dhe dra vëth aral i'n norvës.

Hag yth esa megyans ino kefrës. Kepar dell leverys Jory, yth esa stoff dâ ino. Y halsa an pîs ha'n avallow dor bos nebes moy medhel, saw dâ o agan dens, hag ytho nyns o bern hedna. Hag ow tùchya an sûgan, bardhonek o va—nebes re rych martesen dhe'n bengasen wadn, saw leun a vegyans.

Dres oll agan viaj Montmorency a dhysqwedha bos kemerys gans an galtor. Ev a esedha ha meras orty pàn esa hy ow tobma, ancombrynsy dhe redya wàr y fâss, hag ev a whela traweythyow dh'y dyfuna in udn romyal orty. Pàn wrella an galtor dallath trewa ha whetha, ev a gonsydra hedna dhe vos chalynj, hag ev whensys dhe strîvya gensy; saw i'n very prës-na nebonen a wre dos ha sêsya y bray ha'y gemeres in kerdh, kyns ès ev dhe allos y dhalhedna.

Hedhyw ev a erviras preventya an re-erel. Kettel wrug an galtor sowndya, ev a savas in bàn in udn romyal ha nessa dhedhy, godros in y goyntnans. Nyns o hy ma's caltor vian, saw brâs o an coraj inhy, ha hy a sordyas ha trewa orto.

"Ogh! Abarth an jowl!" a grias Montmorency in udn dheskerny. "Me a vydn desky dhis despîtya ky onest dywysyk, te javal plos an frigow hir. Deus in rag!"

Hag ev a dowlas y honen wàr an galtor vian druan-na, ha'y dalhedna er an codna.

Ena dres cosoleth an gordhuwher, y feu clôwys scrij lybm, lowr dhe rewy goos nebonen, ha Montmorency a asas an scath, hag a bonyas deg warn ugans mildir i'n our rag y yêhes tergweyth adro dhe'n enys, in udn stoppya traweythyow dhe encledhyas y frigow in nebes lis goyeyn.

Dhyworth an jëdh-na y fedha Montmorency ow meras orth an galtor gans own, skeus hag envy kemyskys. Pesqweyth may whrella ev hy gweles, ev a wre gromyal ha kildedna yn uskys, y lost dhe'n dor, ha peskytter may fedha hy settys wàr an forn, ev a wre crambla in mes a'n scath, hag esedha wàr an ladn erna ve negys an tê gorfednys yn tien.

Wosa soper Jory a gemeras y vanjo in mes ha whensys o va dh'y seny. Harrys a gowsas wàr y bydn; ev a leverys y'n jeva drog pedn, ha nag o va crev lowr rag perthy an banjo. Jory a brederys y hylly

an mûsyk martesen y amendya—ow leverel an mûsyk dhe gonfortya
an nervow yn fenowgh; hag ev a wrug seny dyw nôten pò teyr rag
dysqwedhes dhe Harrys pandr'esa va ow mênya.

Harrys a leverys y fedha gwell ganso an drog pedn.

Ny dheskys Jory seny an banjo bys i'n jëdh hedhyw. Ev re gafas
re a dhyglon dhyworth an bobel a bùb tu. Ev a assayas dywweyth pò
tergweyth in gordhuwher cafos nebes omassayans pàn esen ny wàr
an ryver, saw ny wrug ev bythqweth spêdya. Lavarow Harrys o lowr
pùpprës dhe ancombra den vëth. Pella Montmorency a ûsyas esedha
hag uja heb cessya der oll an performyans. Ny wrussons ry chauns
teg dhodho.

"Prag yth yw res dhodho uja indella, pàn vyma ow seny?" a gria
Jory yn serrys, hag ev ow whelas gweskel an ky gans botasen.

"Prag yth yw res dhis seny indella, pàn vo va owth uja?" a
wortheby Harrys in udn gachya an votasen. "Gas cres dhodho. Ny
yll ev marnas uja. Ev a'n jeves scovarn fin rag mûsyk ha'th seny jy a
wra dhodho uja."

Ytho Jory a erviras dylâtya y studhyans a'n banjo erna wrella
dewheles tre. Saw ny gafas ev ma's bohes chauns i'n eur-na kyn fe.
Mêstres P. a ûsyas ascendya rag leverel yth o drog gensy—hy hy
honen a garsa y glôwes—saw yth esa an arlodhes avàn in stât pòr
dyckly, hag own a'n jeva seny an banjo dhe shyndya an baby.

I'n eur-na Jory a assayas y gemeres in mes ganso holergh i'n nos
ha practycya adro dhe'n plain. Saw an gentrevogyon a groffolas wàr
y bydn dhe'n creslu, hag y feu gwethysy settys ragtho udn nos, hag
ev a veu kechys. Pòr apert o an dùstuny wàr y bydn hag ev a veu
constrînys dhe sensy an cres bys pedn whegh mis.

Ev a gemeras dyglon i'n negys yn tien wosa hedna. Ev a assayas
gwadn lowr unweyth pò dywweyth dhe dhallath an mater arta pàn o
passys an whegh mis, saw ev a vetyas an keth yêynder pùpprës—res
o dhodho strîvya gans an keth lack a gescodhevyans dhyworth pobel
an bës; ha wosa termyn ev a godhas in dyspêr yn tien, ha gorra
argebmyn rag an banjo i'n paper leek. Ev a gollas lowr a vona

warnodho—"nyns yw an banjo a brow dhe'n perhen na fella"—hag ev a dhalathas desky prattys cartednow gwary in y le.

Yth hevel dhybm bos an ober a dhesky daffar mûsyk lyckly dhe worra dyglon in nebonen. Nebonen a alsa predery y carsa an Gowethas, rygthy hy honen, gwil oll hy ehen dhe weres den ow tesky dhe seny daffar mûsyk. Saw ny garsa poynt.

Aswonys dhybm o gwas yonk esa owth assaya desky an pîbow sagh, ha sowthenys vies in udn glowes pygebmys strîf a vetyas ev. Dar, ny gafas ev confort gwir dhyworth esely y deylu y honen kyn fe. Y das o warbydn an negys yn tien dhyworth an dallath, hag ev a gôwsy geryow crûel adro dhodho.

Ow hothman a sevy myttyn abrës rag practycya, saw res o dhodho cessya an towl-na dre rêson a'y whor. Mowes meur hy sansoleth o hy, ha hy a leverys yth hevelly dhedhy bos uthyk dallath an jëdh indella.

In le a hedna ytho ev a wre gortos yn tyfun holergh i'n nos ha seny an pîbow pàn esa an teylu in cùsk. Saw nyns o hedna vas naneyl, rag an negys a ros drog-hanow dhe'n chy. Pobel ow tewheles tre i'n nos a wre sevel i'n strêt wàr ves rag goslowes, hag ena an whedhel êth oll adro dhe'n dre an nessa myttyn, fatell veu nebonen moldrys yn uthyk in chy Mêster Jefferson an nos tremenys; ha pobel a levery fatell glôwsons scrijow an vyctym ha molothow dydhuw an denlath, ha wosa hedna an pejadow rag tregereth, ha renky dewetha an corf pàn esa ow merwel.

Rag hedna y a ros cubmyas dhodho practycya i'n jëdh i'n gilgegyn gans oll an darasow degës; saw y hylly y attentys gwella bos clôwys yn fenowgh i'n parleth, in spît a oll an avîsmentys-ma, ha'n mûsyk-na a wre dh'y vabm devera dagrow.

Hy a levery an menestrouthy dhe wil dhedhy remembra hy thas (ev a veu lenkys gans sharca, an den truan, pàn esa va ow neyja i'n mor ryb côst Gyny Nowyth—ny ylly hy bythqweth clerhe an colm inter a an dhew dra).

I'n eur-na y a vyldyas crow bian ragtho i'n lowarth awoles, adro dhe gwarter mildir dhyworth an chy, hag y a'n constrîna dhe gemeres an jyn dhe'n dor dy ganso pàn ve whensys dh'y obery. Traweythyow vysytyor a wre dos dhe'n chy, na wodhya tra vëth a'n negys, hag y a ankevy y dheclarya dhodho ha'y warnya dhyrag dorn. An vysytyor a vydna mos in mes rag kerdhes adro i'n lowarth hag yn sodyn ev a ylly clôwes an pîbow sagh-na heb y wetyas, ha heb godhvos pandr'êns. Mars o va den crev y vrës, ny wre an pîbow tra vëth ma's ry shôrys dhodho; saw an den a skians kebmyn a vedha gorrys mes a'y rewl.

Res yw avowa bos neppyth pòr drist ow tùchya an assay avarr a'n amateur ow tesky an pîbow sagh. Me a bercêvyas hedna pàn esen ow coslowes orth ow hothman yonk. Yth hevel an pîbow sagh dhe vos daffar cales rag performya gansans. Res yw dhis cafos anal lowr rag oll an ton kyns ès te dhe dhallath—poken hèn o ow thybyans pàn esen ow meras orth Jefferson.

Ev a wre dallath yn spladn, gans nôten leun, wyls, deus-genef-dhe'n-vatel, ha den a vedha sordys gensy yn frâs. Saw ev a vedha dhe voy ha dhe voy cosel kepar dell esa ow mos in rag, hag in vers dewetha ev a wre clamdera yn tien gans wheth ha sy.

Res yw dhe'n dyscor bos pòr yagh, mars ywa whensys dhe seny an pîbow sagh.

Ny wrug Jefferson desky marnas udn ton yn udnyk wàr an pîbow sagh-na; saw ny glôwys vy croffal vëth oll bythqweth ow tùchya tanôwder y *repertoire*. An ton-na o "The Campbells are Coming, Hooray, Hooray!" dell levery Jefferson y honen, mès y das a gresy bythqweth y vos "The Blue Bells of Scotland". Ny hevelly den vëth dhe vos certan pandr'o va in gwrioneth, saw y oll o acordys an ton dhe dhos dhyworth Scotlond.

Alowys vedha try desmyk dhe stranjers, ha'n radn vrâssa anodhans a wre desmygy son dyffrans pùb treveth.

Nyns o Harrys re blegadow wosa soper. Me a grës y feu an scabygùlyon neb a'n anias: nyns ywa ûsys dhe'n bêwnans bryntyn,— Jory ha me ytho, ny a'n gasas i'n scath. Porposys en dhe wandra adro in Henley. Ev a leverys y whre va eva gwedren a dhowr tobm ha tùchya pîb; hag araya taclow rag an nos. Ny a vynsa gelwel orto pàn wrellen dewheles, hag ev a ylly rêvya bys dhyn dhyworth an enys rag agan kerhes.

"Na wra cùsca, sos," ny a leverys pàn esen ny ow tallath.

Nyns yw meur a beryl a hedna, pàn vo an scabygùlyon owth obery," ev a leverys in udn renky, hag ev ow rêvya wàr dhelergh dhe'n enys.

Yth esa Henley ow parusy hy honen rag an regatta ha leun o a hùbbadùllya. Ny a vetyas i'n dre gans lowr a dus aswonys dhyn, hag in aga hompany teg an termyn a slynkyas dhe ves yn uskys. Rag hedna yth o ogas dhe udnek eur kyns ès ny dhe dhallath wàr agan kerdh a beder mildir ogasty tro ha tre (kepar dell esen ny ow kelwel agan scath warbydn an prës-na).

Nos trist ha yêyn o hy, hag yth esa glaw tanow ow codha. Pàn esen ny ow stankya der an gwelyow tewl ha tawesyk, in udn gestalkya yn isel, hag ow covyn orthyn agan honen esen ny ow kerdhes tro ha'n qwartron ewn, agan brës o settys wàr an scath gles, wàr an golow spladn ow frosa der an canfas tydn; wàr Harrys ha Montmorency, ha wàr an dowr tobm; ha dâ via genen bos ena solabrës.

Ny a ylly desmygy agan honen wàr jy inhy, sqwith ha nebes gwag, an ryver tewel morethek, an gwëdh heb shâp; ha'gan scath goth guv in dadnans kepar ha prëv golow, mar dobm ha cles ha leun a solas. Ny a ylly gweles agan honen ow tebry soper inhy, ow pyga kig yêyn hag ow hedhes darnow a vara an eyl dh'y gela; ny a ylly clôwes agan kellyl ow clattra yn lowen, an levow ow wherthyn, ow lenwel oll an spâss hag ow reverthy der an egeryans in mes i'n nos. Ha ny a fystenas rag gwil dhe'n vesyon-na wharvos in gwrioneth.

Ny a vetyas an trûlergh wàr an dyweth, ha hedna a'gan lowenhas, rag dhyrag hedna nyns en ny sur esen ny ow kerdhes tro ha'n ryver pò in kerdh dhyworto. Ha pàn osta sqwith ha whensys dhe gùsca, dowtys a'n par-na yw skyla a anken. Ny a bassyas Shiplake pàn esa an clock ow qweskel qwarter dhe hanter-nos; hag ena Jory a leverys yn prederus:

"Nyns esta ow remembra pana enys yw agan enys ny, esta?"

"Nag esof," me a worthebys, hag yth esen vy ow tallath predery yn town inwedh. "Nyns esof ow remembra. Pygebmys enys eus obma?"

"Nyns eus ma's peder anodhans," Jory a worthebys. "Pùptra a vëdh dâ lowr, mar pëdh ev yn tyfun."

"Ha mar ny vëdh yn tyfun?" me a wovydnas. Saw ny a worras an qwestyon-na dhyworthyn.

Ny a armas pàn dheuthon ny adâl an kensa enys, saw ny gefsyn gorthyp vëth; rag hedna ny êth in rag bys i'n secùnd enys, hag assaya ena; ny a gafas an keth gorthyp.

"Ô! Yma cov dhybm lebmyn," yn medh Jory. "An tressa enys o hy."

Ha ny a bonyas meur agan govenek bys i'n tressa enys ha cria "hallô, hallô" yn uhel.

Ny dheuth gorthyp vëth.

Yth o an negys orth agan trobla. Passys o an hanter-nos. An ostelyow in Shiplake ha Henley a via lenwys yn tien, ha ny alsen ny mos adro ow tyfuna tregoryon an treven bian in nos rag godhvos esens y ow kemeres ôstysy! Jory a gomendyas kerdhes wàr dhelergh bys in Henley hag assaultya creswas, hag indella cafos ôstyans rag an nos i'n chy an creslu. Saw ena y teuth an preder-ma dhyn: "Gwra soposya na wra tra vëth ma's agan gweskel ny ha sconya agan gorra in dadn naw alwheth!"

Ny alsen ny passya oll an nos gans creswesyon. Ha pella, ny garsen ny mos re bell ha cafos whegh mis prysonyans.

Ny a assayas in agan dyspêr an pëth a hevelly i'n tewolgow dhe vos an peswora enys, saw ny wrussyn spêdya ena naneyl. Yth esa an glaw ow codha yn cres warbydn an prës-na, hag apert o an glaw dhe vos porposys dhe bêsya. Yth en ny glëb dhe'n crohen, ha yêyn ankensy. An tybyans a dheuth dhyn ny dhe vos camdybys hag yth esa martesen moy ès peder enys, poken nag esen ny ogas dhe'n enesow wàr neb cor, pò ny dhe vos pell dhyworth onen vëth anodhans, pò ogas dhe dyller vëth may talvia dhyn ny bos, pò ny dhe wandra i'n radn gabm a'n ryver yn tien; yth esa semlant màr stranj

orth pùptra i'n tewolgow. Ny a dhalathas ùnderstondya sùffransow
an Babiow i'n Coos.

Pàn o pùb govenek forsâkys genen—ea, me a wor hedna dhe vos
an termyn poran mayth eus taclow ow wharvos in novelys hag in
whedhlow, saw nyns eus remedy rag hedna. Me a erviras, pàn wrug
avy dallath an lyver, na wren vy screfa ma's an gwrioneth in pùptra;
ha me a vydn gwil indella, mar pëdh res dhybm gwil devnyth a lavar
lavurys kyn fe.

Y wharva an dra pàn o pùb govenek forsâkys genen, ha rag hedna
res yw dhybm côwsel indella. Pàn o pùb govenek forsâkys genen,
ena, adhesempys me a welas pols in dadnon, golow coynt ow flyckra
in mesk an gwëdh wàr an ladn adâl dhyn. Rag tecken me a brederys
a spyryjyon: yth o an golow mar skeusek ha mar gevrînek. An nessa
mynysen an tybyans a spladnas i'm pedn an golow-na dhe vos agan
scath ny, ha me a grias mar uhel dres an dowr, mayth apperyas an
nos dhe shakya in hy gwely.

Ny a wortas dianal rag tecken hag ena—ô! mûsyk nevek an
tewolgow—ny a glôwas Montmorency ow hartha rag agan gor-
theby. Ny a grias wàr dhelergh dhodho mar grev dhe dhyfuna an
Seyth Cùscor—ny yllyn bythqweth ùnderstondya prag y fia res a
dros brâssa rag dyfuna seyth cùscor ès udn cùscor—ha wosa our,
dell hevelly dhyn, saw ny veu ma's pymp mynysen, yth esoma ow
soposya, ny a welas an scath leun golow ow cramyas in lent tro ha
ny dres an duder, ha ny a glôwas lev hunek ow covyn pleth esen ny.

Yth esa coyntys anstyradow ow longya dhe Harrys. Yth o hedna
moy ès sqwithter ûsys. Ev a dednas an scath wàrbydn radn an ladn
na yllyn ny mos warnedhy dhyworto, hag ena ev a gùscas heb let.
Res veu dhyn scrija hag uja yn frâs rag y dhyfuna arta, ha gorra nebes
sens ino; saw ny a spêdyas wàr an dyweth hag êth wàr an scath yn
saw.

Trist o semlant Harrys, dell wrussyn ny merkya, pàn esen ny i'n
scath. Ev a wrug dhyn cresy ev dhe vos den neb a welas trobel. Ny
a wovydnas orto mars o tra vëth wharvedhys, hag ev a leverys—

"Swanys!"

Yth hevelly ny dhe bowes agan scath in ogas dhe neyth swanys, hag yn scon wosa Jory ha me dhe dhyberth, an venyn-swàn a dhewhelys ha derevel kedrydn. Harrys a wrug hy herdhya dhyworto, ha hy êth in kerdh ha kerhes hy gour ty. Harrys a leverys y feu res dhodho strîvya gans an dhew swàn-ma, saw coraj ha skians a wrug prevailya wàr an dyweth hag ev a wrug aga fetha.

Hanter-our wosa hedna y a dhewhelys hag êtek swàn aral gansans! Res o an vatel dhe vos pòr uthyk, mar bell dell yllyn ny convedhes dhyworth an acownt a ros Harrys anedhy. An swanys a whelas y dedna ev warbarth gans Montmorency in mes a'n scath ha'ga budhy aga dew; hag ev a wrug gwetha y honen dhywortans kepar ha gour brâs dres peswar our, hag ev a's ladhas kettep pedn, hag y oll a wrug neyja in kerdh rag merwel.

"Pygebmys swàn a leverta a dheuth obma?" a wovydnas Jory.

"Dewdhek warn ugans," a worthebys Harrys der y hun.

"Te a leverys êtek pols bian alebma," yn medh Jory.

"Na leverys," Harrys a leverys in udn renky. "Me a leverys dewdhek. Esta ow predery na allama nyvera?"

Ny wrussyn ny bythqweth dyscudha pandr'o an gwrioneth ow tùchya an swanys-ma. Ny a wovydnas orth Harrys adro dhe'n negys an nessa myttyn, hag ev a leverys, "Pana swanys?" hag ev a gresy me ha Jory dhe wil hunros.

Ô, ass o teg bos saw i'n scath arta, wosa oll agan experyensow. Ny a dhebras soper dâ, Jory ha me, ha ny a vynsa eva nebes dowr tobm wàr y lergh, mar teffen ny ha trouvya an vottel, saw ny yllyn. Ny a examnyas Harrys ow tùchya an pëth a wrug ev gensy; saw yth hevelly na wodhya ev convedhes pëth esen ny ow mênya der an ger "dowr tobm," ha ny wodhya ev pëth esen ny ow leverel wàr neb cor. Montmorency a wodhya neppyth adro dhe'n mater, saw ny leverys ev tra vëth.

Me a gùscas yn tâ an nos-na, ha me a vynsa cùsca dhe well, na ve Harrys. Yma nebes cov dhybm a vos dyfunys dewdhek treveth i'n nos martesen gans Harrys ow qwandra adro i'n scath lantern in y dhorn ow whelas y dhyllas. Ev a hevelly bos leun a fienasow ow tùchya y dhyllas dres oll an nos.

Dywweyth ev a'gan dyfunas, Jory ha me, dhe weles esen ny a'gan groweth wàr y lavrak. Jory êth pòr wyls an secùnd treveth.

"In hanow an Jowl prag yth esta ow tesîrya dha lavrak in cres an nos?" ev a wovydnas serrys brâs. "Prag na ylta growedha ha cùsca?"

Me a'n gafas in ancombrynsy, pàn wrug vy dyfuna an nessa prës, rag ny ylly ev trouvya y bawgednow; ha'm cov dyscler dewetha yw me dhe vos rollys wàr ow thenewen, ha dhe glôwes Harrys ow leverel yth o tra goynt nag o y lawlen dhe weles in tyller vëth.

Chaptra XV

Ober chy

Ober chy.—Me a gar ober.—Den practycys wàr an ryver, an pëth a wra va ha'n pëth a lever ev y whra.—Lack a drest a'n denethyans nowyth.—Covyon avarr a scathow.—Scathow clos.—Gis bryntyn Jory dhe wil tra.—An scathor coth, y ûsadow ev pàn vo ow rêvya.—Mar glor, mar leun a gosoleth.—An dalathor.—Pùntya.—Drog-labm trist.—An plêsour a gothmans.—Golya in scath, ow hensa experyens.—An rêson martesen na veuma budhys.

y a dhyfunas yn holergh an nessa myttyn, ha kepar dell esa Harrys ow tesîrya, ny a dhebras haunsel nag esa tra vëth "dainty" ino. Wosa hedna ny a wrug glanhe an scath, hag araya pùptra (lavur heb dyweth yw hedna, ha'n lavurna a dhalathas clerhe qwestyon neb a'm be yn fenowgh—hèn yw dhe styrya, fatl'yll benyn, na's teves marnas udn chy, fatl'yll hy spêna hy thermyn), hag adro dhe dheg eur ny a dhalathas wàr agan fordh ha ny o porposys dhe wil viaj dâ i'n jëdh.

Acordys en ny dhe rêvya an myttyn-ma, rag hedna a via chaunj dhyworth tedna; ha Harrys a gresy y fedha hobma an gùssul wella: Jory ha me dhe rêvya, hag ev dhe lewyas. Ny yllyn vy agria gans hedna poynt; me a leverys me dhe dyby y whre Harrys dysqwedhes moy a'n spyrys ewn, mar teffa ev ha comendya ev ha Jory dhe lavurya, ha'm gasa vy dhe bowes nebes. Yth hevelly dhybm me dhe wil moy ès ow radn lafyl a'n ober, hag yth esen ow tallath bos anies adro dhe'n mater.

Yth hevel dhybm pùpprës fatell esoma ow qwil moy lavur ès dell godhvia dhybm. Ny'm beus tra vëth warbydn ober, te a wor. Me a gar ober; skyla a varth dhybm ywa. Me a alsa esedha ha meras orto dres ourys warbarth. Me a gar sensy ober rybof. An preder a ryddya ow honen a ober, namna wra hedna terry ow holon.

Ny yllyr ry re a ober dhybm. Yth esoma ow whansa ogasty cùntell ober; yma ow rôm studhya mar lenwys a ober, scant nag eus spâss gesys rag ober moy. Res vëdh dhybm gorra askel gans an rôm kyns na pell.

Hag yth esoma ow kemeres with a'm ober kefrës. Dar, radn a'n ober usy genef lebmyn re beu i'm posessyon nans yw lies bledhen, ha nyns eus merk bës warnodho kyn fe. Me yw pòr browt a'm ober inwedh; yth esoma worth y gemeres dhe'n dor traweythyow rag glanhe an doust dhywarnodho. Ny alsa den vëth gwetha y ober in stât gwell ès dell esoma worth y wil.

Kynth esoma ow tesîrya ober, dâ yw genef bytegyns bos teg. Nyns esoma ow covyn moy ès an radn ewn yw dendylys genef.

Saw me a gav ober heb y besy—dhe'n lyha, yma an mater owth hevelly indella dhybm—hag yma hedna worth ow throbla.

Jory a lever nag usy ev ow predery bos res dhybm trobla ow honen ow tùchya an mater. Yma va ow cresy nag yw marnas ow honscians tyckly, usy ow qwil dhybm cresy me dhe gafos re a ober. In gwrioneth, yn medh ev, ny gafaf vy hanter an ober yw dendylys genef. Saw me a sopos na lever ev hedna marnas rag ow honfortya.

Me re verkyas in scath y fëdh kenyver esel a'n felshyp ow cresy ev dhe vos ow qwil pùptra. Harrys a gresy ev y honen dhe wil kenyver tra, ha Jory ha me dh'y exploytya. Jory wàr an tenewen aral, a wrug ges a'n tybyans Harrys dhe wil tra vëth moy ès debry ha cùsca, hag ev o certan ha sur ev—Jory y honen—dhe wil oll an lavur wordhy dhe vos gelwys lavur.

Ev a leverys na wrug ev bythqweth viajya in scath gans gwesyon mar syger avel Harrys hag avelof vy.

Hedna dhe Harrys o skyla rag wherthyn.

"Preder, yma Jory coth ow côwsel adro dhe ober!" ev a leverys in udn wherthyn. "Dar, hanter-our a ober a vynsa y ladha yn tien. A wrusta bythqweth gweles Jory ow lavurya?" ev a addyas in udn drailya tro ha me.

Me a acordyas gans Harrys, na welys bythqweth—in gwir dhia bàn wrussyn ny dallath wàr an viaj-ma.

"Wèl," yn medh Jory ow cortheby Harrys, "ny worama con-vedhes fatl'ylta jy godhvos tra vëth adro dhe'n mater, rag benegys vedhaf mar ny veusta in cùsk hanter an termyn. A wrusta jy bythqweth gweles Harry yn tyfun yn tien, marnas orth prës boos?" Jory a wovydnas orthyf vy.

An gwrioneth a'm constrînas dhe scodhya Jory. Dhyworth an dallath Harrys o bohes gweres dhyn, ow tùchya an ober a rêsa.

"Wèl, wàr ow enef, me re wrug moy ès J. coth wàr neb cor," Harrys a worthebys.

"Wèl, scant ny alsesta gwil le," yn medh Jory.

"Me a sopos ev dhe gresy ev y honen dhe vos an trethyas," yn medh Harrys ow pêsya.

Ha hèn o oll an grassow a gefys vy dhywortans, rag aga dry in aga scath melegys oll an fordh dhia Kyngston, ha rag rewlya ha restry pùptra, ha rag kemeres with anodhans, ha gonys ragthans kepar ha keth. Hòn yw fordh an bës-ma.

Ny a assoylyas an caletter present der ervira Harry ha Jory dhe rêvya bys in Redyng, ha me dhe dedna an scath wosa hedna. Tedna scath boos warbydn fros crev yw neppyth nag eus worth ow dynya yn frâs lebmyn. Yth o termyn, pell alebma, pàn vedhen ow covyn an ober cales. I'n tor'-ma gwell yw genef ry chauns dhe'n dus yonk.

Apert yw dhybm fatell vëdh an radn vrâssa a scathoryon goth wàr an ryver dhe vos lent, pàn vo tedna vëth dhe wil. Te a yll decernya scathor coth ryver pùpprës der an maner usy ev ow spredya y honen wàr an pluvogow in stras an scath, hag ev owth inia an rêvadoryon gans whedhlow a'n dêdys marthys a wrug ev gwil an sêson eus passys.

"Esta ow kelwel ober cales an pëth esowgh why ow qwil?" yn medh ev inter an whethow contentys a'y bîb, hag ev ow côwsel orth an dhew dhalathor, budhys in whes, usy ow rêvya yn crev warbydn an fros rag an our ha hanter dewetha. "Dar, Jym Biffles ha Jack ha me warleny, ny a dednas in bàn dhyworth Marlow dhe Goryng udn dohajëdh—ny wrussyn stoppya unweyth. Esta ow perthy cov a hedna, Jack?"

I'n eur-na otta Jack, neb a wrug gwely dhodho y honen in radn arag a'n scath a oll an strailyow ha côtys a ylly ev cùntell, hag yma va a'y wroweth ena in cùsk nans yw dew our, ow tyfuna pàn glôwa an qwestyon-ma, hag yma va ow remembra oll adro dhe'n negys, ha fatell esa fros specyal crev wàr aga fydn oll an fordh—ha gwyns crev kefrës.

"Adro dhe peswardhek mildir warn ugans, yth esoma ow soposya," yma an cowsor owth addya, owth istyna wàr nans dhe worra udn bluvak moy in dàn y bedn.

"Nâ, nâ. Yth esta ow mos re bell ena, a Tobm," yn medh Jack in udn reprôvya. "Ny veu ma's tredhek mildir warn ugans dhe'n moyha."

Hag yma Jack ha Tobm, sqwîthys qwît der an kescows-ma, ow codha in cùsk arta. Hag yma dhew dhen yonk, anfel aga brës, owth omsensy prowt dhe vos alowys dhe rêvya dew rêvador mar varthys avell Jack ha Tobm; hag y a wra hedhes aga honen calessa ès bythqweth.

Pàn en vy den yonk, me a ûsyas goslowes orth an whedhlow-ma dhyworth ganow an dus cotha agesof, ha'ga lenky ha goa kenyver ger anodhans, hag ena dos in bàn dhe enep an dowr rag cafos moy; saw yth hevel na's teves an denethyans nowyth fëdh sempel an dedhyow coth. Ny—Jory, Harrys ha me—a gemeras den yonk criv in bàn genen an sêson eus passys, ha ny a dherivas dhodho i'n scath an whedhlow gowek ûsys adro dhe'n taclow marthys o gwrës genen.

Ny a ros oll an re kebmyn dhodho—an gowyow auncyent hag onorys, a servyas kenyver scathor nans yw lies bledhen—ha ny a addyas dhodhans seyth whedhel gow nowyth, a wrussyn ny desmygy ragon agan honen, hag in aga mesk whedhel gwirhaval lowr, growndys bys poynt arbednek wàr neppyth a wharva in gwir in maner nebes dyffrans nans yw nebes bledhydnyow dhe gothman dhyn—whedhel a alsa flogh ha cresy heb pystyga y honen re vrâs.

Ha'n den yonk-na a wrug mockya kenyver onen anodhans, hag ev a reqwîryas dhyworthyn may whrellen an dêdys marthys stag ena; hag ev a ros gaja dhyn deg dhe onen na's gwrussyn bythqweth.

Ny a dhalathas kestalkya adro dh'agan experyensow ow rêvya myttyn hedhyw, hag ow terivas whedhlow a'gan kensa attentys in creft an rêvador. An cov moyha avarr a'm beus yw pymp ahanan, pùbonen ow provia teyr deneren, hag ow kemeres in mes scath goynt wàr lydn Park an Rêjent. Yma cov dhybm ahanan ow teseha agan honen in porthorjy gwethyas an park.

Warlergh hedna, wosa me dhe dastya plêsours an dowr, me a wrug golya yn fenowgh wàr scathow clos in gweythva bryckys an mestrevow—hag yma hedna ow provia moy a les hag a frobmans ès dell wrella nebonen desmygy, spessly pàn vo nebonen in cres an poll ha perhen an stoff, may feu an scath clos gwrës anodho, a'y sav wàr an ladn, lorgh brâs in y dhorn.

Yth yw an kensa emôcyon esta ow clôwes inos pàn wylly an den jentyl-na, nag osta owth omsensy crev lowr rag company ha kescows; ha mar teffes ha spêdya dh'y wil heb omdhysqwedhes dyscortes, gwell via genes y woheles. Porposys osta ytho tira wàr an ladn pella dhyworto, ha mos tre scaffa gylly ha pòr gosel, owth omwil na wrusta y weles. Yma ev, i'n contrary part, ow tesîrya yn frâs dha gemeres er an dorn ha côwsel orthys.

Yth hevel dha das dhe vos aswonys dhodho, ha te dha honen yw aswonys yn tâ dhodho inwedh, saw nyns usy an gwrioneth-na worth dha dedna dhodho. Ev a lever y whra va desky dhis dhe gemeres y blankys ha gwil scath clos anodhans. Mès dre rêson te dhe wodhvos solabrës an fordh dhe wil hedna, yma y brofyans, kyn fo va intendys yn cuv, owth hevelly moy ès dell yw res in y barty ev; ha poos yw genes y drobla ha degemeres an dra offrys ganso.

Creffa bytegyns yw y whans ev dhe vetya genes ès dha anvoth jy, ha'n fordh dhywysyk may fëdh ev ow ponya gladn an poll ahës, may halla va bos i'n tyller ewn dhe'th welcùbma pàn wrelles tira yw prais ragos in gwir.

Mars ywa den tew, cot y wyns, êsy yw dhis avoydya y dhynargh; saw mars yw ev yonk, hir y arrow, ny yllyr heb metya ganso. Pòr got yw an kescows bytegyns, hag ev a gôws an radn vrâssa a'n geryow; nyns esta dha honen dre vrâs ma's ow cortheby gans criow unsylabednek; ha kettel vo possybyl dhis tedna dha honen dhyworto, te a'n gwra.

Me a sacras nebes try mis dhe scathow clos, hag ena me o mar skentyl dell o othem i'n branch-na a'n greft. Rag hedna me a erviras dallath rêvya yn ewn, ha jùnya orth onen a'n clùbbys rêvya wàr Dhowr Lea.

Mar teuta in mes in scath wàr Dhowr Lea, spessly De Sul dohajëdh, yth esta ow tesky yn scon an fordh dhe handla scath, ha'n fordh ewn dhe woheles na ve dha scath bonkys gans lordens garow na budhys gans barjys. Hag yma va ow ry chauns dhis inwedh dhe dhesky an gis moyha gracyùs a wrowedha plat wàr stras an scath, hag indella avoydya bos tôwlys aberth i'n dowr gans an lovonow tedna a vo ow passya.

Saw nyns usy hedna ow ry an gis ewn dhis. Ny wrug avy desky an gis ewn erna dheuth vy dhe Dhowr Tamys. Yma meur a bobel ow praisya ow gîs vy a rêvya. Ymowns y ow leverel hy bos coynt dres ehen.

Nyns êth Jory ogas dhe'n dowr erna veu va whêtek bloodh. I'n eur-na ev hag êth den jentyl moy a'n keth oos a skydnyas warbarth dhe Kew De Sul unweyth, hag y porposys dhe rentya scath ena ha rêvya in bàn dhe Rychmond ha tre arta. Onen a'ga nùmber, den yonk, tew y vlew, Joskyns y hanow, a gemeras scath in mes wàr an Serpentîn unweyth pò dywweyth, hag ev a leverys dhedhans bos meur a jolyfta in scathow.

Yth esa an mortîd ow resek in mes pòr uskys pàn wrussons drehedhes an cay, ha gwyns crev ow whetha dres an ryver. Ny wrug hedna aga throbla màn, saw y a brocêdyas dhe dhêwys aga scath.

Yth esa scath resegva owtryger eth rev tednys in bàn wàr an cay; ha hèn o an scath a's plêsyas an moyha. Y a leverys y whrêns kemeres an scath-na, mar pleg. Nyns esa den an scathow present i'n tor'-na hag yth o an negys in dadn y vaw. An maw a assayas lehe aga whans dhe gafos an owtryger; ev a dhysqwedhas dhedhans dyw scath pò teyr scath leun a gonfort, a hevelly bos gwyw rag teylu, saw ny vynsens degemeres onen vëth a'n re-na. An owtryger o an scath a wrussens apperya gwella inhy.

An maw ytho a wrug hy launchya; hag y a gemeras aga hôtys dhywarnodhans ha parusy aga honen dhe esedha. An maw a gomendyas y fedha Jory nùmber peswar, rag i'n dedhyow-na kyn fe ev o an den possa a gompany vëth. Jory a leverys y fedha ev lowen gans hedna, ha dystowgh ev a esedhas gans y geyn dhe dhelergh an scath. Y a'n settyas wàr an dyweth in y esedhva ewn, ha'n re erel a'n sewyas.

Maw, neb o frobmus dres ehen, a veu appoyntys lewyador, ha Joskyns a egoras dhodho pednrewlys y ober. Joskyns y honen a gemeras y bart avell strocosor. Ev a leverys dhe'n re erel an negys dhe vos êsy lowr; ny rêsa dhedhans ma's y sewya ev.

Y a leverys aga bos parys, ha maw an cay a gemeras scath-hig ha'ga herdhya in mes.

Nyns yw Jory abyl dhe ry acownt a'n taclow a wharva wosa hedna. Yma cov kemyskys dhodho, kettel wrussons dallath, a gemeres bobm uthyk in cres y geyn dhyworth rev nùmber pymp. I'n kettermyn y esedhva y honen êth dre hus in mes a wel in dadno, ha'y asa esedhys wàr estyll an scath. Ev a verkyas inwedh, ha tra varthys o dhodho, fatell esa nùmber dew a'y wroweth wàr y geyn wàr an stras, y arrow i'n air, hag ev, dell hevelly, ow sùffra shôra.

Y a bassyas in dadn Bons Kew, warlergh aga thenewen, eth mildir i'n our. Nyns esa den vëth ow rêvya marnas Joskyns y honen. Pàn wrug Jory dascafos y esedhva, ev a whelas gwil gweres dhe Joskyns.

Saw pàn wrug ev dyppya y rev i'n dowr, an rev a'n sowthanas dre slynkya heb let in dadn an scath, na namna wrug hy kemeres Jory gensy.

Hag ena "an lewyador" a dôwlas dyw lînen an lew dres tenewen an scath ha dallath ola.

Ny wor Jory fatla wrussons dewheles dhe'n cay, saw yth esens y dewgans mynysen orth y wil. Bùsh brâs a bobel a guntellas dhe veras gans meur a les orth an intertaynment dhywar Bons Kew. Yth esa kenyver onen a'n bùsh-na ow kelwel kevarwedhyansow dyffrans. Tergweyth y a spêdyas dhe worra an scath dre warek an pons, ha tergweyth y a veu degys in dadny arta. Pesqweyth may whrug an "lewyador" gweles an pons a-ughto, ev a dhalathas ola arta.

Jory a leverys na brederys ev an dohajëdh-na y whre ev nefra desky dhe gemeres plêsour in scathow.

Harrys yw moy ûsys dhe rêvya i'n mor ages dhe rêvya wàr ryvers, hag ev a lever dre vrâs hedna dhe vos moy kerys ganso. Nyns oma acordys. Yma cov dhybm a gemeres scath vian in mes in Êstborn i'n hâv warleny: me a ûsyas gwil meur a rêvya mor bledhydnyow alebma, ha me a gresy y fedha pùptra dâ lowr; saw me a dhyscudhas fatell o an greft ankevys genef yn tien. Pàn esa udn rev yn town in dadn an dowr, yth esa hy ben ow qwevya yn whyls i'n air. May hallen bos fast i'n dowr wàr an dhew denewen, res o dhybm sevel in bàn. Yth o bùsh brâs a bobel jentyl hag a vryntynyon wàr an gerdhva, ha res veu dhybm tedna drestans ha'n stauns wharthus genef. Me a diras hanter-fordh an treth wàr nans, ha cafos an servys a scathor coth rag ow hemeres wàr dhelergh.

Dâ yw genef meras orth scathor coth ow rêvya, spessly den a vo tyllys herwyth an our. Yma neppyth marthys cosel ha teg ha leun a bowes in y fordh a rêvya. Frank ywa inwedh a'n fysky frobmus, an strîvyans crev, usy ow tevy kenyver jorna dhe shyndya bêwnans an nawnjegves cansvledhen. Ny vêdh ev nefra owth istyna y honen dhe bassya an scathow erel. Mar teu scath aral ha'y bassya, ny wra hedna y ania. Nâ, rag leverel an gwrioneth, ymowns y oll orth y gachya hag orth y bassya—oll an scathow usy ow mos y fordh ev. Hedna a

vynsa serry tus erel. Brës bryntyn gwastas an scathor in dadn an prevyans-ma yw lesson teg ragon warbydn omavauncyans ha gorthter.

Nyns yw re gales dhe dhesky an fordh dhe rêvya yn plain ha gans effeth dhe herdhya an scath in rag, saw yma othem a omassayans lowr kyns ès neb den dhe omglôwes attês in udn rêvya dres mowysy. Yth yw an "termyn" an dra usy ow frobma an den yonk. "Pòr goynt ywa," yn medh ev, pàn usy ev ow tygemysky y rêvow ev dhyworth dha rêvow sy rag an ugansves treveth ajy dhe bymp mynysen; "me a yll y wil dâ lowr pàn vyma ow honen oll."

Pòr dhydhan ywa gweles dew dhalathor ow whelas sensy termyn an eyl gans y gela. Ny yll an rêvador delergh sensy termyn gans an strocosor, rag yma an strocosor ow rêvya mar goynt. An strocosor yw serrys pàn glôwa ev hedna, hag ev a lever na wrug ev dres an deg mynysen usy passys marnas frâmya y rêvyans y honen dhe deythy lymytys y gesrêvador. An rêvador delergh rag y bart ev, a vëdh offendys, hag yma va owth erhy dhe'n strocosor sconya dhe drobla y honen adro dhodho (rêvador delergh), saw dhe settya y vrës dhe wil strocas fur.

"Pò a wrama kemeres plâss strocosor?" yn medh ev, hag apert yw ev dhe gresy y hyll ev araya pùptra heb let.

Ymowns y ow lagya in rag neb cans lath moy gans nebes sowena. Ena yma mystery an caletter ow tardha wàr an strocosor kepar ha luhesen.

"Me a lever dhis, pëth yw an mater. Yma ow rêvow vy genes jy," yn medh ev in udn drailya dhe rêvador delergh. "Hedh dhybm dha rêvow jy."

"Wèl, a wodhesta, yth esen ow covyn orthyf ow honen prag na yllyn spêdya gans an re-ma," yn medh rêvador delergh avell gorthyp, hag ev ow hedhes y rêvow dhodho yn lowen. "Lebmyn pùptra a vëdh ewn ragon."

Saw nyns yw pùptra ewn—i'n eur-na y honen. Res yw dhe'n strocosor istyna y dhywvregh in mes a'ga morters ogasty rag sensy y rêvow; ha rêvow an rêvador delergh, pàn wrellens dewheles, ottensy worth y weskel i'n brest. Rag hedna ymowns y ow keschaunjya y rêvow arta, ha conclûdya a wrowns fatell ros an scathor an rêvow cabm dhodhans. Ha pàn wrellens y abûsya an denna warbarth, yma an kescodhevyans ha cowethas ow tevy intredhans.

Jory a leverys fatell o whensys yn fenowgh dhe assaya pùntyans avell chaunj. Nyns yw pùntyans mar êsy dell usy owth apperya. Kepar hag in rêvyans, yma den ow tesky yn uskys an fordh dhe herdhya an pùnt in rag ha dh'y handla, saw yma othem a bractys hir kyns ès ev dhe allos y wil gans dynyta, ha heb cafos an dowr y vrehel in bàn.

Den yonk aswonys dhybm a sùffras drog-labm trist, pàn wrug ev pùntya rag an kensa prës. Ev a spêdyas mar dhâ, may tevys ev nebes prowt ow tùchya an negys, hag yth esa ev ow kerdhes an pùnt in bàn ha wàr nans, hag owth obery y welen gans grâss dyswar, ha hèn o pòr hudol dhe weles. Ev a wre walkya in bàn in pedn an pùnt, plansa y welen, hag ena ponya bys i'n pedn aral, poran kepar ha pùntyor coth. Ô, ass o hedna spladn!

Hag ev a vynsa procêdya indella pòr dhâ, na ve ev, pàn esa ev ow meras adro dhe enjoya an vu, dhe gerdhes udn stap moy ès dell o othem, ha walkya dhywar an pùnt yn tien. Yth o an welen glenys fast i'n lis gwely an ryver, hag ev a veu gesys orth hy dalhedna ha'n pùnt y honen ow tryftya dhyworto in kerdh. Yth o y savla heb meur a dhynyta. Maw dyscortes wàr an ladn a grias in mes dystowgh dhe goweth termynak "Gwra fystena rag gweles sym wàr welen."

Ny yllyn ow honen mos dhe wil gweres dhodho, rag in gwetha prës, ny wrussyn ny kemeres with dhe dry gwelen aral genen. Ny yllyn marnas esedha ha meras orto. Ny vanaf vy nefra ankevy tremyn y fâss kepar dell esa an welen ow sedhy hag ev glenys orty; yth esa kebmys preder ino.

Me a veras orto ow slyppya yn lent wàr nans i'n dowr, ha'y weles ow crambla in mes, trist ha glëb. Ny yllyn sconya dhe wherthyn, ev a apperyas mar wharthus. Me a bêsyas ow wherthyn i'm briansen adro dhodho rag tecken, hag ena me a gonvedhas adhesempys na'm be meur a skyla dhe wherthyn, pàn wrug avy predery arta adro dhe'n negys. Otta vy, ow honen oll i'n pùnt, heb gwelen, ha me ow tryftya dyweres in cres an fros—dre lycklod tro ha cores.

Me a dhalathas omsensy nebes serrys gans ow hothman, dre rêson ev dhe gerdhes dhywar an pùnt ha dyberth indella. Ev a alsa wàr neb cor gasa an welen genef.

Me a dhryftyas adro dhe gwarter mildir, hag ena me a aspias pùnt pyskessa wàr ancar in cres an fros, ha dew bùscador coth esedhys ino. Y a'm gwelas ow tos wàr aga fydn, hag y a elwys orthyf dhe wetha in mes a'ga fordh.

"Ny allama," me a elwys wàr dhelergh.

"Saw nyns esowgh why worth y assaya," y a worthebys.

Me a dheclaryas an negys dhedhans, pàn esen ow nessa dh'aga scath. Y a'm cachyas ha lendya gwelen dhybm. Nyns esa an gores marnas hanter-cans lath pella wàr nans. Lowen oma fatell esens y i'n tyller-na.

An kensa prës mayth yth vy ow pùntya, yth esen vy in company try gwas aral; y o porposys dhe dhysqwedhes an greft dhybm. Ny yllyn ny dallath warbarth, rag hedna me a leverys y whren vy

skydnya kyns oll ha kemeres an pùnt in mes. Me a alsa gwary adro
hag omassaya nebes, erna wrellens dos.

Ny yllyn cafos pùnt an dohajëdh-na, rag y oll o kemerys. Rag
hedna ny yllyn gwil ken tra vëth ès esedha wàr an ladn ow meras orth
an ryver ha gortos ow howetha.

Nyns en vy esedhys re bell pàn welys vy den yonk in pùnt, ha
nebes sowthenys veuma pàn verkys fatell o va gweskys in jerkyn hag
in cappa poran kepar ha'm jerkyn ha'm cappa vy. Apert o y vos
dalathor ow tùchya pùntya rag y berformyans o mater a les brâs. Ny
wodhvya den pandra vydna wharvos pàn wrella ev gorra an welen
i'n dowr. Yth hevelly na wodhya ev y honen naneyl. Par termyn ev
a wre fystena an fros in bàn, ha par termyn an fros wàr nans; par
termyn aral ny wre va ma's troyllya adro ha dos in bàn wàr an
tenewen aral a'n welen. Na fors pynag oll a wrella wharvos, ev a
apperya serrys ha sowthenys warbarth.

Wosa tecken y feu oll an bobel wàr an ladn orth y whythra gans
les brâs, hag y ow settya gaja an eyl gans y gela pandra a vydna
wharvos wosa an nessa herdhyans.

Wàr an dyweth ow hothmans a dhrehedhas an tyller, hag y a savas
rag meras orto inwedh. Y geyn o trailys tro hag y, ha ny welens ytho
marnas y jerkyn ha'y gappa. Dhyworth an re-na y a gonclûdyas
dystowgh me, aga hothman meurgerys, dhe vos an den esa ow qwil
bobba dhyworto y honen dhyrag an bobel. Nyns o fin vëth gans aga
delît. Y a dhalathas y vockya heb let.

Wostallath ny wodhyen convedhes aga errour, ha me a brederys,
"Ass yw dyscortes aga omdhegyans ha gans stranjer perfeth kefrës!"
Saw kyns ès me dhe allos cria ortans, an rêson rag aga myskemeryans
a dheuth dhybm, ha me gildednas adrëv gwedhen.

Ogh, ass esens y owth enjoya aga honen, ow qwil ges a'n den
yonk-na! Dres pymp mynysen dhe'n lyha, y a savas ena, ow kelwel
gyglotry orto, orth y scornya, orth y dhespîtya hag ow wherthyn
adro dhodho. Y a dôwlas lavarow wharthus coth warnodho, y a wrug
lavarow wharthus nowyth kyn fe rag y vockya. Y a wrug dehesy orto
an lavarow wharthus pryveth dh'agan bagas ny, ha certan yw na ylly

179

ev ùnderstondya an re-na in fordh vëth oll. Ena, dre rêson na ylly ev perthy aga ges crûel na fella, ev a drailyas adro ortans hag y a welas y fâss.

Lowen veuma pàn verkys y dhe vos onest lowr dhe omdhysqwedhes pòr wocky. Y a dheclaryas dhodho fatell esens y ow cresy ev dhe vos nebonen aswonys dhedhans. Yth esa govenek gansans, yn medhons, na wre va cresy y hyllens drog-dhespîtya den vëth nag o cothman personek.

Heb mar aga errour pàn wrussons y gemeres rag cothman, a vynsa ascûsya an dra. Yma cov dhybm fatell wrug Harrys derivas dhybm experyens a'n jeva unweyth in Boulogne. Yth esa ev ow neyja in mor ena ogas dhe'n treth, pàn glôwas nebonen orth y sêsya ar an codna wàr y lergh hag orth y sedhy i'n dàdn an dowr gans nerth brâs. Ev a strîvyas yn whyls, saw ny wrug ev soweny dhe scappya. Ev a cessyas pôtya hag yth esa ow predery a daclow solem, pàn wrug y jailer y relêssya.

Ev a savas arta wàr y dreys ha meras adro rag y dhenlath porposys. Yth esa an moldror a'y sav in y ogas in udn wherthyn yn crev—saw kettel welas ev fâss Harrys, hag ev ow tos in mes a'n dowr, ev a blynchyas, hag yth esa fienasow brâs dhe redya wàr y vejeth.

"Gwrewgh gava dhybm, a sera, me a'gas pës," ev a leverys in udn stlevy, "saw me a'gas kemeras rag cothman dhybm!"

Ass o va fortydnys, Harrys a brederys, na wrug an den y vyskemeres rag onen a'y woos nessa, poken ev a vynsa dre lycklod y vudhy in gwrioneth.

Golyans yw creft usy owth erhy skians ha practys inwedh—kyn nag esen vy ow cresy hedna in dedhyow ow yowynkneth. Me a gresy y whre an negys dos dhe nebonen natural lowr, kepar ha rownders ha gwary tùch. Aswonys dhybm o maw aral, hag ev a gresy hedna inwedh, hag indella, neb jorna gwynsek, ny a erviras assaya an sport. Yth esen ny wàr agan degolyow in Yarmoth, ha ny a borposas mos wàr viaj in scath gool Dowr Yare in bàn. Ny a rentyas scath i'n lesterva ogas dhe'n pons ha dallath wàr agan trumach.

"An jëdh yw nebes garow," yn medh den an lesterva dhyn ha ny ow tallath; "gwell via ragowgh kemeres rîff aberveth ha lùffya yn sherp pàn ellowgh why adro dhe'n pleg."

Ny a leverys y fedhen ny sur dhe wil indella. Ny a gemeras cubmyas teg gans "Myttyn dâ," jolyf, ha ny ow covyn orthyn agan honen, fatl'esa pobel ow lùffya, ple aljen ny fanja "rîff" ha pandra wren ny ganso pàn vo va kefys.

Ny a rêvyas erna veun ny in mes a wel an dre, hag ena gans spâss lowr a dhowr egerys dhyragon, ha'n gwyns ow whetha hager-awel dresto, ny a gresy yth o prës dhe dhallath obery.

Hector—me a grës hedna dhe vos y hanow—a bêsyas ow rêvya pàn esen vy ow rollya an gool in mes. Yth hevelly an ober dhe vos completh lowr, mès me a'n collenwys wàr an dyweth, saw ena y teuth an qwestyon pana du o an tu awartha?

Der an main a anyen natural, heb mar, ny a gonclûdyas fatell o an goles an top, hag a settyas agan honen dhe fastya an gool an pëth awartha dhe woles. Saw termyn hir a bassyas erna veun ny abyl dh'y worra in bàn, pò y worra ken fordh vëth. An gool a asas argraf wàr agan brës ny dhe vos ow qwary encledhyas. Me o an corf ha'n gool o an lien bedh.

Pàn wrug an gool dyscudha nag o hedna an tybyans ewn, ev a'm gweskys wàr an pedn gans an welen gool ha sconya dhe wil tra vëth moy.

"Gwra y lëbya," yn medh Hector; "gwra y dhroppya dres an tenewen rag y lëbya."

Ev a leverys y fedha pobel in gorholyon pùpprës ow clëbya an golyow kyns ès aga gorra in bàn. Me a'n glëbyas ytho, saw ny wrug hedna ma's gwil taclow lacka ès bythqweth. Nyns yw plesont gool sëgh ow clena orth dha arrow hag ow mailya y honen adro dhe'th pedn, saw pàn vo an gool glëb yn tien, yma an mater ow vexya yn frâs.

Ny a wrug soweny warbarth wàr an dyweth dhe worra an dra in bàn. Ny a'n fastyas, wàr y denewen kyns ès an pëth awartha dhe woles, ha ny a'n colmas dhe'n wern gans lovan an scath, neb a wrussyn ny trehy dre dowl rag an ober.

Me a lever avell gwrioneth na wrug an gorhal domwhel. Prag na wrug, ny allama clerhe. Me a brederys a'n mater yn fenowgh wosa hedna, ha bythqweth ny spêdyas dhe fanja styryans vas vëth.

Martesen ny wrug an gorhal domwhel dre rêson an lester dhe vos gorth, poran kepar dell yw taclow an bës stordy in aga natur pùpprës. Possybyl yw an scath dhe bredery, wosa agan whythra rag termyn cot, ny dhe vos devedhys in mes an myttyn-na rag ladha agan honen. Ha gans hedna an gorhal a erviras na wre va agan contentya. Hèn yw an udn styryans a allama profya.

Scant ny wrussyn ny spêdya dhe remainya i'n gorhal in udn dhalhedna an gùnal orth peryl bos ledhys, saw an ober a'gan sqwîthas yn tien. Hector a leverys fatell wre morladron ha marners erel kelmy an lew dhe neppyth, ha tedna dhe'n dor an chîf-gool arag, pàn esa an gwyns ow whetha hager-awel. Ev a gresy y talvia dhyn ny gwil neppyth kepar; saw me a brederys y fedha gwell gasa dhe'n scath mos gans an gwyns.

Dre rêson ow hùssul vy dhe vos an gùssul dhe voy êsy dhe sewya, hodna a wrussyn ny sewya. Ny a spêdyas dhe wetha agan dalhen wàr an gùnal ha gasa an lester dhe vos drîvys dhyrag an gwyns.

An scath êth an ryver in bàn adro dhe vildir ha toth gensy na wrug vy golya bythqweth wosa hedna, na ny garsen golya mar uskys nefra arta naneyl. Ena, pàn dheuth hy dhe bleg, hy a godhas wàr hy thenewen, erna veu hanter an gool in dadn an dowr. Ena hy a dherevys in bàn arta dre verkyl ha fysky aberth in banken isel hir a lis.

An vanken-na a lis a'gan sawyas. An scath a wrug aras aberth inhy hag ena stoppya fast. Pàn wrussyn dyscudha y hyllyn ny kerdhes adro herwyth bodh, kyns ès bos tossys ha tôwlys adro kepar ha pisednow in gûsygen, ny a gramyas in rag ha trehy an gool dhe'n dor.

Ny a gafas lowr a wolyans in lestry an jëdh-na. Ny garsen cafos re anodho ha gwalha agan honen. Ny a wrug golya—yn tâ ha dre vrâs experyens pigus o hag a les meur—saw i'n tor'-na gwell o genen rêvya avell chaunjyans.

Ny a gemeras an rêvow ha whelas herdhya an lester dhywar an lis; saw pàn wrussyn indella, ny a dorras onen an rêvow. Wosa hedna ny a brocêdyas gan meur rach, saw an rêvow o pair coth ûsys, ha'n secùnd rev a grackyas sconha ès an kensa. Hedna a'n gasas dyweres.

Yth esa an lis owth istyna in mes neb cans lath dhyragon, ha wàr agan lergh yth esa an dowr. Nyns o tra vëth dhe wil marnas gortos erna dheffa nebonen ogas dhyn.

Nyns o an jëdh-na an sort a dhëdh dhe dhynya pobel in mes wàr an ryver, ha ny a wortas try our erna dheuth den vëth an fordh. Pùscador coth o va ha gans caletter brâs ev a'gan delyvras; ha ny a veu tednys, meur agan bysmêr, arta bys in lesterva.

Pàn o rës grastal dhe'n pùscador, ha pàn wrussyn tylly rag an rêvow trogh, ha rag bos in mes mar bell, spênys genen o mona pocket lies seythen rag an jorna-na a wolyans. Saw ny a dheskys der an experyens, hag y leveryr bos experyens a bris isel, na fors a wrella costya.

Chaptra XVI

Redyng

Redyng.—Launch êthen orth agan tedna.—Lowr yw omdhegyans scathow bian dhe serry nebonen.—An fordh mayth usons owth ancombra launchys êthen.—Jory hag Harrys owth avoydya aga lavur arta.— Whedhel sqwith lavurys.—Strêtly ha Goryng.

Redyng a dheuth in agan golok tro hag udnek eur. Plos ha tewl yw an ryver obma. Ny wra den vëth strechya i'n pow adro dhe Redyng. An dre hy honen yw tyller coth, meur hy hanow, a veu fùndys in dedhyow Ethelred Mytern, pàn wrug an Danys gorra aga gorholyon wàr ancar in Dowr Kenet, ha dallath dhyworth Redyng dhe wastya oll pow Wessex. Obma Ethrelred ha'y vroder Alfred a wrug aga overcùmya, Ethelred ow qwil pejadow hag Alfred owth omlath.

I'n dedhyow wosa hedna Redyng, dell hevel, a vedha consydrys tyller dâ dhe viajya dhodho, pàn esa taclow ow tevy dyvlas in Loundres. Y whre an Seneth ponya in kerdh dhe Redyng peskytter may wharvedha plag in Westmynster, hag i'n vledhen 1625 an Laha a wrug kepar, hag oll an cortys a veu sensy in Redyng. Res yw y fedha dâ lowr sùffra plag bian in Loundres traweythyow rag bos ryddys a'n lahysy hag a'n Seneth warbarth.

I'n gwerryans gans an Seneth, y feu Redyng kerhydnys gans Yùrl Essex, ha qwarter-cansvledhen wàr lergh hedna i'n tyller-ma Pryns Orenj a worras soudoryon Jamys Mytern dhe'n fo.

Y feu Henry I encledhys in Redyng, i'n abatty Benedyctîn a fùndyas ev y honen, hag yma a'n magoryow whath dhe weles. I'n keth abatty-na Jowan brâs Gaunt a dhemedhas gans y Arlodhes Blanche.

In Redyng ny a vetyas gans launch êthen ow longya dhe nebes a'm cothmans, hag y a wrug agan tedna bys in udn vildir dhyworth Strêtly. Plesont yw bos tednys gans launch. Gwell ywa genef ès rêvya. An cors a via gwell whath na ve lies scath druan vian, esa owth ancombra agan launch pùpprës, ha dre rêson nag en ny whensys dh'aga dysevel, res vedha dhyn lent'he ha stoppya. Lowr yw dhe serry nebonen an fordh usy an scathow rêvya-ma owth ancombra launch nebonen ow mos an ryver in bàn. Y talvia neppyth bos gwrës rag aga lettya.

Hag yth yns y taunt dres ehen inwedh ow tùchya an mater. Te a yll whybana erna vo dha gaudarn ow tardha ogasty, kyns ès y dhe drobla aga honen dhe fystena. A pen vy alowys, me a vynsa knoukya onen pò dew anodhans in mes a'n fordh, yn udnyk rag desky cortesy dhedhans.

Yma an ryver pòr sêmly nebes a-ugh Redyng. Yma an hens horn orth y shyndya nebes ogas dhe Tilehùrst, saw dhia Mapledùrham bys in Strêtly gloryùs ywa. Nebes a-ugh lock Mapledùrham yth esta ow passya Chy Hardwyck, le may fedha Charles I ow qwary pelyow. Res yw bos an pow adro dhe Pangborn, le may ma tavern coynt bian "An Swàn", mar dhâ aswonys dhe'n re-na usy ow menouhy an Dysqwedhyansow Paintyans dell yw dhe dregoryon an dre aga honen.

Launch ow hothman a'gan lowsyas nebes in dadn an ogo, hag ena Harrys a garsa leverel, yth o ow thro vy dhe rêvya. Hedna a apperyas pòr avrêsonus. Ervirys veu genen an myttyn-na, me dhe dhry an scath teyr mildir a-ugh Redyng. Wèl, otta ny ena, deg mildir a-ugh Redyng! Heb dowt vëth aga thro y o va arta.

Ny yllyn constrîna Jory na Harrys dhe weles an mater i'n golow ewn, bytegyns. Ytho, rag goheles argùment, me a gemeras an rêvow. Nyns esen ow rêvya moy ès mynysen pò dyw, pàn wrug avy merkya neppyth ow mos gans an dowr, ha ny a nessas dhe'n dra. Jory a bosas

dres tenewen an scath, pàn esen ny ow tos nes, hag ev a'n dalhednas.
Ena ev a blynchyas gans cry, gwydn y fâss.

Corf marow benyn o va; a'y wroweth yn scav wàr an dowr, ha'n
bejeth o wheg ha cosel. Nyns o va teg avell fâss; re goth dhyrag hy
thermyn o hy, re danow ha crebogh dhe vos teg; saw bejeth clor ha
caradow o, awos an semlant a nown hag a vohosogneth; hag yth esa
wàr hy fâss an tremyn-na usy ow tos wàr an glevyon traweythyow,
wosa an painys dh'aga gasa.

I'n gwella prës ragon ny—nyns en ny whensys dhe gregy adro dhe
gortys cùrunor—nebes tus wàr an ladn a's gwelas, hag y a gemeras
an corf in dadn aga charj.

Ny a glôwas whedhel an venyn wosa hedna. Heb mar, an whedhel
coth o va, an istory trist ha kebmyn. Hy a garas ha hy a veu
decêvys—poken hy a dhecêvyas hy honen. Wàr neb cor, hy a
behas—yma radn ahanan ow qwil pegh traweythyow—ha'y theylu
ha'y hothmans a veu sclandrys ha serrys gensy, hag y a wrug degea
aga darasow orty.

Forsâkys dhe omlath gans an bës hy honen oll, ha'n men melyn a'y sham adro dh'y hodna, hy a godhas dhe voy ha dhe voy isel. Rag tecken hy a wetha hy honen ha'y flogh wàr an dewdhek sols a wre hy dendyl in udn lavurya dewdhek our i'n jëdh. Hy a dylly whegh sols rag an flogh ha gans an remnant hy a ylly bewa hy honen.

Nyns yw an bêwnans re deg wàr whegh sols i'n seythen. Yma corf hag enef ow tesîrya dyberth an eyl dhyworth y gela pàn nag eus marnas colm bian intredhans. Udn jorna, yth esoma ow soposya, yth esa an undoneth trist moyha apert dhedhy ès dell o ûsys ha hy o ownekhës dre spyryjyon uthyk an termyn esa ow tos. Hy a wrug appêl dewetha dh'y hothmans, saw ny glôwsons adrëv fos yêyn aga fug-onester aga honen lev an behadores dyberthys. Hag ena hy êth dhe vysytya hy flogh rag an prës dewetha—y sensy in hy dywvregh hag abma dhodho yn sqwith ha heb emôcyon. Ena hy a'n gasas in udn ry box deneren a joclets dhodho, neb o pernys gensy ragtho; ha wosa hedna gans an remnant a'y mona hy a bernas tôkyn train ha dos wàr nans dhe Goryng.

Yth hevelly fatell esa an prederow moyha wherow a'y bêwnans ow longya dhe'n cosow delyowek ha dhe'n prasow gwer adro dhe Goryng; saw yma an benenes yn coynt ow strotha an dagyer usy worth aga gwana, ha martesen in mesk oll an wherôwder yth esa kemyskys covyon howlek a'n ourys whecka, spênys a-ugh an dowrow down-na usy an gwëdh brâs ow plegya aga branchys yn isel warnodhans.

Hy a wandras adro i'n cosow ryb gladn an ryver oll an jorna, hag ena pàn godhas an gordhuwher, pàn lêsas an tewlwolow y vantel tewl wàr an dowr, hy a istynas in mes hy dywvregh dhe'n ryver cosel, o aswonys dhodho hy thristans ha'y joy. Ha'n ryver coth a wrug hy byrla in y vrehow cuv, ha settya hy fedn sqwith wàr y vrest rag kemeres yn clor an pain dhyworty.

Indella hy a behas in kenyver tra—hy a behas in hy bêwnans hag in hy mernans. Re wrello Duw hy gweres! Ha re wrello ev gweres pùb pehadores aral, mars usons y i'n bës.

Yth yw Goryng, wàr an ladn gledh ha Strêtly wàr an ladn dyhow yw aga dew, tyleryow pòr wheg dhe wortos inhans nebes dedhyow. Yma an radn a'n ryver bys in Pangborn ow tynya nebonen dhe dhos ow colya i'n howl pò ow rêvya in dadn an loor, ha leun a decter yw an pow ader dro. Ervirys en ny dhe herdhya in rag bys in Wallyngford an jëdh-na, saw minwharth caradow an ryver obma a'gan hudas dhe strechya nebes. Rag hedna ny a asas agan scath ryb an pons, ha mos in bàn aberth in Strêtley, le may wrussyn ny lyvya in tavern "An Tarow," tra a blêsyas Montmorency yn frâs.

Y leveryr fatell esa an brynyow wàr an dhew denewen a Dhowr Tamys obma udn bryn yn udnyk i'n dedhyow coth ha rag hedna yth esa dyweth an ryver obma in form a lydn brâs. Ny allama leverel yw hedna gwir pò nag ywa. Nyns esof marnas orth y gampolla.

Tyller auncyent yw Strêtley, ha kepar ha'n radn vrâssa a drevow hag a drevow eglos wàr ladn ryver yma y istory owth istyna wàr dhelergh bys in dedhyow an Vretons ha'n Saxons. Nyns yw Goryng hanter mar deg avell Strêtly rag gortos ino, saw teg lowr ywa in y fordh y honen bytegyns. Hag yma Strêtley moy ogas dhe'n hens horn ès dell usy Goryng, mars esta porposys dhe slynkya in kerdh heb tylly dha recken i'n ostel.

Chaptra XVII

Jorna golhy

*Jorna golhy.—Pùscas ha pùscadoryon.—Ow tùchya an greft a byskessa
gans gwelen.—Pùscador pluv dâ y gonscians.—Whedhel adro dhe bysk.*

Ny a remainyas dew jorna in Strêtly hag a wrug dh'agan dyllys
bos golhys. Ny a assayas kyns hedna dh'aga golhy i'n ryver in
dadn rewlyans Jory, saw ny veu hedna spêda. In gwir lacka veu ès
fowt spêda dre rêson ny dhe vos in stât le fortydnys warlergh golhy
agan dyllas ès dell en ny kyns oll. Kyns ès ny dh'aga golhy, y o plos,
pòr blos in gwrioneth.
Saw ny a ylly aga gwysca.
Wosa ny dh'aga golhy—
wèl glânha o an ryver
wosa ny dhe wolhy agan
dyllas ino ès dell o dhyrag
hedna. Oll an mostethes
i'n ryver inter Henley ha
Redyng, ny a'n cùntellas

warbarth pàn esen ny ow colhy, ha'y obery aberth in agan dyllas.

An wolheres in Strêtly a leverys hy dhe gonsydra y fedha ewn
rygthy govyn orthyn tergweyth moy ès an prîs ûsys rag an golgh-
na. Hy a leverys nag o va kepar ha golhy, adar neppyth moy haval
dhe balas.

Ny a dyllys an recken heb croffolas.

Yma an pow adro dhe Strêtly ha Goryng pòr dhâ avell tyller dhe
byskessa. Y hyll pyskessans bryntyn bos kefys obma. Yma meur a

bùscas i'n ryver obma: denjogas, talogas, darsas, gwynogas pendew ha sylias; te a yll esedha obma ha'ga fyskessa oll an jëdh.

Yma re ow qwil indella. Nyns usons orth aga hachya nefra. Ny aswonys vy den vëth a gachyas tra vëth wàr Dhowr Tamys awartha marnas pylkydnow ha cathas marow, saw nyns usy cachyans part vëth a negys an pùscador! Ny lever cowethlyver an buscadoryon leel tra vëth adro dhe gachya pùscas. Ny lever ma's an pow dhe vos "tyller dâ rag pyskessa," ha dhyworth a welys vy a'n côstys-na, me yw parys dhe acordya gans an lavar-na.

Nyns eus tyller vëth i'n bës may hyllyth pyskessa moy pò rag termyn pella. Yma radn a'n bùscadoryon ow tos obma rag udn jëdh, hag yma radn aral ow remainya mis. Te a yll strechya ha pyskessa bledhen yn tien, mar mynta; ny wra va dyffrans vëth.

Yma *Cowethlyver an Pùscador in Dowr Tamys* ow leverel "pednow hoos ha drenogydnow a yll bos kefys obma inwedh," saw ena yth yw *Cowethlyver an Pùscador* cabm. Pednow hoos ha drenogydnow a yll bos adro i'n tyller-na. Ha me a wor yn certan aga bos ena. Te a yll aga gweles in hevvaow, pàn ves ow kerdhes an gladnow ahës. Ottensy ow tos hag ow sevel hanter in mes a'n dowr ha'ga ganow egerys ow whelas tesednow cales. Ha mar teuta hag omvadhya, ymowns ow cùntell adro dhis hag orth dha ancombra hag orth dha ania. Saw ny yllons y bos kefys gans nebes prëv wàr hig, na tra vëth kepar—na yllons màn!

Nyns oma pùscador dâ ow honen. Me a sacras lowr a dermyn dhe'n negys i'n dedhyow passys, hag yth esen ow tos in rag, me a gresy, dâ lowr. Saw pùscadoryon dhâ a dheclaryas dhybm na vedhen nefra vas ow pyskessa, hag ytho gwell via dhybm hepcor. Y a leverys ow bosama tôwlor pòr gompes, hag yth hevelly bos meur a deythy rag an negys dhybm ha lowr a sygerneth natùral. Saw ny vien yn tâ nefra avell pùscador, dre rêson desmygyans dhe vos ow lackya dhybm.

Y a leverys y fedhen dâ lowr avell prydyth pò auctour novelys melodramatek pò gohebyth paper nowodhow pò nebonen a'n sort-na. Saw rag bos vas avell pùscador in Dowr Tamys y codhvia dhybm pos perhen a fancy moy hag a imajynacyon creffa ès dell y'm be.

Yma re ow cresy nag eus othem a dra vëth dhe vos pùscador dâ marnas gallos leverel gowyow yn êsy ha heb rudhya; saw errour yw hedna. Devîsya gowyow—an purra dalathor i'n bës a alsa gwil hedna. I'n manylyon kerhynek, an taclow bian usy ow ry an semlant a lycklod, an wrioneth compes in pùb poynt, an gwrioneth pedantek ogasty, an re-na yw an taclow may fëdh gwelys an pùscador pur inhans.

Den vëth a yll entra ha leverel, "Ô, me a gachyas udn cans ha try ugans pedn hoos newher;" pò "De Lun eus tremenys me a londyas gwydnak pendew, esa êtek puns poster ino, hag ev o try thros'hës dhyworth pedn dhe lost."

Nyns eus creft na skentoleth reqwîrys rag neppyth a'n sort-na. Yma va ow tysqwedhes coraj, saw hèn yw oll.

Nâ, an purra pùscador a vynsa sconya dhe leverel gow indella. Yma meur dhe dhesky dhyworth y ûsadow ev.

Yma va owth entra yn cosel, y hot wàr y bedn; ev a gebmer ragtho y honen an chair moyha medhel, anowy y bîb ha dallath pyffya heb leverel ger. Yma va owth alowa dhe'n dus yonk bôstya rag tecken, hag ena, pàn deffo taw, ev a gebmer y bîb in mes a'y anow ha leverel, in udn gnoukya an lusow in mès warbydn barrys an tan:

"Wèl, me a gafas cachyans De Merth gordhuwher, ha ny dal dhybm dherivas dhe dhen vëth adro dhodho."

"Ô, prag nâ?" yn medh pùbonen.

"Dre rêson nag esoma ow predery y whre den vëth ow cresy, mar teffen ha'y dherivas," a worthyp an cothwas yn clor. Heb tôkyn vëth a wherôwder in y lev, yma va ow taslenwel y bîb, hag owth erhy ost an chy dhe dhry dhodho teyr gwedren a wyras Scot, heb hy thobma.

Yma taw wosa hedna, rag nyns yw den vëth mar certan anodho y honen dhe gontradia an cothwas. Res yw ytho dhodho pêsya heb den vëth dh'y inia.

"Nâ," yma va ow pêsya yn prederus; "ny vynsen y gresy ow honen, mar teffa den vëth aral ha'y leverel dhybm; saw an gwrioneth ywa bytegyns. Me o esedhys ena oll an dohajëdh ha ny wrug vy cachya tra vëth i'n bës—marnas dewdhek dars hag ugans drenogyn;

hag yth en parys dh'y hepcor avell jorna heb sowena, saw ena me a glôwas tedn crev wàr an lînen. Me a gresy hedna dhe vos pysk bian moy hag assaya y gemeres in bàn. Saw, war ow enef, ny yllyn gwaya ow gwelen! Res o dhybm spêna hanter-our—hanter-our, a sera— rag londya an pysk-na; ha pùb mynysen yth hevelly dhybm y whre an lînen terry, crack! Me a'n hedhas wàr an dyweth, ha pandr'o, esowgh why ow predery? Stùrjyon! Stùrjyon, dew ugans puns y boster! Kemerys wàr lînen, a sera! Ea, why a'gas beus an gwir dhe vos sowthenys—A ost an chy, ro dhybm teyr gwedren moy a wyras Scot, dell y'm kyrry."

Hag ena yma va ow procêdya dhe dherivas a sowthan kenyver onen neb a'n gwelas; ha pëth a leverys y wreg, pàn dheuth ev tre, ha'n pëth a brederys Jô Bùggles adro dhodho.

Me a wovydnas unweyth orth ost tavern ryb an ryver, a ny vedha ev shyndys traweythyow ow coslowes orth an whedhlow a vedha an bùscadoryon ow terivas dhodho; hag ev a leverys: "Ô, nâ, nâ, a sera. Ny vedhama shyndys lebmyn. Me a vedha sowthenys brâs gansans wostallath, saw, re Dhuw a'm ros, me ha'm gwreg, yth eson ny ow coslowes ortans oll an jëdh."

Aswonys o den yonk unweyth, hag ev o gwas glân y gonscians, ha pàn dhalathas ev pyskessa gans pluv, ev a erviras heb gorlywa y gachyans moy ès pymp wàrn ugans an cans.

Pàn wrellen cachya dew ugans pysk," yn medh ev, "ena me a lever me dhe gachya hanter-cans hag indella in rag. Saw ny wrama leverel gow moy ès hedna, rag pegh yw gowegneth."

Saw an towl-na a bymp wàrn ugans an cans, ny wrug ev obery re dhâ. Ny ylly ev bythqweth y ûsya. An nùmber brâssa a bùscas a gachyas ev bythqweth in udn jorna o try, ha ny yllyr addya pymp warn ugans an cans dhe dry—dhe'n lyha ny yllyr in pùscas.

Ev a encressyas an gansradn bys in try ugans try ha'n tressa radn; saw hèn o cledhek kefrës, pàn na wrug ev cachya marnas onen pò dew; ytho rag sempelhe an negys ev a erviras dobla an nùmber.

Ev a bêsyas gans an system-ma nebes mîsyow, hag ena ev a veu dyscontentys ganso. Ny wre den vëth cresy nag esa ev marnas ow lies'he dywweyth, ha rag hedna ny wre va gwainya worshyp vëth ragtho. Y glorder i'n mater-ma o anles brâs dhodho in mesk an bùscadoryon erel. Pàn ve try fysk bian kechys ganso, hag ev a leverys ev dhe gachya whegh, ev a vedha envies ow clôwes den, a wodhya ev na gachyas marnas udn pysk yn udnyk, ow leverel ev dhe londya peswar warn ugans.

Wàr an dyweth ytho, ev a dhyghtyas towl dewetha, hag yma va ow sensy dhe hedna pùpprës. Hèn yw dhe leverel ev dhe nyvera pùb pysk kechys ganso dhe vos deg pysk, ha dhe acowntya deg pysk kyns oll—ny ylly ev bythqweth cachya le ès deg pysk gans an system-ma; hèn o an fùndacyon anodho. Hag ena, mar qwrug ev dre jauns cachya udn pysk, ev a'n gelwy ugans, ha dew bysk a via deg warn ugans, try fysk dew ugans, hag indella in rag.

Towl sempel ywa hag êsy yw dhe obery, hag y feu nebes cows agensow a'y vos ûsys gans bredereth an bùscadoryon dre vrâs. In gwir Kessedhek Cowethas Pùscadoryon Dowr Tamys a gomendyas y ûsya dyw vledhen alebma, saw yth o nebes a'n esely cotha wàr y bydn. Y a leverys y whrens consydra an towl, a pe an nùmber doblys, ha kenyver pysk dhe vos nyverys avell ugans.

Mar pëdh gordhuwher dhe sparya genes nefra an ryver in bàn, me a vynsa comendya dhis vysytya onen a'n tavernyow bian hag esedha i'n barr. Certan yw ogasty te dhe vetya gans pùscador gwelen pò dew, ow clëbya aga min ena, hag y a vydn derivas lowr a whedhlow adro dhe bùscas ajy dhe hanter-our rag myshêvya dha bengasen bys pedn mis.

Jory ha me—ny worama pandr'o wharvedhys dhe Harrys; ev êth in mes rag gwil dh'y honen bos dyvarvys, yn scon wosa hanter-dëdh, hag ena ev a dhewhelys ha spêna dew ugans mynysen ow polsya y eskyjyow, ha ny wrussyn y weles wosa hedna—Jory ha me, ytho, ha'n ky, gesys agan honen oll, a gerdhas dhe Wallyngford an secùnd gordhuwher, ha wàr an fordh tre, ny a entras in tavern bian ryb an ryver rag powes, ha rag taclow erel.

Ny entras i'n parleth hag esedha. Yth esa cothwas i'n rom, ow tùchya pîp hir, ha heb mar ny a dhalathas kestalkya ganso.

Ev a leverys dhyn fatell o teg an awel hedhyw, ha ny a leverys dhodho an jëdh de dhe vos teg inwedh, hag ena ny a leverys yth esen ny ow qwetyas y fedha teg an awel avorow; ha Jory a leverys fatell esa an drevas ow tos in rag yn tâ.

Ha wosa hedna y feu dyscudhys wàr udn fordh pò fordh aral ny dhe vos stranjers i'n côstys-na, ha ny dhe vos ow tyberth an nessa myttyn.

Ena y feu taw i'n kescows, pàn wandras agan lagasow adro dhe'n rom. Wàr an dyweth y a bowesas wàr gâss coth podnek, settys yn uhel a-ugh an glavel, esa trûth dhe weles ino. Me a veu kemerys lowr ganso; an pysk o mar uthyk brâs. In gwir, pàn verys orto kyns oll, me a gresy y dhe vos barfus.

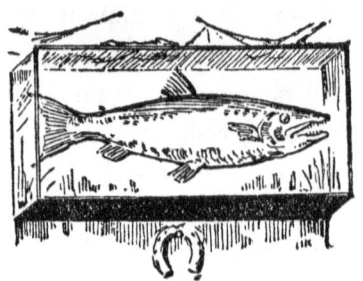

"Â!" yn medh an cothwas, ow meras pana gwartron esen vy ow meras, "pysk brav yw hedna, a nyns ywa?"

"Ev yw warbydn ûsadow yn tien," me a whystras; ha Jory a wovydnas orth an cothwas pygebmys o y boster.

"Êtek puns ha whegh ûns," yn medh agan cothman, ow sevel hag ow kemeres y gôta dhywar an hig. "Ea," ev a bêsyas, "whêtek bledhen alebma an tressa jorna a'n mis ujy ow tos me a'n londyas. Me a'n cachyas gans pylkyn nebes in dadn an pons. Y a leverys dhybm tel'era va i'n ryver, ha me a leverys me dh'y gachya, hag indella me a wrug. Nyns esowgh why ow qweles meur a bùscas mar vrâs avello i'n pow-ma na fella, me a grës. Nos dâ, dhywgh why, a serys, nos dâ."

Hag ev êth in mes ha'gan gasa ny agan honen oll.

Ny yllyn ny kemeres agan lagasow dhywar an pysk warlergh hedna. In gwir pysk marthys teg o va. Yth esen ny whath ow meras orto, pàn entras caryor an tyller-na ha pot a goref in y dhorn, rag ev a stoppyas pols alebma orth an tavern. Ev a veras orth an pysk inwedh.

"Trûth a vyns dâ yw hedna," yn medh Jory, ow trailya tro hag ev.

"Â! Why a yll leverel hedna, a sera," an den a worthebys; hag ena wosa eva ganowas a'y goref, ev a addyas, "Martesen nag esewgh why obma, a sera, pàn veu kechys an pysk-na?"

"Nag esen," ny a leverys. Ny yw stranjers i'n côstys-na.

"Â!" yn medh an caryor, "ena heb mar, ny aljewgh why bos obma. Pymp bledhen ywa ogasty abàn wrug avy cachya an trûth-na."

"Ô! Why a wrug y gachya ytho?" yn medhaf vy.

"Ea, sera," an cothwas colodnek a leverys. "Me a'n cachyas nebes in dadn an lock—dhe'n lyha an pëth o an lock i'n termyn-na—neb Gwener dohajëdh. Ha'n dra varthys adro dhodho yw me dh'y gachya gans kelyonen. Me o devedhys in mes rag cachya denjogas dowr, re wrello Duw agas blessya, ha ny wrug avy unweyth predery adro dhe drûth. Ha pàn welys vy an cowr-na wàr bedn ow lînen, me a veu sowthenys fest, wàr ow enef. Wèl, a welowgh, yth esa poster whegh puns warn ugans ino. Nos dâ, a serys, nos dâ."

Pymp mynysen warlergh hedna, an tressa den a entras hag ev a dherivas dhyn fatell wrug ev y gachya i'n myttyn abrës, gans glasbysk; hag ena ev a dhepartyas, ha den solem in cres y oos, tew y semlant, a entras hag esedha ryb an fenester.

Ny gowsas den vëth ahanan pols; saw wàr an dyweth Jory a drailyas tro ha'n den nowyth-devedhys ha leverel: "Saw revrons ahanowgh why, yma govenek dhyn why dh'agan pardona bos mar frank genowgh, ha ny stranjers i'n côstys-ma—saw ow hothman ha me, ny a vynsa pòr lowen, mar teffowgh why ha leverel dhyn fatell wrussowgh why cachya an trûth-na in bàn ena."

"Dar, pyw a leverys dhywgh my dhe gachya an trûth?" a veu an gorthyp sowthenys.

Ny a leverys na dherivas den vëth an mater dhyn, saw wàr neb fordh ny a brederys der anyen fatell o va an den neb a'n gwrug.

"Wèl tra varthys brâs ywa—tra varthys brâs," an stranjer tew a leverys, in udn wherthyn, "rag in gwrioneth, why yw ewn i'gas tybyans. Me a'n cachyas in gwir. Saw preder, why dh'y dhesmygy indella. Ren ow thas, tra varthys brâs yw in gwir."

Hag ena ev a bêsyas ha leverel fatell esa va hanter-our orth y londya, ha'n pysk dhe derry y welen orto. Ev a leverys ev dh'y bosa gans meur rach pàn dhewhelys tre, ha poster an trûth o peswardhek puns warn ugans.

Ev a dhybarthas wàr y dro, ha pàn o va gyllys, ost an chy a dheuth aberveth. Ny a dherivas dhodho an dyvers whedhlow a glôwsyn ny ow tùchya y drûth. Ev a veu dydhanys brâs, ha ny oll a wharthas yn colodnek.

"Desmygyowgh! Jym Bates, Jo Mùggles, Mêster Jones ha Wella Maunders coth, y oll a dherivas dhywgh fatell wrussons y y gachya! Hâ! hâ! hâ! Wèl hèn yw pòr dhâ," yn medh an den onest in udn wherthyn. "Ea, in gwir, y a vynsa y ry dhybm dhe worra in bàn i'm parleth, a pe va kechys gansans aga honen! Hâ! hâ! hâ!"

I'n eur-na ev a dherivas dhyn whedhel gwir an pysk. Dell hevel ev y honen a'n cachyas lies bledhen alena, pàn o va maw. Ny ûsyas ev creft vëth na skentoleth vëth rag y gachya, saw an fortyn coynt-na a vo parys dhe servya maw, pàn usy ev ow mynchya dhyworth an scol, hag ow mos in mes in dadn howl an dohajëdh gans nebes corden kelmys dhe vranch dhywar wedhen.

Ev a leverys fatell wrug an trûth-na, a dhros ev tre, y selwel dhyworth stewan, ha'y scolvêster y honen a leverys dhodho an pysk dhe vos eqwal dhe'n rewl a dry ha dhe bractys gorrys warbarth.

Ost an chy a veu gelwys in mes a'n rom i'n tor'-na, ha Jory ha me a drailyas agan lagasow arta orth an pysk.

In gwir trûth marthys o ev. Dhe voy a wrussyn ny meras orto, dhe voy y tevy agan marth.

Y feu Jory kebmys môvys adro dhodho, may whrug ev crambla wàr geyn chair dhe veras moy ogas orto.

Hag ena an chair a slynkyas, ha Jory a dhalhednas câss an trûth yn whyls rag selwel y honen. An câss a godhas gans bobm brâs, ha Jory ha'n chair wàr an câss.

"Nyns yw an pysk shyndys genes, ywa?" me a grias pòr frobmys hag ow fystena bys dhodho.

"Govenek a'm beus na wrug," yn medh Jory in udn sevel in bàn gans meur rach hag ow meras adro.

Saw myshevys o an pysk ganso. Yth esa an trûth-na a'y wroweth wàr an leur terrys in mil dharn—mil a lavaraf, saw martesen nag esa marnas naw cans. Ny wrug avy aga nyvera.

Ny a'n consydras coynt hag anstyradow y whrella trûth stoffys terry in darnow bian indella.

Hag y fia an mater coynt hag anstyradow, a pe an pysk-na trûth stoffys, saw nyns o màn.

An trûth o gwrës a jypsùm.

Chaptra XVIII

Lockys

Lockys.—Yth yw skeusen gwrës a Jory hag ahanaf.—Wallyngford.—Dorchester.—Abyngdon.—Den teylu.—Tyller dâ rag budhy dha honen.—Radn an ryver nag yw êsy.—An fordh may ma an ryver ow qwil pobel crowsek.

Ny a asas Strêtly an nessa myttyn abrës ha rêvya bys in Cùlham. Ny a gùscas in dadn ganfas i'n merdhowr ena.

Nyns yw an ryver a les brâs inter Strêtly ha Wallyngford. Dhyworth Cleeve yma whegh mildir a'n ryver heb lock. Me a grës bos hedna an radn hirra heb lock in tyller vëth a-ugh Teddyngton. Yma Clùb Resohen orth y ûsya rag practycya aga rêvyans.

Kynth yw an fowt a lockys dâ rag an rêvador, yth yw bern dhe'n havyas ow whelas plesour.

Me ow honen, me a gar lockys. Ymowns y ow terry undoneth an rêvyans. Dâ yw genef esedha i'n scath ha derevel yn lent in mes a'n downder yêyn bys in partys ha vuys nowyth; poken skydnya in mes a'n bës, hag ena gortos, ryb an yettys tewl ow qwîhal, erna wrella an skethen gul a wolow an howl ledanhe hag otta an ryver teg ha cuv a'y wroweth dhyragos, ha te a yll herdhya dha scath vian in mes a'y bryson rag tro bys in welcùm an dowrow arta.

Tyleryow teg yns y, an lockys-ma. An gwethyas tew pò y wreg jolyf pò y vyrgh, spladn hy lagasow, y yw pobel plesont dhe gestalkya gansans.* Nebonen a yll metya i'n lock gans scathow erel,

---

* Ewna via leverel yth *êns* y pobel plesont. Yth hevel Cowethas Mentenons Dowr Tamys dhe drailya hy honen agensow dhe gompany rag gobra bobbys. Lowr

ha kestalkya gans an scathoryon. Ny via Dowr Tamys ryver hudol, kepar dell yw, heb y lockys blejednek.

Yma an cows-ma ow tùchya lockys ow remembra dhybm drog-labm namna wharva dhe Jory ha dhybm myttynweyth in Lÿs Hampton.

Dëdh gloryùs o, hag yth esa lies scath i'n lock. Kepar dell yw ûsys wàr an ryver, yth esa fotografyth galwansek ow kemeres skeusendow ahanan oll ha ny ow terevel wàr dhowr an lock.

Ny wrug vy convedhes kyns oll pandr'esa ow wharvos, ha rag hedna me a veu sowthenys brâs pàn welys vy Jory ow levenhe y lavrak wàr hast. Ena ev a grihas y vlew ha gorra y gappa wàr denewen y bedn avell pollat teg. Wàr an dyweth ev a wrug dh'y fâss dhysqwedhes caradôwder ha tristans kemyskys, esedha in fordh grassyùs ha whelas keles y dreys.

Wostallath me a brederys ev dhe weles neb mowes aswonys dhodho, ha me a veras adro rag cachya golok anedhy. Yth hevelly pùbonen i'n lock dhe vos gwrës predn adhesempys. Yth esens y oll ow sevel pò owth esedha i'n stubmow moyha stranj ha moyha coynt a welys vy bythqweth wàr wynsell Japanek. Yth esa minwharth wàr vejeth kenyver mowes. Ass êns y wheg! Hag yth esa an wesyon ow plegya tâl, hag owth apperya sevur ha nôbyl.

Hag ena an gwrioneth a spladnas i'm pedn. Me a wovydnas orthyf ow honen a kyllyn bos adermyn. Agan scath o an kensa scath, ha ny via cuv ragof shyndya skeusen an fotografyth, me a brederys.

Me a drailyas adro ytho hag yn uskys kemeres ow savla i'n radn arag. I'n eur-na me a bosas gans grâss dyswar wàr an scath-hig, stauns esa ow tysqwedhes bewder ha nerth. Me a wrug restry ow blew may fe crudyn crùll dres ow thâl, ha settya hireth tender kemyskys gans tùch a cynycuster i'n tremyn ow bejeth, rag y leveryr hedna dhe'm desedha.

Kepar dell esen ny ow sevel in udn wortos an decken vrâs, me a glôwas nebonen wàr ow lergh ow kelwel:

a'n wethysy lock, spessly in radnow an ryver menouhys gans bùsh brâs a bobel, yw tus coth êsy dhe frobma. Nyns usons y ow tesedha an ober.

"Hô! Mir orth dha dron!"

Ny yllyn trailya dhe weles pandr'o an mater, ha dhe byw o an tron, esens ow meras orto. Me a veras adenewen orth frigow Jory! Ev o dâ lowr! Wèl, dhe'n lyha nyns esa tra vëth warnodho a alsa bos chaunjys. Me a veras yn camlagajek orth ow frigow ow honen, ha'm frigow-vy a apperyas mar dhâ dell ylly bos gwetys inwedh.

"Mir orth dha dron, te bedn brâs!" an keth voys a grias arta, saw dhe voy uhel.

Hag ena voys aral a grias:

"Gwra herdhya dha dron in mes, a ny ylta jy, te dhen gans dha gothman ha'th ky!"

Ny vedhys vy trailya na ny vedhas Jory naneyl. Yth esa dorn an fotografyth wàr an cappa, ha'n skeusen a alsa bos kemerys prës vëth. Esens y ow kelwel orthyn ny? Pandr'o cabm gans ow frigow vy? Prag yth o res aga herdhya in mes?

Saw warbydn an termyn-na yth esa pùbonen i'n lock ow carma worthyn, ha lev cowr a grias dhywar an ladn:

"Merowgh orth agas scath, a sera, why i'n cappa rudh ha'n cappa du. Y fëdh agas corfow why kemerys i'n skeusen-na, mar ny wrewgh why fysky."

Ny a veras ena, ha gweles fatell o pedn arag agan scath kechys in dadn brednweyth an lock, hag yth esa an dowr ow tos ajy hag ow terevel oll adro dhedhy rag gwil dhedhy inclynya. Tecken moy ha ny a via domwhelys. Mar uskys avell luhesen, an dhew ahanan a sêsyas rev ha gweskel yn crev warbydn tenewen an lock gans pednow sogh an rêvow. Ny a veu tôwlys wàr dhelergh wàr agan keyn.

Jory ha me, nyns o teg agan semlant i'n skeusen-na. Heb mar, dell

ylly bos gwetys, agan cales-luck a dhetermyas fatell wre an fotografyth obery y jyn skeusen i'n very termyn esen ny a'gan groweth wàr agan keyn; "Pleth esoma? Ha pandr'yw hebma?" dhe redya wàr agan fâss ha'gan treys ow qwevya yn whyls i'n air.

Heb dowt vëth oll yth o agan treys an chîf-mater a les i'n skeusenna. In gwir, bohes aral a ylly bos gwelys. Yth esa an treys ow lenwel oll an ragdir yn tien. Wàr aga lergh nebonen a alsa gweles vuys a'n scathow erel, ha darn obma hag ena a'n pow adro. Saw yth hevelly pùbonen aral ha pùptra aral i'n lock dybos ha heb prîs comparys dh'agan treys ny. Ytho y feu oll an bobel methek anodhans aga honen, hag y a sconyas perna copys a'n fotograf.

Perhen an launch êthen a erhys whegh copy, saw ev a sconyas an arhadow pàn welas ev an negedhyn. Ev a leverys y fydna ev aga hemeres, mar teffa nebonen ha dysqwedhes y launch dhodho. Saw ny alsa den vëth. Yth esa an launch neb tyller adrëv tros dyhow Jory.

Dyvlas o an negys yn tien. An fotografyth a leverys y talvia dhyn ny agan dew kemeres dewdhek copy an den, drefen naw degves radn a'n skeusen dhe vos lenwys ahanan. Ny a leverys y fedhen lowen dhe vos fotografys orth hirder leun, saw gwell via genen apperya pedn in bàn.

Wallyngford, whegh mildir a-ugh Strêtly yw tre pòr goth, hag a veu tyller a'n les brâssa in istory Pow an Sowson. Tre arow gwrës a bletweyth ha pry in termyn an Vretons, esa tregys ena, erna dheuth an lyjyons Roman ha'ga gorra in mes. In le aga fosow pebys an Romans a dherevys kerrow cowrek. Ny spêdyas an termyn dhe scubya in kerdh an magoryow, rag an masons-na a'n dedhyow coth a wodhya byldya mar dhâ.

Kyn whrug an Termyn stoppya dhyrag fosow an Romans, ev a wrug doust a'n Romans aga honen yn scon; ha wàr an dor i'n dedhyow wosa hedna, Saxons gwyls ha Danys brâs a wre omlath erna dheuth an Normans.

Tre grefhës o hy ha fosow adro dhedhy bys in termyn Gwerryans an Parlament. Fairfax a omsettyas adro dhedhy. An dre a godhas wàr an dyweth, hag ena an fosow a veu dyswrës.

Dhyworth Wallyngford bys in Dorchester yma an pow a bùb tu a'n ryver ow tevy menedhek ha moy dyvers. Yma Dorchester hantermildir dhyworth an ryver. Den a yll y dhrehedhes dre rêvya Dowr Thame in bàn, mars yw bian y scath; saw an fordh wella yw gasa an ryver orth Lock Day, ha kerdhes dres an gwelyow. Dorchester yw tyller coth wheg cosolek, a'y wroweth in taw, hun ha cres.

Dorchester, kepar ha Wallyngford, o cyta in dedhyow an Vretons coth. Ker Doren o hy hanow i'n dedhyow-na, "an cyta wàr an dowr." Moy adhewedhes an Romans a wrug caslës vrâs obma. Hag i'n jëdh hedhyw y honen yma an kerweyth adro dhe'n dre kepar ha brynyow isel compes. In dedhyow an Saxons yth o Dorchester chîf-cyta Wessex. Pòr goth yw an dre hag yth o hy pòr grev ha pòr vrâs i'n termyn eus passys. Saw lebmyn yma hy owth esedha adenewen dhyworth an bës bew, ha hy ow tergùsca hag ow qwil hunros.

Clifton Hampden y honen yw treveglos marthys teg, coynt cosolek ha dainty gans hy flourys. I'n pow adro dhedhy pòr deg ha pòr rych yw an vuys ryb an ryver. Mar teuta ha spêna an nos in Clifton, an gùssul wella yw ôstya in tavern "Mejy an Barlys." Heb excepcyon an tavern-na yw an tavern moyha coynt, moyha kepar ha'n gîsyow coth wàr Dhowr Tamys yn tien. Yma va ow sevel adhyhow dhe'n pons, adenewen dhyworth an dreveglos hy honen. Yma an pùnyons, an to sowl ha'n fenestry clos ow ry dhodho an semlant a jy in mes a lyver whedhlow; ha wàr jy yth yw an chy whath moy haval dhe jy a'n dedhyow passys.

Ny via an tavern-na tyller dâ dhe ôstya rag myrgh yonk in mes a novel arnowyth. Yth yw mowes an novel arnowyth pùpprës a "uhelder nevek", hag y fëdh hy pùpprës "ow terevel hy honen bys in hy uhelder leun." I'n tavern "Mejy an Barlys" hy a wrussa bonkya hy fedn warbydn an nen, pyskytter may whrella hy gwil indella.

Drog-jy via inwedh rag den medhow dhe ôstya ino. Yma re a sowthan ow tùchya stappys dhe'n dor aberth i'n rom-ma hag in bàn aberth i'n rom-na, pò trouvya y wely nefra pàn ve wàr van; y fia an dhew dra impossybyl ragtho yn tien.

Ny a savas in bàn an nessa myttyn abrës rag ny a garsa bos in Resohen warbydn an dohajëdh. Mater a varth yw an eur may hyll nebonen sevel i'n myttyn, pàn ve va ow campya wàr ves. Ny vëdh den vëth ow tesîrya "pymp mynysen moy" mar venowgh, pàn vo va wrappys in strailyow wàr stras scath, dell wrella a pe va in gwely pluv. Ny a worfednas haunsel ha mos dre Lock Clifton warbydn hanter wosa eth.

Dhyworth Clifton dhe Cùlham plat, undon yw an gladnow ha heb les vëth, saw wosa te dhe bassya dre Lock Cùlham—an lock moyha down ha yêyn wàr an ryver—yma an pow ow mendya.

Yma an ryver ow passya dres an strêtys in Abyngdon. Abyngdon yw tre varhas a'n sort biadnha—cosel, pòr wordhy, glân hag uthyk dyfreth. Yth yw an dre prowt dhe vos coth, saw mar kyll hy comparya i'n mater-ma dhe Wallyngford ha Dorchester, yth yw dhe dhowtya. Yth esa abaty meur y hanow obma i'n dedhyow passys, ha ajy dh'y fosow sans yth yw bryhys coref wherow hedhyw i'n jëdh.

In Eglos Sen Nycolas in Abyngdon y hyll bos gwelys men cov dhe Jowan Blackwell ha dh'y wreg, Jane. Wosa spêna aga bêwnans yn lowen warbarth avel copyl demedhys, y a verwys an keth dëdh, 21 Est, 1625. In Eglos Elen Sans yma recordys ow tùchya W. Lee, neb a verwys i'n vledhen 1637, "fatell veu denethys dhodho in y vêwnans issew a'y lonyow ow nyvera dew cans marnas try." Mar teuta hag desmygy an nùmber-na, te a gav y issew dhe vos udn cans ha seytek ha peswar ugans. Yth o Mêster Lee—pympgweyth mêr a Abyngdon—masoberor dhe bobel y dhedhyow, saw govenek a'm beus nag eus lies huny a'y sort ev dhe gafos i'n nawnjegves cansvledhen-ma, mar leun dell yw a bobel.

Dhyworth Abyngdon bys i'n Nûnham Courtney yw radn pòr deg a'n ryver. Y tal vysytya Park Nûnham heb dowt vëth oll. Y hyll an plâss bos gwelys de Merth ha de Yow. Yma cùntellyans fin a byctours hag a daclow coynt, ha pòr sêmly yw an an dymên adro dhodho.

Pòr dhâ yw an poll in dadn gores Sandford avell tyller dhe vudhy dha honen. Crev dres ehen yw an fros in dadno, ha mar teuta unweyth skydnya ino, te a wra spêdya. Yma obelysk i'n tyller may feu dew dhen budhys solabrës, pàn esens ow padhya ena. Yma tus yonk owth ûsya stappys an obelysk avell astell dîvya yn fenowgh lebmyn, pàn vowns y whensys dhe weles ywa tyller peryllys in gwir.

Lock Iffley ha'y Velyn, mildir dhyrag Resohen, yw vu meurgerys gans lymnoryon neb a gar an ryver. Nyns yw an dra y honen dâ lowr,

wosa te dhe weles an pyctours.
Bohes yw an taclow i'n bës-ma, me
re verkys, yw mâr dhâ avell an
pyctours gwrës anodhans.

Ny a bassyas dre Lock Iffley adro dhe dheg mynysen warn ugans
wosa hanter-dëdh. Ena dyghtya a wrussyn an scath ha'y farusy rag
londya. Ena ny a dhalathas lafurya ha mos agan mildir dhewetha.

An radn a'n ryver usy inter Iffley ha Resohen yw an darn calessa a
oll an ryver. Res via dhe nebonen bos genys wàr an trogh-na a dhowr
rag y ùnderstondya. Me re viajyas warnodho lies gweyth, saw
bythqweth ny yllyn y gonvedhes. Pynagoll den a alsa rêvya strait
dhyworth Resohen, alsa bewa meur y gonfort in dadn an udn to gans
y wreg, y wheger, y whor gotha ha'n servyades coth neb o i'n mêny
pàn o va flogh.

Yma an fros orth dha dhrîvya tro ha'n ladn dhyhow, hag ena tro
ha'n ladn gledh; ena yma va worth dha gemeres bys i'n cres, worth
dha drailya adro tergweyth, hag orth dha dhon an fros in bàn arta.
Pùpprës y fëdh an fros ow whelas dha herdhya gans nerth warbydn
barj onen a'n coljiow.

Heb mar, dre rêson a hebma, ny a ancombras lies scath aral wàr an vildir-na, hag y a'gan ancombras ny inwedh. Ytho y feu clôwys lowr a debel-gows.

Ny worama prag yth yw indella, saw y fêdh kenyver onen crowsek dres ehen pùpprës wàr an ryver. Drog-labmow bian, na wrusses scant merkya wàr dir sëgh, wàr an dowr ymowns y ow qwil dhis mos mes a'th rewl dhe sorr. Pàn vo Harrys pò Jory ow qwil bobba anodhans aga honen, otta vy ow minwherthyn yn cuv. Saw pàn vo gocky aga omdhegyans wàr an ryver, otta vy worth aga hùssya gans an taclow moyha uthyk. Pàn vo scath aral ow degea ow fordh dhyragof, yth esoma owth omglôwes parys dhe gemeres rev rag ladha oll an bobel inhy.

An bobel moyha clor aga natur wàr an dor, y yw gwrës gwyls, garow ha goscar in scath. Me a viajyas nebes gans arlodhes yonk prës alebma. Dre natur yth o hy onen a'n mowysy whecka ha clorha a alsa bos desmygys, saw uthyk o hy clôwes wàr an ryver.

"Ogh, mollath Duw wàr an den-na!" hy a gria, pàn wrella rêvador anfusyk hy ancombra gans y scath. "Prag na yll ev meras ple ma va ow mos?"

Ha, "Tety valy, an dra goth wocky!" hy a levery yn crowsek, pàn na wrella an gool mos in bàn yn ewn. Ha hy a'n cachya ha'y shakya yn whyls.

Saw kepar dell leverys, wàr an tir hy o cuv ha caradow lowr.

Yma power in air an ryver dhe voghhe crowsecter neb-onen, hag yth hevel dhybm hedna dhe vos an rêson tus barj kyn fe dhe leverel taclow dyscortes traweythyow an eyl dh'y gela, ha dhe ûsya lavarow, a wrellens kemeres meth anodhans wosa om-bredery moy adhewedhes.

Chaptra XIX

Resohen

Resohen.—Gwlas Nev warlergh Montmorency.—An scath gobrenys rag an ryver awartha, hy thecter ha'y frow.—"Gooth Dowr Tamys."—Gordhuwher heb lowena.—Desîr rag an dra na yll bos kefys.—An kescows jolyf ow mos adro.—Yma Jory ow seny an banjo.—Melody trist.—Ken dëdh glëb.—Fia dhe'n fo.—Soper bian hag eva dhe yêhes.

Ny a spênas dew jorna pòr blesont in Resohen. Yma lies ky in cyta Resohen. Montmorency a wrug omlath gans udnek ky an kensa dëdh, ha gans peswardhek an secùnd dëdh. Yth hevel ev dhe gresy fatell verwys ha dos dhe wlas nev.

Ûsadow kebmyn yw in mesk pobel re dhiek aga  horf pò re dhiek aga natur, ny vern pyneyl, dhe gafos scath in Resohen ha rêvya an ryver wàr nans. Dhe'n den leun nerth, bytegyns, gwell yw an viaj an ryver in bàn. Nyns yw dâ mos gans an fros pùpprës. Yma moy a blesour in settya dha geyn yn serth hag in omlath wàr y bydn ha gwainya dha fordh wàr y bydn awos oll y ehen—dhe'n lyha yth esoma owth omglôwes indella pàn vo Harry ha Jory ow rêvya, ha me ow honen ow lewyas.

Me a vynsa leverel dhe'n re-na usy ow predery adro dhe dhallath dhyworth Resohen, kemerowgh agas scath agas honen genowgh—mar ny yllowgh why heb mar kemeres scath nebonen aral heb an peryl a vos dyskevrys. Dre vrâs an scathow neb a vëdh gobrenys wàr Dhowr Tamys a-ugh Marlow yw scathow pòr dhâ. Yth yns y staunch lowr; ha mar pedhons dyghtys gans rach, ny wrowns terry dhe dybmyn na sedhy ma's bohes venowgh. Yma tyleryow warnodhans dhe esedha, hag yma inhans pùptra pò pùptra ogasty yw res rag alowa dhis aga rêvya ha'ga lewyas.

Saw afînys nyns yns y màn. Nyns yw an scath a wrusta gobrena a-ugh Marlow an sort a scath a aljes dysqwedhes adro rag gwil bobans. Yma scath an ryver awartha ow lettya pùb gockyneth a'n par-na dhyworth an bobel inhy. Hèn yw an comendyans brâssa—an udn comendyans, martesen—rygthy.

Den scath an ryver awartha yw uvel ha methek. Dâ yw ganso sensy dhe'n ladn skeusek, in dadn an gwëdh, ha dhe wil an part brâssa a'y rêvya i'n myttyn avarr pò in nos holergh, pàn nag eus lies huny adro wàr an ryver rag meras orto.

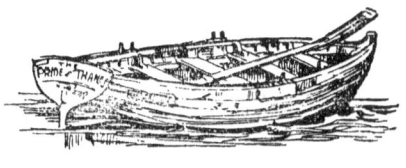

Pàn wrella den an scath wobrenys gweles nebonen aswonys dhodho, yma va ow tira wàr an ladn, hag ow keles y honen adrëv gwedhen.

Me o esel a vùsh a wrug gobrena scath an ryver awartha rag trumach nebes dedhyow. Ny wrug den vëth ahanan gweles an scath wobrenys dhyrag dorn; ha ny wodhyen ny pandr'o pàn wrussyn hy gweles.

Ny a screfas dhedhans owth erhy scath dyw rev. Pàn wrussyn skydnya gans agan seghyer bys in lesterva, ha ry agan henwyn, an den a leverys:

"Ô, ea. Why yw an bobel a erhys scath rêvya. Dâ lowr. Jym, kergh dhybm obma *Gooth Dowr Tamys*."

An maw êth hag apperya pymp mynysen wosa hedna, hag ev ow strîvya gans darn brâs a bredn, a hevelly bos palys agensow in mes a neb tyller, ha palys in mes heb rach, may feu va myshevys heb othem i'n proces.

Ow thybyans personek ow honen, pàn welys vy an dra rag an kensa prës, o y vos crer Roman a neb sort—ny wodhyen pëth o va wostallath, geler martesen.

Pow Dowr Tamys awartha yw rych in creryow Roman, ha'm desmyk vy a hevelly dhybm bos gwirhaval; saw den yonk sad, neb yw doregor, a dhysprêsyas ow thybyans vy ow tùchya crer Roman. Ev a leverys fatell o apert dhe'n den moyha talsogh (ha drog o ganso, dell hevelly, na ylly ev in conscians dâ ow renkya vy i'n sort-na) fatell o omgarregyn a vorvil an dra drës gans an maw; hag ev a dhysqwedhas dhyn oll an tôknys esa ow prevy an dra dhe longya dhe'n termyn dhyrag oos an yey.

Rag conclûdya an strîf ny a elwys wàr an maw. Ny a erhys dhodho na wrella kemeres own, saw côwsel an gwrioneth pur. O va omgarregyn a vil mor a'n dedhyow dhyrag Adam hag Eva, pòken geler Roman avarr.

An maw a leverys fatell o hy *Gooth Dowr Tamys*.

Ny a gresy wostallath hedna dhe vos gorthyp pòr wharthus dhyworto, ha nebonen ahanan a ros dyw dheneren dhodho rag y hûmour parys. Saw pàn dhuryas ev gans an ges, kepar dell esen ny ow tyby, ny a sorras ganso.

"Deus, deus, a vaw!" yn medh agan capten yn sherp, "bydner re wrellyn clôwes ger vëth moy a'n gockyneth-ma. Kebmer in kerdh keren golhy dha vabm tre genes arta, ha dro dhyn scath."

An byldyor scathow a dheuth bys dhyn ena, hag ev a'n afydhyas dhyn avell den heb flows, fatell o scath an dra in gwir—rag leverel an gwrioneth, agan scath ny o hy, "an scath dyw rev" dêwysys rag agan dry wàr an viaj Dowr Tamys wàr nans.

Ny a groffolas yn frâs. Ny a gresy y halsa ev dhe'n lyha gwil dhe'n scath bos gwyngalhys pò duhës gans tarr—pò y dyghtya wàr neb fordh arall rag gwil dhedhy bos dyffrans dhyworth gwreck. Saw ny wely an den tra vëth cabm gensy.

Ev a hevelly bos offendys der agan geryow. Ev a leverys fatell wrug ev dêwys an scath wella in oll y stock, hag yth esa ev ow teby y halsen ny aswon grassow moy dhodho.

Ev a leverys fatell vedha *Gooth Dowr Tamys* poran kepar dell o hy i'n tor'-na nans o dewgans bledhen, ha mar bell dell wodhya, ny wrug den vëth croffolas kyns hedna, ha ny wodhya ev convedhes prag y fedhen ny an kensa bagas dhe dhallath.

Ny wrussyn ny argya na fella.

Ny a golmas warbarth an scath, dell o hy henwys, gans kerdyn, cafos darn a baper fos ha'y glusa dres an tyleryow moyha pylednek, leverel agan pejadow, ha kerdhes wàr vord.

Y a gemeras pymthek sols warn ugans dhyworthyn rag lendya an remnant dhyn bys pedn whegh jorna. Ny a alsa perna an dra yn tien rag peswar sols ha whednar in chyffarwerth vëth a bredn dryftys adro dhe gôstys an pow.

An awel a jaunjyas an tressa jorna,—Ô, yth esoma lebmyn ow côwsel adro dhe'n viaj present-ma,—ha ny a dhalathas wàr agan fordh tre dhyworth Resohen i'n cres a gluthglaw dybowes.

An ryver—pàn vo golow an howl ow tewynya dhywar dhauns y donygow, ow corowra benow loos-wer an fawwëdh, ow terlentry der drûlerhow tewl goyeyn an cosow, ow châcya skeusow dres an basdowr, ow tehesy adamans dhywar ros an melynyow, ow tôwlel cussydnow orth an lyly, ow trufla gans dowr gwydn an coresow, owth arhansa fosow ha ponsow kewniek, ow qwil spladn pùb treveglos, ow qwil wheg pùb bownder ha pùb buthyn, ow crowedha maglednys i'n porv, ow kîky, ow wherthyn, dhyworth pùb logh, ow spladna gay wàr lies gool abell, ow qwil an air medhel gans y glory— yw gover owrek a'n bobel vian.

Saw an ryver—yêyn ha sqwith, pàn vo an glaw ow codha heb cessya wàr y dhowr syger gorm, ow sowndya kepar ha benyn, owth ola yn isel in neb chambour tewl; ha pàn vo an cosow, tewl ha tawesyk, aga nywl a êthen adro dhedhans, ow sevel kepar ha spyrysyon wàr an amal; spyrysyon tawesyk, rebûk in aga lagasow, kepar ha spyrysyon a debel-wrians, kepar ha spyrysyon a gothmans ankevys—yw dowr troblys gans spyrysyon ow mos dre bow an edrek.

Golow an howl yw goos bêwnans an Natur. Yma agan Mabm an Dor ow meras orthyn, dyfreth dyvew hy lagasow, pàn vo howl an golow gyllys in mes dhyworty. Ass on ny trist i'n tor'-na bos in hy

hompany. Yth hevel dhyn nag on ny aswonys dhedhy, ha nag usy hy worth agan cara. Yth yw hy kepar ha gwedhowes re gollas hy gour, neb o kerys gensy. Yma hy flehes ow tùchya hy dorn, hag ow meras in bàn orth hy lagasow, saw ny gefons minwharth vëth dhyworty.

Ny a rêvyas oll an jëdh-na der an glaw, hag ober trist o va in gwir. Ny a omwrug wostallath an ober dh'agan plêsya. Ny a leverys fatell o chaunj, ha dâ o genen gweles an ryver in dadn pùbonen a'y fâssow. Ny a leverys na alsen ny gwetyas cafos tra vëth marnas golow an howl yn udnyk. Ny a leverys an eyl dh'y gela Natur dhe vos teg, in hy dagrow kyn fe.

Ea, yth en ny, Harrys ha me, pës dâ ow tùchya an mater, rag nebes ourys dhe'n lyha. Ny a ganas cân adro dhe vêwnans an jypson, ha pana wheg o oll y dhedhyow ev—frank dhe'n hager-awel, dhe wolow an howl ha dhe genyver gwyns a wrella whetha!—ha fatl'esa an glaw orth y blêsya, ha pana dhâ o va rag y yêhes; ha fatla vedha ev ow mockya an re-na nag esa ow kemeres plesour ino.

Jory o moy sad ow tùchya an sport, hag ev wrug sensy an lawlen in y dhorn.

Ny a dherevys an scovva kyns ès lyvya, ha'y sensy in bàn dres an dohajëdh, in udn asa nebes spâss arag may hylly onen ahanan rêvya gans udn rev ha kemeres with a'n viaj. Indelma ny êth naw mildir, ha tedna in bàn rag an nos nebes in dadn Lock Day.

Ny allama leverel in gwir ny dhe spêna gordhuwher lowen. Yth esa an glaw ow codha yn poos heb cessya. Yth o pùptra i'n scath glëb ha yêyn. Ny veu sowena an soper. Yn fenowgh yma pasty kig leugh yêyn, pàn na'th eusta ewl boos, ow tyvlasa. Me a bredery y fedha gwell genef hern yonk ha golyth. Yth esa Harrys ow clappya adro dhe arlythen ha sows, hag ev a hedhas remnant y basty dhe Montmorency. An ky a'n sconyas ha despîtys dre lycklod der an offryn-na, ev êth hag esedha orth an pedn aral a'n scath y honen oll.

Jory a dhesîryas na wrellen côwsel adro dhe'n taclow-ma, dhe'n lyha, erna wrella va gorfedna y gig bowyn yêyn heb kedhow.

Ny a warias *Napoleon* wosa soper. Yth esen ny ow qwary adro dhe our ha hanter, ha warbydn an prës-na peder deneren o gwainys gans Jory—Jory a vëdh fortydnys pùpprës ow qwary cartednow—ha me ha Harrys, ny a gollas dyw dheneren poran agan dew.

Ny a erviras ena dhe sconya hapwary. Harrys a leverys hapwary dhe sordya frobmans anyagh mar pëdh nebonen ow mos re bell ganso. Jory a brofyas pêsya rag ry chauns dhyn kemeres venjyans warnodho. Saw Harrys ha me, ny a borposyas na wrellen strîvya na fella warbydn an Destnans.

Warlergh hedna ny a wrug kemysky badna gwyras ha dowr tobm ragon, ha ny a esedhas ow kestalkya. Jory a dherivas dhyn adro dhe dhen aswonys dhodho, neb a dheuth an ryver in bàn dyw vledhen alebma ha cùsca wàr ves in scath lëb in nos kepar ha'n nos-ma. Ev a gachyas fevyr remek, ha ny ylly tra vëth y selwel. Ev a verwys in painys brâs deg dëdh moy adhewedhes. Jory a leverys fatell o va yonk lowr ha ambosys dhe vos demedhys. Jory a gresy an negys dhe vos onen a'n whedhlow moyha trist a glôwas ev bythqweth.

Ha hedna a wrug dhe Harrys remembra cothman dhodho, neb o esel a'n Vodhogyon. Ev a gùscas wàr ves nosweyth glëb in dadn ganfas in nans in Aldershot, "nos kepar ha hodna," yn medh Harrys;

hag ev a dhyfunas an nessa myttyn yn cropyl rag nefra. Harrys a leverys y whre va agan presentya dhe'n den, pàn wrellen dewheles dhe'n cyta. Y whre agan colon devera goos orth y weles.

Heb mar an whedhlow-na a sordyas kescows plesont ow tùchya cleves clun, fevyrs, anwos, cleves skevens ha bronkîtys. Harrys a leverys y fedha tra pòr gledhek, a pe onen ahanan gweskys gans cleves brâs i'n nos, ha ny mar bell dhyworth medhek.

Yth hevelly fatell esen ny ow reqwîrya neppyth jolyf rag sewya an kescows-ma, hag in mynysen a wander me a gomendyas may whrella Jory kemeres in mes y vanjo ha gweles a ylly ev ry cân wharthus dhyn.

Yth o Jory dhe braisya nag o othem dhodho a iniadow. Ny leverys ev na wrug ev dry y vûsyk ganso na flows vëth a'n par-na. Ev a dednas y dhaffar in mes heb let, ha dallath seny "Two Lovely Black Eyes".

Me a gonsydras "Two Lovely Black Eyes" bythqweth dhe vos son ûsys hag a bùb dëdh oll bys i'n gordhuwher-na. Sowthenys fest veuma der an tristans rych a sordyas Jory in mes anodho.

Pàn esa an melody morethek ow procêdya, desîr a dheuth warnaf vy ha wàr Harrys dhe godha wàr godna y gela ha dhe ola. Saw gans strîf crev, ny a sensys wàr dhelergh an dagrow esa ow terevel inon, ha ny a woslowas orth an melody trist ha hirethek heb leverel ger.

Pàn dheuth an bùrdhen, ny a assayas in dyspêr dhe vos lowen. Ny a lenwys agan gwedrow arta ha jùnya i'n gân. Harrys, y lev ow trembla gans emôcyon, a lêdyas, ha me ha Jory a'n sewyas nebes geryow wàr dhelergh.

> *"Two lovely black eyes;*
> *Oh! what a surprise!*
> *Only for telling a man he was wrong,*
> *Two—"*

Ny yllyn ny pêsya. In agan stât morethek i'n tor'-na ny yllyn ny perthy tristans uthyk a vûsyk Jory ow mos gans an *"two"*-na. Harrys a olas kepar ha flogh bian, ha'n ky a ùllyas erna brederys y whre terry yn certan y golon pò y jalla.

Jory a garsa pêsya gans vers moy. Ev a gresy, pàn ve nebes pella aberth i'n son, ha pàn alla tôwlel moy a "emôcyon gwyls," dell alsa bos leverys, i'n performyans, martesen na vynsa apperya mar drist. Yth o tybyans a'n moyharîf, bytegyns, warbydn an prevyans.

Dre rêson nag esa ken tra vëth dhe wil, ny êth dh'agan gwely— hèn yw dhe styrya, ny a wrug disky agan dyllas, ha tossya adro wàr stras an scath neb try pò peswar our. Wosa hedna ny a spêdyas dhe gachya nebes cùsk terrys bys pymp eur myttyn. Ena ny a sevys ha debry haunsel.

An secùnd jorna o kepar ha'n kensa jorna. An glaw a bêsyas ow codha, hag yth esen ny esedhys, mailys i'gan côtys glaw, in dadn an canfas, hag a dhryftyas yn lent wàr nans.

Onen ahanan—ankevys yw genef pywa, saw me a grës me o va— a whelas unweyth pò dywweyth dres an myttyn dhe dhasvewa an gockyneth ow tùchya jypsons ha'gan bos flehes a Natur ha'n glebor dh'agan plêsya. Saw ny blegyas hedna dhe dhen vëth. Soweth, apert o an tybyans-ma—

"I care not for the rain, not I!"

dhe dherivas opynyon kenyver onen ahanan, ha dre rêson a hedna nyns esa othem a'y gana.

Ny oll o acordys ow tùchya udn poynt. Hèn o, pynag oll a wrella wharvos, ny a vynsa durya gans an ober-ma bys i'n dyweth. Ny o devedhys rag dyw seython a blesour wàr an ryver, ha dyw seython a blesour ny a wre cafos. A pen ny ledhys! Hedna a via tra drist rag agan cothmans ha kerens, saw nyns esa remedy. Ny a gresy y fedha furvel anfusyk omry dhe'n awel in aireth avell agan aireth ny.

"Nyns yw ma's dew dhëdh moy," yn medh Harrys, "ha ny yw yonk ha crev. Ny a yll spêdya dhe golenwel an dra wàr an dyweth."

Adro dhe beder eur ny a dhalathas debâtya an pëth a vynsen ny gwil an gordhuwher-na. Yth en ny i'n tor'-na gyllys nebes dres

Goryng, ha ny a erviras rêvya in rag dhe Pangborn, hag remainya ena an nos-na.

"Gordhuwher jolyf arta!" yn medh Jory in dadn y anal.

Yth esen esedhys hag ow predery adro dhe'n taclow dhyragon. Y fedhen in Pangborn warbydn pymp eur. Ny a wre dewedha kydnyow orth whegh eur ha hanter, leveryn. Wosa hedna ny a alsa kerdhes adro dhe'n dreveglos i'n glaw poos bys in termyn gwely; poken ny a alsa esedha in parleth tewl neb tavern ha redya an almanack.

"Dar, y fia an Alhambra moy jolyf ogasty," yn medh Harrys, ow corra y bedn in mes a'n gorher rag pols rag whythra an ebron.

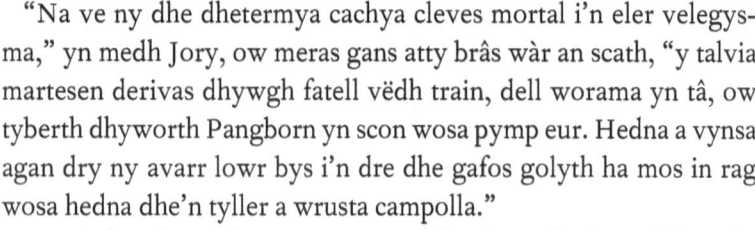

"Gans nebes soper i'n ——* wosa hedna," me a addyas, hanter dhe'm anwodhvos.

"Ea, namnag yw trueth ny dhe ervira glena orth an scath-ma," Harrys a worthebys. Hag ena y feu taw rag pols.

"Na ve ny dhe dhetermya cachya cleves mortal i'n eler velegys-ma," yn medh Jory, ow meras gans atty brâs wàr an scath, "y talvia martesen derivas dhywgh fatell vëdh train, dell worama yn tâ, ow tyberth dhyworth Pangborn yn scon wosa pymp eur. Hedna a vynsa agan dry ny avarr lowr bys i'n dre dhe gafos golyth ha mos in rag wosa hedna dhe'n tyller a wrusta campolla."

Ny gowsas den vëth. Ny a veras an eyl orth y gela, hag yth hevelly dhe bùbonen fatell esa va ow qweles y dybyansow gylty dastewynys in fâss an re erel. Heb leverel ger ny a dednas in mes an sagh Gladstone. Ny a veras an ryver in bàn ha wàr nans. Nyns o den vëth dhe weles!

Ugans mynysen wosa hedna, tredden, sewys gans ky methek, a alsa bos gwelys ow scolkya dhyworth scathjy orth "an Swàn" tro ha

---

* Bosty spladn dyberthys in côstys ——, le may kylta cafos onen a'n gwella kynyewyow pò sopers Frynkek a'n pris isella aswonys dhybm; warbarth gans botel dhâ dres ehen a win *Beaune*. Ha pris pùptra yw try sols ha whednar. Ny vedhama idyot mar wocky may whrellen campolla hanow an tyller.

gorsaf an hens horn. Yth êns y gwyskys i'n dyllas-ma, nag o naneyl glân na re spladn:

Eskyjyow du lether, plos; sewt scath a wlanen, pòr bloos; hot leuvban gorm, pòr ûsys; côta glaw, pòr lëb; glawlen.

Ny a dhecêvyas den an scathow in Pangborn. Ny'gan be an coraj dhe avowa dhodho fatell esen ny ow fia dhyworth an glaw. Ny a asas an scath ha pùptra inhy in dàdn y jarj ev, hag a erhys dhodho may fe hy parys ragon an nessa myttyn. Mar teffa tra vëth—ny a leverys—ha wharvos heb y wetyas, ma ny allen ny dewheles, ny a vynsa screfa dhodho.

Ny a dhrehedhas Paddyngton orth seyth eur, ha drîvya dystowgh dhe'n bosty campollys genef dhyrag dorn. Ena ny a dhebras prës boos scav, gasa Montmorency, warbarth gans comendyansow rag soper dhe vos parys warbydn hanter wosa deg eur, hag ena ny a bêsyas wàr agan viaj bys in Plâss Leicester.

Yth esa kenyver onen ow meras orthyn i'n Alhambra. Pàn dheuthon ny dhyrag box an tôknys, y feu erhys dhyn yn sherp mos adro dhe Strêt an Castel. Derivys veu dhyn inwedh ny dhe vos hanter-our holergh.

Ny a wrug dhe'n den cresy wàr an dyweth nag en ny "an Omgamoryon meur aga hanow dhyworth Menydhyow Hymalaya," hag ev a gemeras agan mona ha gasa dhyn entra.

Wàr jy ny o spêda moy whath. Agan fâss howl-leskys ha'gan dyllas coynt kepar hag in pyctour a vedha whythrys gans marth brâs. Yth o pùb lagas i'n waryva settys warnan.

Ass en ny prowt i'n termyn-na!

Ny a omdednas yn scon wosa an kensa corol, ha kerdhes wàr dhelergh dhe'n bosty, mayth esa an soper orth agan gortos.

Res yw dhybm meneges fatell wrug avy enjoya an soper-na. Dres deg jorna ader dro ny wrug ny bewa marnas wàr dra vëth marnas kig yêyn, câken ha bara ha kyfeyth. Boos sempel ha leun a vegyans o. Saw nyns esa tra vëth pigus ino. An odour a win Borgayn, ha saworen a sowsow Frynkek ha'n syght a lienyow dewla glân hag a dorthow hir a gnoukyas wàr dharas agan den wàr jy avell ôstyas wolcùm brâs.

Ny a dhebras hag a evas termyn hir heb leverel ger, erna dheuth an prës nag esen ny owth esedha yn serth in bàn, collel ha forgh dalhednys yn fyrm in agan dewla, saw yth esen ny ow posa wàr dhelergh i'n chair, ow lavurya diek ha lent—pàn wrussyn istyna agan garrow in dadn an bord, gasa dh'agan lienyow codha dhe'n dor heb aga merkya, ha whythra an nen, du gans mog, moy lew ès dell gefsyn ny chauns dhe wil kyns ena. Ny a settyas agan gwedrow pellder agan bregh dhyworthyn wàr an bord, hag omsensy yn tâ ha leun prederow ha leun gyvyans.

I'n eur-na Harrys, esa esedhys ryb an fenester, a dednas adenwen an groglen ha meras in mes wàr an strêt.

Yth esa an strêt ow terlentry yn tewl i'n glebor, an lanterns dyscler a flyckra gans kenyver waff, an glaw a godha fast aberth in pollow ha devera an pîbow dowr dhe'n dor aberth i'n shanellys leun. Yth esa nebes tremenysy ow fystena wàr aga fordh, gyllys in gron in dadn aga glawlednow glëbys, an benenes ow sensy in bàn aga lostednow.

"Wèl," yn medh Harrys, owth istyna y dhorn in mes rag cafos y wedren. "Ny re beu viaj teg, ha'm grassow a leun golon dhe Dhowr Tamys ragtho—saw me a grës fatell wrussyn ny an dra ewn pàn wrussyn cessya i'n eur-na. Yêhes dhe Dredden in mes a Scath i'n prës ewn!"

Ha Montmorency, ow sevel wàr y arrow delergh, dhyrag an fenester hag ow gîky in mes aberth i'n nos, a ùttras harth cot rag acordya gans an Yêhes na.

Gerva

actya *vb* to act
airbosor *m.*, *pl.* airbosoryon barometer
aireth *m.* climate
airgelgh *f.* atmosphere
almanack *m.* almanac
anles *m.* disadvantage, snag
antymacassar *m.*, *pl.* antymacassars antimacassar
anyem *f.* instinct
apotecary *m.* (dispensing) chemist
arethorieth *f.* oratory
argraf *m.* impression
arnewys *adj.* blasted (of oak tree)
aval *m.* kerensa, *pl.* avallow kerensa tomato
avîs *m.* motion (at a meeting)
avîsyans *m.* advertisement
avreal *adj.* unreal, imaginary
backa *m.* tobacco
balscat *adj.* ramshackle
banjo *m.*, *pl.* banjos banjo
barv *f.* an cothwas clematis
blejen *f.* an gog orchid
bobans *m.* pomp, ostentation
brongweth *f.*, *pl.* brongwethow stomacher
bronkîtys *m.* bronchitis
byskyt *m.*, *pl.* byskyttys biscuit
campya *vb* to camp
cleves *m.* disease; cleves Bright Bright's disease;
  cleves clos dywvron bronchitis; cleves strewy
  hay fever
clôwyowgh *m.* noise, hullaballoo
cog-wharth *m.*, *pl.* cog-wharthow senseless
  laugh
colera *m.* cholera
consel *m.* an bluw the parish council
coref *m.* jynjyber ginger beer
corva *f.* waxworks
covro *m.* souvenir
cùbert *m.* gweder glass case, glass cupboard
cùrunor *m.* coroner
cùssya *vb* to curse, to cuss
cùstard *m.*, cùstardys custard
Cysteroyan *adj.* Cistercian
damcanieth *f.* theory
dars *m.*, *pl.* darsas dace
dauns *m.* Sen Vîtùs St Vitus dance

decernyans *m.* discernment, taste
delvrÿsek *adj.* idealized
denjak *m.*, *pl.* denjogas pike
denladh *m.* alowadow justifiable homicide
devedhek *adj.* future
doregor *m.* geologist
dorgy *m.* lowarn, dorgeun *pl.* lowarn fox terrier
doustya *vb* to dust (= household chore)
dowr *m.* tobm Godhalek Irish whiskey; dowr
  tobm Frynkek brandy
drenogyn *m.*, *pl.* drenogydnow jack (fish)
dryftya *vb* to drift
dybrîs *adj.* worthless, valueless
dydhevnyth *adj.* useless
dygabester *adj.* unbridled
dyflan *m.* odds and ends
dyfterya *f.* diphtheria
dyglon *m.* depression
dymên *m.* demesne, grounds
dyskybel-vedhek *m.* medical student
dywolow *adj.* unlit
edhen *m.* moos poultry
encledhyor *m.* undertaker
estyllen *f.* an fardellow the luggage rack
euthnovel *m.*, *pl.* euthnovelys shilling shocker
  (novel involving crime and violence popular in
  the late Victorian period)
exploytya *vb* to exploit
fâcya *vb* to pretend
fay *f.*, *pl.* fayes fairy
ferneway *vb* to rage, to be angry
fevyr *m.* fever; fevyr cogh scarlet fever; fevyr
  remek rheumatic fever
fenester *f.* oryel, *pl.* fenestry oryel oriel window
folwherthyn *vb* to giggle
frigwheth *m.*, *pl.* frigwhethow sniff
frigwhetha *vb* to sniff
frodn *f.* tavasoges scold's bridle
furvel *f.* formula
gaja *m.* wager; ow gaja dhywgh I bet you
gass *m.* gas
gevelyow *pl.* cantol candle snuffers
glasbysk *m.* bleak
glingabm *adj.* knock-kneed
goscar *adj.* bloodthirsty

grastal *m.* gratuity, tip

gwara *m.* **gorlanwes** luxury goods

gwary *m.* **tùch** (*children's game*) touch, tag

gwin *m.* **Borgayn** Burgundy (wine)

gwrior *m.* **framys** frame maker

gwydhyvor *m.*, *pl.* **gwydhyvoryon** billman, soldier armed with billhook

gwydnak *m.* **pendew**, *pl.* **gwynogas pendew** gudgeon

gwyras *f.* alcoholic spirit; **gwyras predn** methylated spirits; **gwyras Scot** Scotch whisky

harlot-was *m.* villain, scoundrel

harlotry *m.* vileness

honenbosecter *m.* self-importance

jeneral *adj.* general

jorryk *m.* jar, jug

jypsùm *m.* plaster of Paris

kegyn *f.* **wragh** witch's kitchen

kelvyth *adj.* artistic

ker *f.* **droya** maze, labyrinth

kerhynek *adj.* circumstantial

kespos *m.* equilibrium

knofen *f.* **dor** peanut

ky *m.* **Sen Bernard** St Bernard dog

kyfeyth *m.* jam

kylva *f.* background

kylwharth *m.* snigger

lagatta *vb* to gaze, to gawp

launch *m.* **êthen**, *pl.* **launchys êthen** steam launch

lavregyn *m.* drawers, trunks

lemonâd *m.* lemonade

level *m.* **gwyras** spirit level

losk *m.* **treys** chilblains

loskveneth *m.* volcano

lùffya *vb* to luff (to bring a sailing ship closer to the wind)

lÿsor *m.*, *pl.* **lÿsoryon** courtier

magel *f.* entanglement

manylyon *pl.* details

menegva *f.* list, catalogue

menoughva *f.* haunt

mêntermyn meantime; **i'n mêntermyn** in the meantime

milus *adj.* beastly, brutish, bestial

moldror *m.*, *pl.* **moldroryon** murderer

mordhos *f.* **hogh** ham

mùngrel *m.* mongrel

mûs *m.* moss

mynchya *vb* to play truant

mynsonieth *f.* geometry

negedhyn *m.* negative

omgabmor *m.*, *pl.* **omgamoryon** contortionist

omgarregyn *m.* fossil

ostlery *m.*, *pl.* **ostlerys** hostelry

owrgelgh *m.* halo

owtryger *m.* outrigger

panellya *vb* to panel

parafîn *m.* paraffin

pass *m.* **tag** whooping cough

patryark *m.*, *pl.* **patryarkys** patriarch

pedn *m.* **hoos**, *pl.* **pednow hoos** perch

pedn *m.* **pùsorn**, *pl.* **pednow pùsorn** refrain (of song)

pelednyk *f.*, *pl.* **pelenygow** pill

pianyth *m.* pianist

pîbow *pl.* **sagh** bagpipes

plâtyow *pl.* **patron helyk** willow-pattern plates

pompyon *m.* **wheg** melon

port *m.*, *pl.* **portys** porthole

pûdel *m.* **Frynek** French poodle

pyckels *pl.* pickles

pylkyn *m.*, *pl.* **pylkydnow** minnow

pympbês *m.* starfish

racan *m.* (garden) rake

ragdas *m.*, *pl.* **ragdasow** ancestor

ragwel *n.* **wàr an awel** the weather forecast

rastel *f.* grill

recît *m.* prescription

referrya *vb* to refer

relêssya *vb* to release, to let go

remedy *m.* **avy patentys** patent liver cure

rîff *m.* reef (portion of sail)

rownders *pl.* rounders

sacrystan *m.*, *pl.* **sacrystans** sexton

sagh *m.* **Gladstone** Gladstone bag

scabagùlyon *m.* **Godhalek** Irish stew

scantlyn *m.* measure, rule

scath *f.*, **clos**, *pl.* **scathow clos** raft

sciensek *adj.* scientific

scorpyonles *m.* forget-me-not

scubylen *f.* **dens** toothbrush

scùryores *f.* charwoman

sensacyon *m.* sensation

skeul *f.* **an gradhow** the stepladder

snobbek *adj.* snobby

solyd *adj.* solid

sows *m.* **Worcester** Worcester sauce

spîcer *m.* grocer

spîtus *adj.* malignant

ston *m.* stone (weight)

strîfgar *adj.* quarrelsome

strocas *m.* **howl** sunstroke

strocosor *m.* stroke (rower)

stùrjon *m.*, *pl.* **stùrjons** sturgeon

stywart *m.* steward

sygen *f.*, **sygednow** loop

syly *m.*, *pl.* **sylias** eel

symûm *m.* simoom (strong dry wind of the Levant)

syrop *m.* **syvy** strawberry syrup

system *m.* system

talak *m.*, *pl.* **talogas** roach

tart *m.* **trenkles** rhubarb tart

tervuster *m.* rowdiness

tesen *f.* **vian** bun

tiak *m.*, *pl.* **tiogow** rustics

tiogeth *m.* housekeeping

todnyk *m.*, *pl.* tonygow wavelet

tôkyn *m.* **gwarnyans, tôknys gwarnyans** warning symptom

trethyas *m.* passenger

vyctym *m.* victim

wast *m.* waist

whedhyans *m.* **glin** housemaid's knee

zymôsys *m.* zymosis (an infectious disease caused by fungus)

Heŋwyŋ Tyleryow ḥa Poblow

Abyngdon *m.* Abingdon

Academy *m.* **Rial, an** the Royal Academy

Adam *m.* **hag Eva** *f.* Adam and Eve

Aldershot *m.* Aldershot

Alhambra *f.*, **an** the Alhambra (theatre in London)

Alfred *m.* Alfred; **Alfred Mytern** King Alfred.

Algar *m.* Algar

An Carow *m.* "the Stag" (inn)

An Gùrun *f.* "the Crown" (inn)

An Porhel *m.* **ha'n Whybonol** "The Pig and Whistle" (inn)

An Swàn *m.* "the Swan" (inn)

An Tarow *m.* "the Bull" (inn)

Ann Boleyn *f.* Ann Boleyn

Ann Clêves *f.* Ann of Cleves

Apollo *m.* Apollo

Arcâd *m.* **Lowther** Lowther Arcade

Arctek *m.*, **an** the Arctic

Arlodhes Hoby *f.* Lady Hoby

Arlùth Fitznoodle *m.* Lord Fitznoodle (fictitious name for the typical English aristocrat)

Arlùth Paget *m.* Lord Paget

'Arry *m.* Harry (with Cockney pronunciation)

Arthùr Paget *m.* Arthur Paget

Babiow *pl.* **i'n Coos** Babes in the Wood

Bass m. Bass (make of beer)

Bath *m.* Bath

Birmyngham *m.* Birmingham

Bisham *m.* Bisham; **Abatty** *m.* **Bisham** Bisham Abbey; **Eglos** *f.* ~ Bisham Church

Bodhogyon *pl.*; **an Vodhogyon** the Volunteers

Boulogne *f.* Boulogne

Boveney *m.* Boveney

Bow *m.* Bow

Bradshaw *m.* John Bradshaw, regicide

Breton *m.*, *pl.* **Bretons** Briton

Bùckynghamshîr *m.* Buckinghamshire

Capten Cook *m.* Captain Cook

Castel *m.* **Hever** Hever Castle

Casvelyn *m.* Cassivelaunus

Cesar *m.* Caesar

Chanel *m.*, **an** the Channel

Charles Mytern *m.* King Charles

Chertsey *m.* Chertsey

Chy *m.* **Ankerwyke** Ankerwycke House

Chy *m* **an Manor** "the Manor House" (inn)

Chy *m.* **Hardwyck** Hardwick House

Cleeve *m.* Cleeve

Clegh *pl.* **Ousely** Bells of Ousely

Clifton Hampden *m.* Clifton Hampden

Clùb *m.* **Tan Iffarn** Hell-fire Club

Contethow *pl.* **Cres Pow an Sowson** the English Midlands

Corflan *f.* **Finchley** Finchley Cemetery

Corflan *f.* **Pras Kensal** Kensal Green Cemetery

Cosow *pl.* **an Mengledh** Quarry Woods

Cosow *pl.* **Cliveden** Cliveden Woods

Cowethas *f.* **Mentenons Dowr Tamys** The Thames Conservancy

Crewe *m.* Crewe

Cristofer Colùmbùs *m.* Christopher Columbus

Cromwell, Olyver *m.* Cromwell

Cùlham *m.* Culham

Cyta *f.*, **an** the City

Danys *pl.*, **an** the Danes

Datchet *m.* Datchet

Dorchester *m.* Dorchester

Dowr *m.* **Bourne** the River Bourne

Dowr *m.* **Kenet** the River Kennett

Dowr *m.* **Lea** the River Lea (formerly the boundary between Middlesex and Essex)

Dowr *m.* **Thame** the River Thame

Dowr *m.* **Tamys** the River Thames

Dowr *m.* **Vyrjynya** Virginia Water

Dowr *m.* **Wey** the River Wey

Dowr *m.* **Yare** the River Yare

Dowrgledh *m.* **Basingstoke** Basingstoke Canal

Dùches *f.* **Evrok** the Duchess of York

Êstborn *m.* Eastbourne

Edward Confessour *m.* Edward the Confessor

Edwy Mytern *m.* King Edwy

Eglos *f.* **Elen Sans** St Helen's Church, Abingdon

Eglos *f.* **Hampton** Hampton Church

Eglos *f.* **Sen Nycolas** St Nicholas's Church, Abingdon

Elgyva *f.* Ælgifu, wife of King Edwy

Elysabeth Myternes *f.* Queen Elizabeth I

Emperor *m.* **Almayn** the German Emperor, the Kaiser

Emyly *f.* Emily

Enesow *pl.* **Sandwich** Sandwich Islands

Enys *f.* **Magna Charta** Magna Carta Island

Enys *f.* **Ooth** Isle of Wight

219

Ethelred *m.* Ethelred; **Ethelred Mytern** King Ethelred

Evrok *m.* York; **Conteth Evrok** Yorkshire

Êwnter Podger *m.* Uncle Podger

Ewrop *m.* Europe

Fordh *f.* **Eton** Eton Road

Frynk *f.* France

Gonesyjy *pl.* **Mêstrysy Cûbyt** Messrs Cubit's workers

Gooth *m.* **Dowr Tamys** "the Pride of the Thames" (boat)

Gorsaf *m.* **Ewston** Euston Station; **Gorsaf Waterloo** Waterloo Station

Goryng *m.* Goring

Guildford *m.* Guildford

Gwel *m.* **an Danys** the Danes' Field

Gwerryans *m.* **an Parlement** the Parliamentary War

Gwerthjiow *pl.* **Marhas an Gora** the Haymarket Stores

Gwithjy Bretednek *m.,* **an** the British Museum

Gyny *m.* **Nowyth** New Guinea

Halliford *m.* Halliford

Harrys, Wella Samùel *m.* Harris

Hecka *m.* Dick

Hector *m.* Hector

Hel *m.* **an Dre** the Town Hall

Hel *m.* **Dùncroft** Duncroft Hall

Henley *m.* Henley; **seythen** *f.* **Henley** the week of Henley Regatta

Henry *m.* Henry; **Henry I** Henry I; **Henry VIII** Henry VIII

Hens Horn *m.* **an North-West** The North-Western Railway

Hens Horn *m.* **an Soth-West** the South-Western Railway

Hens Horn *m.* **Loundres ha'n Soth-West** the London and South-Western Railway

Herr Slossenn Boschen *m.* Herr Slossenn Boschen

Hodgson *m.* J. E. Hodgson, R.A. (1831–1895, English painter)

Holborn *m.* Holborn

Hùrley *m.* Hurley; **Cores** *f.* **Hùrley** Hurley Weir; **Treveglos** *f.* **Hùrley** Hurley Village

Iffley *m.* Iffley

Jack *m.* Jack

Jamys Mytern *m.* King James II

Jane *f.* wife of John Blackwell

Japan *n.* Japan

Jermany *m.* Germany

Jo Mùggles *m.* Joe Muggles

Jory *m.* George

Joskyns *m.* Joskins

Journal m. **Loundres** the London Journal

Jowan Blackwell *m.* John Blackwell

Jowan Edward *m.* John Edward

Jowan French *m.* John French

Jowan Gaunt *m.* John of Gaunt

Jowan Mytern *m.* King John

Jym *m.* Jim; **Jym Bates** Jim Bates; **Jym Byffles** Jim Biffles

Kembra *f.* Wales

Keresk *f.* Exeter

Kerlew *f.* Gloucester; **Conteth** *m.* **Kerlew** Gloucestershire

Kessedhek *m.* **Cowethas Pùscadoryon Dowr Tamys** the Committee of the Thames Anglers' Association

Kew *m.* Kew

Kyngston *m.* Kingston; earlier **Kyngestûn**

Kynt *m.* Kent

Lêrpol *m.* Liverpool

Leslie *m.* G.D. Leslie, R.A. (1835-21, English painter)

Lock *m.* **Benson** Benson Lock

Lock *m.* **Boulter** Boulter Lock

Lock *m.* **Cookham** Cookham Lock

Lock *m.* **Cores Bell** Bell Weir Lock

Lock *m.* **Day** Day's Lock

Lock *m.* **Hambledon** Hambledon Lock

Lock *m.* **Iffley** Iffley Lock

Lock *m.* **Marsh** Marsh Lock

Lock *m.* **Moulsey** Moulsey Lock

Lock *m.* **Wallyngford** Wallingford Lock

Lock *m.* **Wyndsor Coth** Old Windsor Lock

Loundres *f.* London; **Loundres Soth** South London

Lŷs *f.* **Hampton** Hampton Court; **ker** *f.* **droya Lŷs Hampton** Hampton Court maze

Maidenhead *m.* Maidenhead

Mapledùrham *m.* Mapledurham

Margate *m.* Margate

Maria *f.* Maria

Marhogyon *pl.* **an Templa** the Knights Templar

Marlow *m.* Marlow; **Manor** *m.* **Marlow** Marlow Manor; **Pons Marlow** Marlow Bridge

Medmenham *m.* Medmenham; **Abatty** *m.* **Medmenham** Medmenham Abbey

Mejy *m.* **an Barlys** "the Barley Mow" (inn)

Menydhyow *pl.* **Harz** the Harz Mountains

Menydhyow *pl.* **Hymalaya** the Himalayas

Mêster Byggs *m.* Mr Biggs (shopkeeper)

Mêster Goggles *m.* Mister Goggles

Mêster Jefferson *m.* Mister Jefferson

Mêster Jones *m.* Mister Jones

Mêster Lee *m.* Mister Lee; **W. Lee** W. Lee (the same)

Mêstres Gyppyngs *f.* Mrs Gippings

Mêstres P. *see* **Mêstres Poppets**

Mêstres Poppets *f.* Mrs Poppets

Mêstres Sara Hyll *f.* Mrs Sarah Hill

Mêstres Tobmas *f.* Mrs Thomas

Mêstresyk Angov *f.* Miss Smith

Mêstresyk Gell *f.* Miss Brown

Modryp Maria *f.* Aunt Maria (= Aunt Podger)

Modryp Podger *f.* Aunt Podger
Montmorency *m.* Montmorency
Mor *m.* **Atlantek, an** the Atlantic Ocean
Mor *m.* **Cosel, an** the Pacific Ocean
Myternes Matylda *f.* Queen Matilda
Myternes Vyrjyn *f.* **Pow an Sowson** the Virgin Queen of England; see **Elysabeth Myternes**
Nùnham Courtney *m.* Nunham Courtney; **Park Nùnham** Nunham Park
Oatlands *pl.* Oatlands
Odo *m.* Odo
Offa Mytern *m.* King Offa
Orfeùs *m.* Orpheus
Palys *m.*, **an** the Palace (= Hampton Court)
Pangborn *m.* Pangbourne
Park *m.* **Kempton** Kempton Park
Penrynn *m.* **an Corn** Cape Horn
Penton Hook *m.* Penton Hook
Poitiers *m.* Poitiers
Pons *m.* **Albert** Albert Bridge
Pons *m.* **Kew** Kew Bridge (over the Thames)
Pons *m.* **Vyctorya** Victoria Bridge
Postow *pl.* **Blou, an** "the Blue Posts" (inn)
Pow *m.* **an Pùscas** Newfoundland
Pow *m.* **an Sowson** England
Poynt *m.* **Croust** Picnic Point
Pryns *m.* **Orenj** the Prince of Orange
Ramsgate *m.* Ramsgate
Rebellyans *m.* **Islam** the Rebellion of Islam (poem by Shelley)
Redyng *m.* Reading
Referee *m.*, **an the Referee** (a British sports newspaper founded in 1877)
Resohen *m.* Oxford
Roman *m.*, *pl.* **Romans** Roman
Rùnymêd *m.* Runnymede
Rychard *m.* Richard; **Rychard Mytern** King Richard
Rychmond *m.* Richmond
Salisbùry *m.* (Earl of) Salisbury
Sara Jane *f.* Sarah Jane (domestic servant)
Saxon *m.*, *pl.* **Saxons** Saxon
Scot *m.*, *pl.* **Scots** Scot
Sebert *m.* **Mytern** King Sebert
Sen Alban *m.* St Albans
Sen Dùnstan *m.* St Dunstan
"Sen Jory ha'n Dhragon" *m.* St George and the Dragon (inn)
Serpentîn *m.*, **an** the Serpentine (lake in Hyde Park, London)

Seyth Cùscor, an the Seven Sleepers of Ephesus (who were believed to have slept for 180 years)
Sheerness *m.* Sheerness
Shelley *m.* Shelley
Shepperton *m.* Shepperton
Shiplake *m.* Shiplake; **Eglos** *f.* **Shiplake** Shiplake Church
Sonyng *m.* Sonning
Sôthampton *m.* Southampton
Sôthend *m.* Southend; **Cay** *m.* **Sôthend** Southend Pier
Staines *m.* Staines
Stanford ha Merton *m.* 1) title of children's book; 2. nickname for **Stivvings**
Stanley *m.* H. M. Stanley
Stivvings *m.* Stivvings
Strêtly *m.* Strêtley
Strêt *m.* Street; **Strêt Castel** Castle Street; **Strêt Coram Meur** Great Coram Street; **Strêt Uhel** High Street; **Strêt West** West Street
Stykednow *pl.* **Corway** Corway Stakes
Stûart *m.*, *pl.* **Stûartys** Stuart
Syr Francys Drake *m.* Sir Francis Drake
Teddyngton *m.* Teddington
Temploryon *pl.* **Dhâ Bermondsey** the Bermondsey Good Templars
Tewdar *m.*, *pl.* **Tewdars** Tudor
Tilehùrst *m.* Tilehurst
Times *m.*, **an** The Times (newspaper)
Tobm *m.* Tom
Tobmas *m.* Thomas
Tôkyo *m.* Tokyo
Vyctorya *f.* Queen Victoria; **Oos Vyctorya** *m.* the Victorian Age
Wallyngford *m.* Wallingford
Walton *m.* Walton; **Eglos** *f.* **Walton** Walton Church; **Pons** *m.* **Walton** Walton Bridge
Wargrave *m.* Wargrave
Warwyck *m.* Warwick
Wella *m.* Will; **Wella Conqwerrour** William the Conqueror; **Wella Maunders** Will Maunders
Wessex *m.* Wessex
Westmynster *m.* Westminster
Weybridge *m.* Weybridge
Wyndsor *m.* Windsor
Yarmoth *m.* Yarmouth
Yûrl *m.* **Essex** Earl of Essex
Yûrl Godwyn *m.* Earl Godwin
Yûrlys *pl.* **Warwyck** the Earls of Warwick